Über den Autor

Rolf Hochhuth, geboren am 1. April 1931 in Eschwege, war Verlagslektor, als er 1959 während eines Rom-Aufenthalts sein erstes Drama «Der Stellvertreter» (rororo Nr. 997) konzipierte, das 1963 in Berlin von Erwin Piscator uraufgeführt wurde und weltweites Aufsehen erregte.
Weitere Veröffentlichungen im Rowohlt und Rowohlt Taschenbuch Verlag: «Der Klassenkampf ist nicht zu Ende» (1965), «Soldaten» (1967), «Guerillas» (1970), «Die Hebamme. Komödie, Erzählungen, Gedichte, Essays» (1971), «Krieg und Klassenkrieg. Studien» (1971), «Dramen» («Der Stellvertreter» / «Soldaten» / «Guerillas»; 1972), «Zwischenspiel in Baden-Baden» (1974), «Tod eines Jägers» (1976; das neue buch Bd. 68), «Machtlose und Machthaber» (1978), «Juristen» (1979; rororo Nr. 5192), «Tell 38» (1979), «Eine Liebe in Deutschland» (1980; rororo Nr. 5090), «Ärztinnen» (1980; rororo Nr. 5703), «Räuber-Rede. Drei deutsche Vorwürfe. Schiller / Lessing / Geschwister Scholl» (1982), «Judith» (1984; rororo Nr. 5866), «Atlantik-Novelle. Erzählungen» (1985), «Schwarze Segel. Essays und Gedichte» (1986; rororo Nr. 5776), «Alan Turing. Erzählung» (1987), «Unbefleckte Empfängnis. Ein Kreidekreis» (1988), «Täter und Denker» (1990; rororo Nr. 8547), «Panik im Mai. Sämtliche Gedichte und Erzählungen» (1991; rororo Nr. 13001), «Alle Dramen» (Kassette mit 2 Bänden, 1991), «Sommer 14. Ein Totentanz» (1991; rororo Nr. 13069) und «Wessis in Weimar. Tragikomödie».
Ferner erschienen 1981 der von Walter Hinck edierte Band mit Essays zum Werk «Rolf Hochhuth – Eingriff in die Zeitgeschichte» und 1982 ein von Dietrich Simon herausgegebener Hochhuth-Reader «Nur die Spitze des Eisbergs».
In der Reihe «Literatur für KopfHörer» liegen, gelesen von Donata Höffer, «Die Berliner Antigone / Gröninger-Novelle» vor.
Rolf Hochhuth lebt als freier Schriftsteller in Basel.

Rolf Hochhuth

Inselkomödie

Mit einem Essay
von Michael Naumann

rororo
Rowohlt

Veröffentlicht im Rowohlt Taschenbuch Verlag GmbH,
Reinbek bei Hamburg, August 1993
«Inselkomödie» als «Lysistrate und die NATO»

Umschlaggestaltung Werner Rebhuhn
(Abbildung «Junge Frau bei der Toilette», Athener Meister,
5. Jh. v. Chr. / Musées royaux d'Art et d'Histoire, Brüssel)
Foto des Autors auf der Umschlagrückseite von Kurt Wyss
Gesamtherstellung Clausen & Bosse, Leck
Printed in Germany
1490-ISBN 3 499 13230 3

Die «Inselkomödie» wurde am 22. Februar 1974 als «Lysistrate und die NATO» gleichzeitig von den Städtischen Bühnen Essen in einer Inszenierung von Erich Schumacher mit Ellen Schwiers und vom Volkstheater Wien unter der Regie von Peter Lotschak mit Barbara Petrisch in der Titelrolle uraufgeführt.

«Als Sachsens Marschall einst die stolze Pompadour
Im goldnen Phaeton – vergnügt spazierenfuhr,
Sah Frelon dieses Paar – oh, rief er, seht sie beide!
Des Königs Schwert – und seine Scheide!»

Thomas Mann, «Buddenbrooks», 1900

Aphrodite-Statue ausgegraben
Kairo (dpa). Eine etwa 2000 Jahre alte Statue der griechischen Liebesgöttin Aphrodite haben ägyptische Archäologen bei El Alamein gefunden, rund 100 Kilometer westlich der Hafenstadt Alexandria. Wie die Kairoer Zeitung «Al Ahram» gestern berichtete, wurde die in mehrere Teile zerbrochene Statue aus grünlichem Marmor in einem von drei gerade freigelegten Felsengräbern entdeckt. Sie soll nach der Restaurierung im Griechisch-Römischen Museum von Alexandria ausgestellt werden.

«Tagesspiegel», Berlin, 17. März 1990

Dieser Krieg wird allmählich zu blödsinnig, um Worte dafür zu finden... Der Kaiser fordert von Zeit zu Zeit eine weitere Million Männer an, um sie umbringen zu lassen; und Kitchener ruft eine weitere Million auf, um sie umzubringen... Warum stehen die Frauen nicht auf und sagen: «Wir haben Mühe, diese Männer hervorzubringen; und wenn ihr nicht damit aufhört, sie umzubringen, dann werden wir uns weigern, noch weitere in die Welt zu setzen.» Aber leider sind die Frauen ebenso idiotisch wie die Männer.

Bernard Shaw am 13. November 1914
an Mrs. Patrick Campbell

Warum streiken unsre Frauen jetzt nicht wie in ‹Lysistrate›?

Melina Mercouri 1967 beim Athener Militärputsch

Für Karl Ludwig Leonhardt
in Freundschaft

Inhalt

«Die Frauen dominieren, sie waren einst berühmt und sind noch durch Geist und Schönheit ausgezeichnet», meldete als Student 1838 der Lübecker Ernst Curtius – der später Olympia ausgegraben hat – von einer Reise zu den Zykladen.
«Man muß nicht das Festland bereisen, wo soviel Elend überall entgegentritt; das Inselgriechenland muß man aufsuchen, wo ein begüterter Bauernstand in reizenden Dörfern wohnt... Freilich sind die Eilande sehr verschieden. Viele sind übermäßig dürr und nähren ihre Einwohner auf das kümmerlichste, andere, sonst berühmte und bevölkerte, sind jetzt ganz menschenleere Felsen, so die gefeierte Delos. Dagegen sind die Täler von Naxos, Tenos, Andros mit allen Wohltaten der Natur gesegnet.»
Curtius, der in Athen sein Geld als Hauslehrer verdiente, reiste auf einem sogenannten «Mystiko... eigentlich Piratenschiffe... Auf das schnellste verändert sich das Ägäische Meer... zu hohem Wellengang, daher denn auch die Alten schon das Wort von Aix ableiten wollten, denn wirklich wie Ziegen springen die Wellen an den vielen Felsklippen herauf. Der Hafen von Keos ist vortrefflich, die Lage des alten Koresia, einer der vier Städte der Insel, deren jede einst ihre eigenen Silbermünzen schlug; jetzt hat sie nur eine Stadt...»
Die Frauen dominieren und nur eine Stadt noch inmitten fruchtbaren Bauernlandes: so ist das auch auf unserer Insel, die nördlicher gelegen ist, auch östlicher, das heißt: strategisch lebensgefährlich. Denn seit die Amerikaner zur Bedrohung der Südflanke Rußlands ihre sechste Flotte mit dem atomgetriebenen Flugzeugträger «Enterprise» vor den Dardanellen patrouillieren lassen, hat auch Moskau seine «Rote Eskadra» ins Mittelmeer entsandt.

Im Altertum war unser Inselchen berühmt – weniger wegen seiner heißen Heilquellen als wegen seines Rindviehs, das auch später noch zur Ernährung bedeutender Belagerungsarmeen am Hellespont beigetragen hat. Insulare Heeresliefe-

ranten wurden reich sowohl durch Agamemnons Truppen vor Troja wie durch Churchills Soldaten vor Gallipoli...
Eine gesegnete Insel, aber weder ist Apollon hier geboren worden, noch wurde Ariadne hier ausgesetzt, noch fand sich hier die Nike; doch könnten wir nicht leugnen, würde jemand erklären, wir seien bei den Phäaken auf Scheria. Denn da die Ägäis zweitausend Inseln zählt, von denen einhundertdreißig bewohnt sind, so würde der Name auch wenig bezeichnen: auf jeden heute lebenden Griechen kommen zwei Meter Ufer, sei es des Festlandes, sei es der Inseln. Darüber hinaus gibt es unzählige Ufer und Eilande, die in keinem gedruckten Atlas stehen, sondern in der Erinnerung aller jener Menschen, die niemals dorthin gelangt sind, so daß sie niemals aufgehört haben, dorthin zu wollen: auch Träume haben ihre Geographie! Und ihre Realität, die eine tiefere ist als die fotografierbare. Denn ewig wahr bleibt das ästhetische Gesetz, das Egon Friedell neu definierte: «Ein Bild erhält ja gerade dadurch seine Brauchbarkeit, daß es nicht die Sache ist.»
So auch das Theater; wozu noch eine Welt der Bühne, wäre sie nur identisch mit der Bühne der Welt...
Auch wird eine Parabel ja nicht deshalb wertlos, weil sie auf Erden noch keine Entsprechung gefunden hat. Oder keine mehr findet: wenn Lysistrate hier die Insulanerinnen dadurch befreit, oder mindestens ihr Ehejoch lockert, daß sie diese Frauen zu Mitbesitzerinnen von Bauernland und einer Weberei erhebt, so haben wir das Rezept aus Bachofens Mutterrecht; ein modernerer Jurist vermochte es uns nicht zu liefern! Besitz allein macht freier bis frei. Das wußte Hegel – das wußten aber vor Jahrtausenden auch die Frauen in Griechenland: «Der Sohn... erhält von dem Vater Speer und Schwert, um sich sein Dasein zu gründen, mehr ist ihm nicht nötig; die Tochter dagegen...», und nun zählt Bachofen alles auf, womit die Alten begründeten, warum ein Weib mehr als ein Mann, sollte es nicht einfach als Konkubine verbraucht wer-

den, des Mitbesitzes bedurfte. (Es ist ja die Lebenslüge der deutschen Sozialdemokratie, den Arbeitnehmern Mitbestimmung zu versprechen, ohne ihnen zuvor den Mitbesitz zu erkämpfen: es gibt aber kein Sagen, wo kein Haben ist, keine Mitbestimmung ohne Mitbesitz; die Sozialdemokraten in Bonn, die sich – mit Gründen, aber nicht mit Recht – vor den Industriellen fürchten, wissen das, betrügen sich aber und ihre Wähler, indem sie das verdrängen.) Jedoch die Frauen Altgriechenlands erkämpften Gesetze, die es unter Strafe stellten, Frauen und Töchter besitzlos zu lassen. Bachofen: «Derselben Anschauung huldigen noch heute jene griechischen Inseln, deren einstige Bewohner das Gesetz der Gynäkokratie anerkannten... Die innere Wahrheit und Würde der gynäkokratischen Gedanken tritt in keiner praktischen Äußerung schöner hervor; in keiner hat nicht nur die gesellschaftliche Stellung... des Weibes eine kräftigere Stütze gefunden.»

Bachofen schrieb vor über einem Jahrhundert. Seither sind natürlich die Zustände schlimmer geworden im gleichen Tempo, wie die Bevölkerungszahl zugenommen hat – nicht aber das Land: daher ja Landbesitz immer erneut aufgeteilt werden muß nach Zahl der Lebenden! Was Menschen selber schaffen können und vermehren – Häuser zum Beispiel –, mögen sie behalten; Land jedoch, da sie das so wenig selber schaffen können wie Bodenschätze: «sollt Ihr nicht verkaufen ewiglich; denn Mein ist die Erde und ihr seid nur Fremdlinge und Lehnsträger», heißt es im 3. Buch Moses. So hat denn auch dieser frühe Gesetzgeber seiner Nation erspart, daß sie Proletarier in ihrer Mitte hatte, weil auf seine Anordnung jeweils nach 50 Jahren eine Bodenreform verhinderte, daß Besitzlosigkeit aufkommen konnte als Grundlage der Rechtlosigkeit: «Heiligt das 50. Jahr und ruft Freiheit aus im Lande für alle seine Bewohner. Kehrt zurück ein jeglicher zu seinem Erbbesitz.» Der war errechnet worden nach der Kopfzahl jeder Familie: «Ihr sollt das Land austeilen durchs

Los unter Eure Geschlechter. Denen, derer viel ist, sollt Ihr desto mehr zuteilen...»

Welcher Rückschritt seither! Welche Proletarisierung auch nur binnen eines Jahrhunderts und dort, wo noch Curtius und Bachofen – auf griechischen Inseln – nicht Heerscharen von Proletariern begegneten, die nur ihre Hände zu verkaufen hatten und nicht einmal die zu Hause verkaufen konnten, sondern nur als Konjunkturkulis in Nordwesteuropa!

Daß kleine Höfe längst so unrentabel wurden, daß verhungert, wer allein sie bewirtschaftet, ist eines; ein anderes ist, ob nicht gerade deshalb der Gesetzgeber die Pflicht hat, dafür zu sorgen, daß auch dann diese Höfe im Besitz der Kleinbauern bleiben, wenn sie selbständig nicht länger beackert werden können und gemeinsam mit Nachbarn bewirtschaftet werden müssen – entscheidend bleibt der Besitz oder Mitbesitz am Land, der jedermann zusteht. Wie dem Arbeiter und Angestellten in der Industrie die Beteiligung an der Fabrik zusteht, die ja auch keiner mehr allein in Gang halten kann, was nie nur einer konnte. Der Proletarier ist schon deshalb der Mensch ohne Mitsprache-Recht, weil er der Mensch ohne Mitbesitz ist. Allein Besitz garantiert jenes Minimum an persönlicher Freiheit, ohne die keine Menschenwürde ist... Deshalb auch konnten kommunistische Systeme sich nie halten; ich halte nur fest das und an dem, an dem ich mithabe. Haben heißt: in persönlicher Verfügungsgewalt. Was ich aber selber nicht frei verkaufen, mindern oder mehren kann – ist gar kein Haben. Wo ich ein ZK fragen muß, ob ich einen Acker Land kaufen oder verkaufen darf, gehört der mir gar nicht...

Ist das zum Lachen? Wenn Novalis meinte, nach verlorenen Feldzügen müsse man Lustspiele schreiben, so wird er nicht gewagt haben zu hoffen, die Komödie sei stark genug, den Feldzug vergessen zu machen! Vielmehr muß er gefühlt haben wie Richard Strauss, der 1916 an Hofmannsthal schrieb, daß ihm «nach diesem Kriege Tragik auf dem Theater vorläufig ziemlich blöde und kindlich» vorkomme. Wer die Drohung: Dir wird das Lachen noch vergehen! trotz Krieg überlebt hat, dessen Lachen verwandelt die Wirklichkeit. Wäre die Komödie ebenso triste wie der Alltag, so könnte sie den nicht einmal auslachen – doch nur lachend kann sie ihren Zweck erfüllen: Propaganda für die Vernunft, das heißt Politik machen. Das gelingt nie durch Nachahmung des bereits Vorhandenen. Und so handeln denn auch die Frauen dieses unauffindbar kleinen Eilands nach modewidrigen Instinkten und Gesetzen – achselzuckend gegenüber dem Vorwurf, es gäbe sie gar nicht oder noch nicht oder nicht mehr:

> Was sich nie und nirgends hat begeben,
> das allein veraltet nie.

Personen

Dr. Lysistrate Soulidis, Studiendirektorin und MdP
Konstantinos Glarakis, ihr Vater, Wirt und Weinbauer
Der Minister a. D.
Der Pope
Die Popadia
Kalonike, Kellnerin
Stavros, Kellner
Koumantaros, Großbauer
Tina, seine Frau, Lehrerin
Dimitrios, Bürgermeister und Bauer
Sophia, seine Frau
Babalis, Bauer und Samenhändler
Miranda, seine Frau
Tsifras, Bauer und Schweinegrossist
Ariadne, seine Frau, Posthalterin
Oberst Manussis, Kommissionsvorsitzender, Heer
Hauptmann Polizoides, Heer
Korvettenkapitän Notaras
Leutnant Kolokotronis, Ingenieur, Luftwaffe

Zwei Bilder: Gaststube des Konstantinos im ersten und zweiten, Weinkelterei und Schwitzbad des Konstantinos im dritten und vierten Akt.
Umbau in der Pause.

Erster Akt

Nur eine Panzerkette

US-Armee streicht zivile Arbeitsplätze.

Die US-Streitkräfte werden im Zuge der Truppenreduzierungen von 1991 an in der Bundesrepublik 2747 Arbeitsplätze bei den sogenannten Hilfsgruppen, den Civilian Support Groups abbauen. Wie der rheinland-pfälzische Innenminister Geil mitteilte, werden allein in Rheinland-Pfalz 2179 Stellen gestrichen.

«Die Welt» am 12. September 1990

Zu einem tödlichen Unfall kam es zum Abschluß des Manövers in Hessen in der Kasseler Wittich-Kaserne. Dabei wurde der 22jährige Gefreite Karl Schmoll aus Bad Hersfeld, der zusammen mit einem Unteroffizier im Hof der Kaserne stand, von der Kette eines vorbeifahrenden Schützenpanzerwagens erfaßt und auf der Stelle getötet.

«Werra-Rundschau» vom 7. November 1963

Spitzbarths Tochter Heike, 13, war am 9. Juni 1960 auf dem Weg zur Schule bei Jevenstedt von einem hochgeschleuderten Panzerkettenpolster erschlagen worden. Das drei Kilo schwere Hartgummipolster flog von einem Fla-Panzer M 42 ab, der in Kolonne von Rendsburg nach Lüneburg unterwegs war. Allein die 21 Panzer aus Boehnkes Kolonne verloren auf dem Marsch ... mehr als 90 Polster.

«Der Spiegel» 6 (1965)

Von einem Panzer der amerikanischen Truppen wurden bei Fulda zwei Kinder angefahren; eines kam ums Leben, das andere erlitt erhebliche Verletzungen. Der Fahrer hatte offenbar die Kontrolle über das schwere Fahrzeug verloren.

«Frankfurter Allgemeine» vom 9. Dezember 1971

Der schwere Unfall ist nach einer Mitteilung des V. US-Korps in Frankfurt höchstwahrscheinlich auf einen technischen Defekt an dem Panzer zurückzuführen. Der Tank vom Typ M-60 war in einem Militärkonvoi gefahren, als er plötzlich nach links ausbrach und den Mittelstreifen überrollte. Ein entgegenkommender Personenwagen aus Bottrop raste mit hoher Geschwindigkeit gegen das unvermutet auftauchende Hindernis, wurde von den Ketten des stählernen Kolosses erfaßt, auf ein angrenzendes Feld geschoben und zermalmt. Der 31jährige Pkw-Fahrer, seine 28jährige Frau und ihre beiden Söhne im Alter von 5 und 7 Jahren waren auf der Stelle tot.

«Hessische Allgemeine» vom 22. Juli 1972

Fahrerflucht im Panzer
Ein Panzer hat während eines Manövers in der Eifel in Euenheim bei Euskirchen ein Wohnhaus so schwer beschädigt, daß Einsturzgefahr besteht. Wie die Polizei mitteilte, mußte eine siebenköpfige Familie ihre Wohnung räumen. Der Sachschaden beläuft sich auf rund 30000 Mark. Da der Panzer nach der Karambolage mit dem Haus sofort davonfuhr, konnte bisher nicht ermittelt werden, ob es sich um ein Fahrzeug der Bundeswehr, der belgischen oder der amerikanischen Armee handelt, die alle an dem Manöver beteiligt sind...

«Süddeutsche Zeitung» vom 19. Oktober 1972

Trauersong der Blitzableiter

Kalonike, die Kellnerin, Stavros, der Kellner – nicht wie gleich im ersten Akt folkloristisch gekleidet, sondern sie im schwarzen Kleid mit weißem Schürzchen, weißem Häubchen wie eine Zofe in einem altmodischen Grandhotel, er im Frack – singen vor noch geschlossenem Vorhang das erste ihrer Couplets... deren Leitmotiv sich durch alle zieht: Abrüsten ist Heimarbeit – in die Scheiden, Schwerter!
Sie hat einen Packen frischer Handtücher überm Arm und einen Besen, der von einem Tuch umwickelt ist, in der anderen Hand, er trägt, eine Serviette über der Schulter, ein großes Silbertablett mit Flaschen und Gläsern – dennoch können sie beinahe Tanzschritte machen, während sie zu einer anfangs gefühligen, dann aber sich zu höchster Aggression steigernden Musik singen, zuweilen auch sagen, ja ansagen:

KALONIKE *singt und spricht zur Musik:*

Ein Wutschrei – keine Pastorale
wie die Gesänge
verendender Wale,
die in die Fänge
der Japaner geraten –,
sei unser Lied!

STAVROS *nimmt das auf:*

Ein Aufschrei: Die Zykladen,
griechische Inseln, unser Gebiet
– bisher nur zum Baden
von Fremden besucht –:

als Raketen-Ziel
jetzt in Moskau verbucht!

Denn Washington im Sandkastenspiel,
hat über unsre Insel entschieden:
ihr Gas und Raketen einzukellern!

KALONIKE: Zweitausend Jahre hatten wir Frieden
– plötzlich von fremden Weichenstellern
gebrandmarkt als Raketen-Depot...

Warum soll die Insel Munitionskiste werden?
Kein Feind droht uns von irgendwo.
Fische, Felder, Strand, Wein, Herden
ernähren uns im Überfluß...

STAVROS: Jetzt: Amerikaner auf unsre Kosten
– ihre eigenen Küsten weit vom Schuß –

Stehen an unsren – für ihre Posten!
Unsre Insel – ihr fester Flugzeugträger!
Ihr Raketen-Ziel: Nordosten...

KALONIKE: Wo Bauern, Hirten, Rebleute, Jäger
seit Troja in Frieden erbauten ihr Haus
– jetzt amerikanische Blitzableiter!

STAVROS: Uns rotten Raketen der Russen aus,
zieht ihr nicht tausend Meilen weiter:
Verteidigt, statt uns aufzurüsten,
die USA an heimischen Küsten!
Verschont uns mit Atom-«Geschenken»,
mit Gas-Raketen-Abschußbasen,

Die Atomschläge auf die Insel lenken,
um euch zu verschonen, uns zu vergasen,
weil ihr hier eure Waffen stapelt,
Atom- und Gift-Granaten...

KALONIKE: Ja! Uns wird nur vorgefabelt,
Ihr kämt auf die Zykladen,

Um Griechen auch zu schützen!
Nein. Nein – ihr kamt, Soldaten,
die Insel zu benützen!
Kommt baden: als Gäste dürft ihr bleiben
– sonst sucht sofort das Weite!

STAVROS, *augenzwinkernd, als spräche er schon Soldaten an:*
Steckt – könnt euch hier beweiben –
das Schwert doch in die Scheide!

Sie nach links ab, er nach rechts ab.

Das «neue» Schwitzbad, am Ende des 19. Jahrhunderts vom damals einzigen Wirt der Insel erbaut, um die Heilquellen wieder zu erschließen, hat ihn ruiniert, wie denn Hotels in der Regel ihre Erbauer ruinieren – und erst deren Nachfolger zu Wohlstand bringen. So konnte auch Konstantinos, der Vater von Lysistrate, den Gasthof günstig aus einer Pleite kaufen – das schönste Haus neben dem des Demarchen, auf antiken Festungsruinenmauern errichtet, schon von den Venezianern restauriert, nachdem die Türken es den Johannitern abgekämpft und zerstört hatten.

Der Raum ist zweistöckig: zu ebener Erde die Gaststube; der erste Stock eine Galerie, zu der links – links vom Zuschauer – eine geschwungene, weit ausladende Treppe hinaufführt, Bauernbarock. Diese Galerie überdacht das Lokal bis zu einem Drittel seiner Tiefe und ist immerhin so breit, daß oben vor den drei Zimmertüren, die ihre Rückwand bilden, ein Sofa stehen kann, verkorkstes «Rokoko» aus der Zeit des dritten Napoleon; vielleicht wurde auch die fürstliche Treppe so spät hier eingebaut.

Rechts in der Nähe der Rampe ist der Parterre-Zugang zur Küche; Perlenschnüre bilden die «Tür». An der gleichen Wand im Hintergrund ist ein Fenster zum Flur, so daß der Wirt, wenn er hinter der Theke steht, aus und ein gehenden Hotelgästen, die nicht die Gaststube betreten, ihre Zimmerschlüssel aushändigen kann. Dieses Fenster, nicht größer als eine Speisedurchreiche, ist in den fast wandbreiten Gläserschrank sozusagen eingeschnitten. Die Theke verläuft demnach parallel zur rechten Wand, bis weit unter die Galerie.

Das Holztor, das die Taverne mit der Straße verbindet, ist deshalb nicht sichtbar, weil der Zugang zum Haus nicht in, sondern h i n t e r der Rückwand der Gaststube ist. So sieht man in der Rückwand nur eine ähnliche Perlenschnürentüre,

doch breiter als jene, die vorn rechts zur Küche führt. Zwischen dem Eingang und der großen Treppe, die einige Meter in die Gaststube hineinreicht, hängen an der sonst leeren breiten Wand: der Fernsehapparat und die Farbfotos der Königinmutter Friederike, des jungen Königs und der Königin.
Mitten in der Gaststube steht ein großer, acht Personen Platz bietender ovaler Tisch. Dieser Tisch bildet eigentlich die Gaststube. Dennoch steht er n i c h t im Vordergrund. Denn dieser Vordergrund – in ganzer Rampenbreite – ist ein schmaler, korridorartiger Bezirk für sich, zu mehr als zwei Dritteln seiner Länge offen zur Gaststube hin. Das dritte Drittel, von der linken Bühnenwand ausgehend, ist gegen die Gaststube abgeschirmt durch eine etwa zweieinhalb Meter hohe Glaswand, durchsichtig von halber Höhe an. Vor dieser Glaswand steht ein spätbiedermeierliches Sofa, mit dem Rücken zur linken Bühnenwand, und davor ein kleiner Tisch. In der Mitte dieses «Korridors» ist der Zugang zu einem Keller in den Boden eingelassen, eine Falltür, die man öffnet, indem man sie an einem Eisenring hochzieht.
Die Musikbox ist gegenüber der Theke, an der Wand links, im großen Raum, also hinter der verglasten Wand, die ihn von der Sitzecke an der Rampe trennt. Die Bauernstühle im Gastzimmer sind stillos, aber schön; etwa um 1890 geschnitzt, tief gebräunt. Überhaupt können weder die Musikbox noch der Fernseher, noch die drei Goldrahmen, welche die Monarchen brandmarken, noch die elektrifizierten Kerzenleuchter aus der Belle Époque der Klarheit, ja dem Stil des Hauses etwas anhaben: so viel stärker sind das Gemauerte und Gezimmerte, das Inselbarock von Portal, Treppe und Galerie! Man spürt, dieses Haus wird noch stehen, wenn nichts mehr da ist von dem, was nur hineingestellt wurde …

Spätnachmittagslicht, wenn der Vorhang aufgeht, maisgelb. Durch die Perlenschnüre von Eingang und Küche schäumt es fast in den fensterlosen Raum, die Schnüre teilen, schattieren die Strahlen, die spielerisch auf Decke, Wänden, Möbeln tanzen. Und mit dem Öffnen des Vorhangs verendet gemächlich und gefühlvoll ein griechisches Lied, das aus der Musikbox kam...

Sofort steigt Kalonike von der hohen Leiter, die an der Galerie vor dem Fernseher lehnt und auf der sie die Füße der Holzbalustrade abgestaubt hat, die den ersten Stock umgrenzt. Kalonike geht hinter die Theke, entnimmt einem Blechkästchen den Schlüssel zu dem Münzautomaten der Musikbox, holt dort Geld heraus und bezahlt die bunte Kiste für einen aufputschenden Song, halb Volkslied, halb Industrieprodukt. Sie bringt den Schlüssel dorthin, wo sie ihn gestohlen hat, und tanzt, mehr als sie geht, der Leiter zu und klettert hoch, um ihre «Arbeit» wiederaufzunehmen.

Stavros kommt aus der Küche, in weichen Servierlatschen, stellt ein Tablett mit dicken Wirtshaustassen auf den ovalen Tisch und tritt sofort als Boxer zum Kampf um die Weltmeisterschaft an. Er tänzelt, wild zuschlagend, steigert sich bis zum Veitstanz – dann, k. o.-Sieger, schlägt er vor einer Milliarde Fernsehzuschauer beide Hände grüßend über seinem Kopf zusammen. Kalonike hat ihn verächtlich angeschaut und wendet sich jetzt ab, damit er das nicht merkt. Er entdeckt sie, geht zu den Perlenschnüren ganz im Hintergrund, äugt hinaus, um abzusichern, kehrt zurück und tritt entschlossen auf die vierte Leitersprosse, um Kalonike rasch mit beiden Händen ins Zentrum zu fassen. Sie schreit auf, als habe sie weder das noch ihn erwartet, sie tritt ihn und hält sich, um ihre Wehrlosigkeit zu demonstrieren – obgleich die Leiter keineswegs in Gefahr ist, so leicht umzufallen wie Kalonike –, mit beiden Händen an der Balustrade fest. Sie verliert eine Sandale, während er die Ferse küßt, die ihn treten soll – und strampelt noch weiter mit ihren dicken, aber harten, tabakbraunen Waden, während er ihr ohne Hast den weißen Schlüpfer unter dem ziemlich langen, zwetschgenblauen Rock abstreift. Sie hat dabei noch die zweite Sandale verloren, die er höflich aufhebt

wie die erste, während er sich ihr Höschen wie eine Serviette über die Schulter wirft und ihr jetzt behilflich ist, über das schöne Geländer auf die Galerie der ersten Etage zu klettern, wohin er ihr folgt.
Wir deuten das knappe Geschrei nur an, das sie sich schuldig war, ehe sie nachgab –

KALONIKE: Du – ich schreie!
Das hat sie auch getan.
STAVROS: Nur weil du weißt, daß niemand hört –
außer dem Amerikaner, der's nicht versteht.
KALONIKE *damit er nicht etwa von ihr abläßt:*
Nein, der ist auch weg.
Laß jetzt – mitten in der Gaststube!
Sie klettert bereits über die Balustrade.
Und wenn die heimkommen, plötzlich?
STAVROS: Zwei Kinder begraben
dauert länger, als eins zu machen.
KALONIKE *wartet, bis er übers Geländer ist:*
Eins machen: spinnst!
Heiraten müssen!
Dich nimmt man doch nur mit Rückgaberecht!
Sie schlägt ihn unternehmungslustig, bis er sie bändigt im Chaos der umherstehenden Möbel, die hier vor den Gästezimmern zusammengerückt sind, damit der Boden aufgeputzt werden konnte. Stavros ist plötzlich völlig verwandelt – man sieht, der Boxer leidet; während er die Schraubstöcke seiner Arme, die Kalonike hielten, lockert, fragt –
STAVROS *demütig und deprimiert:*
Warum willst du mich nicht?
KALONIKE *ärgerlich:* Nicht auf dieser Insel!
STAVROS *schreit:* Und in Athen hast du gar nichts.
KALONIKE *freundlich:*
Ich will mich nicht totschuften wie meine Eltern.
Geh auch; hier bleibst du zeitlebens Flaschenspüler.

Ja, willst du oder nicht? Tut mir ja leid, Stavros.

Sie lehnt an der Balustrade, er auch; sie hat ihn um die Stimmung gebracht. Eher lustlos nimmt er sie da weg und schubst sie zartrauh auf das Sofa mit der hohen Lehne, das er herumdreht – während sie schon darauf liegt –, damit aus der Eingangshalle [und vom Parkett her] nicht zu sehen ist, was man auf ihm veranstaltet.

Die Musik übertönt alle zu vermutenden Äußerungen des leiblichen Behagens. Es ist – hört man jetzt, während sie elementarer beschäftigt ist als nur beim Singen – die Stimme der Kalonike, die aus der Musikbox den wehmütigen Choral zum besten gibt:

Ehe ist Liebe ohne Sehnsucht

Wie hat dies Paar
sich einst «erkannt»!
Jetzt: Haut an Haut sogar
die – Wand ...

Ein Fleisch zwar noch,
doch als sie's machten,
die Frau, der Mann,
was sie da dachten,

Will lieber keiner mehr
vom anderen wissen...
Zwar schlafen beide noch
auf gleichem Kissen,

Doch gleiche Träume auch,
daß sie die hätten:
wer's hofft, ahnt nichts
von Ehebetten!

Ein bißchen Wäsche und ihr Rock werden auf der Sofalehne sichtbar. Und dann – hinter der Lehne – ihre Beine knieabwärts, schöne Waden, schöne Füße, die zunächst mit Intensität in die Luft gewirbelt werden, um dann dort oben ziemlich senkrecht stillzuhalten – ein V-Zeichen.
Die Pantomime verläuft ein bißchen zu rasch. Kalonikes Haar, zerzaust wie schwarze Erde, in der ein Dackel nach Mäusen wühlte, wird über der Lehne sichtbar, dann – die Bluse hat sie anbehalten – von ihrer nackten Brust genau so viel, wie die Sittenpolizei des Zeitalters [und die Qualität des Busens] vorzuzeigen gestatten; sie blickt in die Gaststube hinab, will sich zuknöpfen – aber da taucht auch Stavros auf, sein Kopf, seine Schulter; Stavros hat sein Hemd nicht aufgeknöpft, ärmellos ist es immerhin.

STAVROS *versucht, sie wieder herabzuziehen, er grunzt:*
Weiter – die sind noch alle auf dem Friedhof!

KALONIKE *noch über die Lehne blickend, spöttisch:*
Haste Angst, das wird verboten?

STAVROS *ein bißchen groggy, daher ein bißchen philosophisch, während beide noch über die Lehne schauen wie Huhn und Hahn von einer Stange:*
Kann doch passieren!
Die Lysis beschwätzt doch schon die Bäuerinnen,
von ihren Männern wegzuziehen!

KALONIKE *während sie gähnt und sich reckt und brüstet:*
Ich bin keine Bäuerin, ich lasse mir das nur verbieten,
wenn du die Maul- und Klauenseuche kriegst.
Die Tollwut hast du ja schon. Ich zieh mich an.

STAVROS: Später, später.
Von ihm sieht man jetzt Kopf und Schulter über der Lehne, er ist offensichtlich kniend vertieft: wem solche Bilder zu «naturalistisch» sind, weil er gelesen hat, dergleichen sei zu «verfremden» – der mag einen Filmstreifen aus altgriechischen Vasenbildern zusammenstücken, die Liebesspiele zeigen, und den im Fernsehapparat ablaufen lassen – mit

Tempo zuletzt. Denn derart beschäftigt sind Kellner und Kellnerin, daß sie weder den ersten noch den zweiten, sondern erst die weiteren Rufe des vierundachtzigjährigen Konstantinos vernehmen, der von draußen in seine Gaststube schlurft. Er ist ein ausgetrockneter Riese und trägt zudem einen altmodisch hohen, geschweiften Zylinder, den er vor sechzig Jahren in Athen von seinem verstorbenen Arbeitgeber, dem Besitzer eines Grandhotels, geerbt hat; die abgeschabte, einst schwarze Seide des grotesken Kopfmöbels ist grünlich und angefranst.

Der Wirt ist der Senior der Insel. Seine Ohren taugen fast nur noch dazu, der Brille Halt zu geben, die er zum Lesen trägt, sofern er sie findet. Sein Kostüm ist jetzt bizarr, weil ihn seine Stellung bei Vornehmen in Athen noch mit einigen auf der Insel unüblichen Feiertagskleidern versorgt hat und weil er andererseits allen Bekleidungsfragen höchst lässig gegenübersteht – im Gegensatz zu früher; in jungen Jahren war er elegant, heute ist er souverän.

Er trägt Zylinder und Schwalbenschwanz, der ihm viel zu kurz ist, denn er hat ein Skelett wie Prometheus, kahngroße Beerdigungsschuhe, hat jedoch unter dieser Kleidung sein Wirtskostüm, außer der Jacke, nicht abgelegt: ein verschlissenes, sauberes Hemd mit schwarzer Binde und Strumpfhosen von barockem Gefälle … Das mit dem Zylinder geerbte spanische Rohr mit goldenem Knopf trägt er auch zu Hause; mit ihm dirigiert er die Wirtschaft, das Personal, die Gäste – wenn er keinen damit schlägt. Oder anstupst …

KONSTANTINOS: Stavros! Kalonike! Stavros – verdammt: Wo seid ihr? Kalonike! Keine Seele in der Gaststube – Freitag – ja! Freitag ab eins macht jeder nur seins!

Er schlurft der Mitte zu, wirft unwirsch seinen Stock auf den großen, runden Tisch und nimmt «seine» Zähne aus dem Mund, um besser rufen zu können. Er ist zur Theke gegangen und hat die Zähne in ein Bierglas getan und Wasser darauf. Er schüttelt den Kopf und sagt laut – was er bei

jeder Gelegenheit sagt, sein formelhaft feststehender wütender Seufzer:
Stavros! Kalonike!

STAVROS *vom Gürtel – wenn er einen anhätte – bis zu den Füßen durch das Sofa getarnt, ist hochgeschreckt:*
Ja, Herr!

KONSTANTINOS: Hast du geschlafen?

STAVROS: Nein – abgestaubt.

KONSTANTINOS *aufgeregt:*
Jetzt! Los doch, in zehn Minuten
hab ich die ganze Beerdigung im Haus –
Wo ist Kalonike?

STAVROS: Wenn sie nicht auf dem Friedhof war –
kann sie nur in der Küche sein, Herr.
Konstantinos schlurft mit Stock, den er wie einen Degen schwingt, rasch der Küchentür zu; Stavros kann jetzt zum Vorschein kommen, Kalonike springt vom Kanapee auf und hüpft, ihre Kleider aufraffend, dem Hintergrund zu, durch eine der drei Türen davon. Stavros klettert die Leiter herunter, die er mit wegträgt, Konstantinos kommt wieder zum Vorschein.
Zwei Kinder beerdigen, wieso ging das so rasch?

KONSTANTINOS: Das ging nicht rasch, das ging überhaupt nicht –
Und wer ist schuld: meine Tochter.
Zu Kalonike: Hast du geschlafen?

KALONIKE *die mit einem großen Packen Tischtücher die schöne Barocktreppe hinabkommt:* Nein – geplättet.
Sie will zur Küche abgehen, da sagt –

KONSTANTINOS: Zieh mich erst um, los doch!

KALONIKE *während er sich ächzend aus dem Schwalbenschwanz helfen läßt und ihr auch den Zylinder gibt, und nun hilft sie ihm bei den Schnürschuhen; er ist viel sanfter, seit er sie sah und sich nun bedienen läßt:*
Wieso, Herr, kommt Ihr allein vom Friedhof?

KONSTANTINOS *nickt, hält dann die Hand hinters Ohr:*

Ja doch, vom Friedhof – woher sonst?

KALONIKE *kniet, schnürt ihm die Stiefel auf, sagt noch lauter, fast schreiend:*
Wieso Ihr allein kommt?

KONSTANTINOS *mit Handbewegungen, als wolle er etwas wegschieben:*
Weil Frauen nicht reden sollen – vor Gräbern.
Die Lysis hat geredet, daß der Pope nicht zu Wort kam,
daß sich zuletzt welche geschlagen haben.

KALONIKE: Prügelei!

KONSTANTINOS: Gehetzt hat die Lysis –
gegen das Militär gehetzt.

KALONIKE: Das ist sehr nützlich!

KONSTANTINOS: Kitzlig? – wieso bin ich kitzlig?

KALONIKE *sehr laut:* Nützlich, sag ich. Ist doch nützlich!
Das Militär hat die beiden Kinder totgefahren.

KONSTANTINOS: Der Panzer hat die Kinder nicht totgefahren –
nur die Kette ist abgeflogen und hat sie erschlagen.
Kann kein Militär was dafür.

KALONIKE *schreit, während sie sich aufgerichtet hat und ihm die Schuhe von den Füßen zieht:*
Warum fährt das Militär mit Panzern,
von denen eine Kette abfliegt, auf der Insel?
Sie geht in den Vordergrund, wo bei der Theke seine spitz zulaufenden, sehr bunten türkischen Pantoffeln stehen und sein roter Fes und der bunte Wirtsrock hängen. Stavros erscheint in der Küchentür und zieht ihren Schlüpfer aus seiner Hosentasche und wirft ihn ihr zu; sie fängt ihn auf und zieht ihn ungeniert an – eine erotische Momentaufnahme, während sie sehr laut dem Alten nachschreit:
Vier Tage Manöver – und schon zwei Kinder tot!

KONSTANTINOS *während sie ihm jetzt in die Pantoffeln hilft, dann in den Rock, macht Geldzählerbewegungen:*
Davon verstehst du nichts. Wo Militär ist – hier …
da sind auch Drachmen. Soldaten bringen Geld.

KALONIKE: Ja – und Kindersärge.
KONSTANTINOS: Kuchen – hat Stavros den Kuchen geholt?
Er soll den Kuchen holen und sich frisieren –
und sich die Hände waschen auch.
Der hat immer Hände wie Füße!
KALONIKE *empört:* Das ist nicht wahr!
KONSTANTINOS: Wo ist der Amerikaner?
KALONIKE: Ja, soll Euch sagen, morgen reist er ab.
Der hat ihn wieder abgeholt, vorher, der Major.
Sie tappt weg mit seinen Stiefeln, mit Zylinder und Schwalbenschwanz; da ruft Konstantinos sie zurück.
KONSTANTINOS: Die werden fressen wie die Heuschrecken,
das ist mit drei Hammeln nicht abgemacht.
KALONIKE: Eine doppelte Kinderbeerdigung,
wer hat da Appetit!
KONSTANTINOS *Bewegung und Ausruf der Ungeduld:*
Ach – Bäuche trauern nicht:
die Küche ist stärker als die Kirche.
Teufel – da kommt schon die Popadia!
Kalonike ab.
Konstantinos geht der Frau des Popen einen Schritt entgegen, weist auf einen Stuhl hin. Des Popen Frau ist gekleidet wie alle anderen Frauen, die noch kommen werden: sargschwarz und schmucklos vom Kopftuch bis zu den Schuhen. Sie hat in neun Wochenbetten dem Ehrwürdigen Vater elf Kinder geboren und nie mehr aufgehört, hochschwanger auszusehen, vermutlich ist sie es auch jetzt. Die reichste Bauerntochter der Nachbarinsel, ist sie soeben aufs tiefste «beleidigt» worden.
POPADIA: Ihr seid schon hier?
KONSTANTINOS: Weil mich Gräber jetzt immer so angucken!
POPADIA *mit zeremonieller Borniertheit:*
Ihr hättet bleiben müssen,
um Eure Tochter abzustrafen. Und wegzuführen,
vom Gottesacker, auf den sie nicht gehört.

KONSTANTINOS *hebt den Stock, lacht bitterlich:*
Hätt ich sie schlagen sollen?
POPADIA: Wer denn sonst?! – Erziehen hättet Ihr sie sollen,
statt Erzieherin werden zu lassen.
Aber «studieren» – die Lysis mußte ja «studieren»,
als einziges Mädchen von der Insel!
Man merkt, das nagt seit zwanzig Jahren an ihr; ist eine Frau einer anderen nicht gleichgültig, dann stets aus Neid.
Und fällt dann dem Popen ins Wort – vor Kindersärgen, pfui.
Ich betrete Euer Haus, Herr Konstantinos –
nur um zu sagen: ich betrete es nicht mehr.
Sie setzt sich.
Kalonike tritt ein und beginnt, den großen Tisch zu decken.
Popadia, nachdem ihr Hühnerhirn wieder einen Ansatz zum Stänkern ergrübelt hat:
Ihr seid's der ganzen Insel schuldig,
die Lysis in Zucht zu nehmen.
Erstens, jawohl, seit sie keinen Mann mehr hat –
hat sie Männer und –
KONSTANTINOS *drohend:* Und?!
Du hast auch deine elf Kinder
nicht durch Wespenstiche gekriegt.
Die Lysistrate hat den Bürgerkrieg nicht gemacht,
der ihr den Mann genommen hat!
POPADIA *da Konstantinos sonst gar nicht hinhören würde, so beginnt sie zu schreien; sie schreit sich rot, bis ein Husten ihren immer milchspendenden Brüstekorb fast sprengt:*
Die Lysis brauchte Euch nur zuzugucken.
Der Fladen fällt nicht weit vom Ochsen!
Vierzig Jahre Witwer – pfui: als Wirt.
Und einem Wirt laufen Frauen mehr als Katzen zu.
KONSTANTINOS: Wer zum zweitenmal heiratet,
hat nicht verdient,
daß ihm die erste Frau gestorben ist.
POPADIA: So? Warum dann ihr Bild?

Sie weist auf das einzige Foto, das außer denen der Majestäten im Raum hängt, über der Musikbox: das ovale Porträt einer schönen, weißgekleideten jungen Insulanerin, das mit frischem Lorbeer geschmückt ist.

Der alte Mann übersetzt nun einfach in unsre Zeit und mit seiner zynischen Greisengüte, was einst Solon dem Krösus über die Brüder Kleobis und Biton erzählte; noch am gleichen Abend – da heute zwei Jungen begraben wurden – wird hier eine Frau und Mutter diese Geschichte genau umgekehrt deuten wie der lebensgeschulte Uralte.

KONSTANTINOS: Ja eben – weil ihr früher Tod allein
sie erhalten konnte, wie sie war...
sonst wäre sie womöglich auch
so ein fettes, böses Legehuhn geworden wie Ihr!

Der Großbauer Koumantaros, der wie ein Beamter aussieht, städtisch schwarz gekleidet wegen der Beerdigung, zierlich und nervös und bebrillt und etepetete, etwa fünfundvierzig Jahre alt, kommt hereingehastet und steht keine Minute still, während er «politisiert». Seine «Wunde», die ihn überall zum Redner und Herumredner macht: daß er nicht Oberlehrer wurde – sondern durch Einheirat Latifundienbesitzer und Leibeigener einer Bauerntochter, die ihn verachtet. Denn er ist der faule «Schlosser», der sich nicht um Stall und Feld kümmert, sondern tagaus, tagein seine Maschinen und das Auto vorschützt, um «reparieren» zu müssen – das heißt: zu bosseln, ohne zu arbeiten. Während er seine Drohungen herauskrakeelt, zuerst so laut, weil Konstantinos es sonst nicht hörte, dann aber, weil er sich am Feuer seiner «politischen» Kernsätze selbst erhitzt, kreiselt er wie Rumpelstilzchen um den Tisch: seiner Nervosität und körperlichen Mickerigkeit wegen nennt man ihn auf der Insel den «Zitterarsch».

KOUMANTAROS: Nun sieh dich aber vor, Onkel,
daß man dir nicht –
daß man das Haus dir nicht kaputtschlägt!

Was stellt denn deine Tochter noch an!
Anarchie ist das. Das löst ja alle – alle –
Er überlegt ein sehr bedeutendes Wort:
– alle menschlichen Bande.
Unzucht – das trägt ja Unzucht unter jedes Dach.
Das läßt ja Feld und Hof – läßt das verkommen.

POPADIA: Und gegen unsre Kirche ist das auch.
Nutzt etwa dieser Insel eine Schullehrerin
die aufhetzt, das Militär fernzuhalten?
Soldaten könnten uns so reich wie Zypern machen!
Fünfzehn Millionen Dollar, jawohl –
das hat mein Mann selber gesagt:
geben dort die UNO-Truppen aus. In jedem Jahr.

KONSTANTINOS *zur Galerie hoch – und dann flitzt Kalonike die Treppe herunter und in die Küche:*
Kalonike – die Suppe, bist du fertig?

KOUMANTAROS: Du denkst wohl, daß noch einer kommt
... außer den Weibern,
die deine Tochter von ihren Männern weggeschwätzt hat.
Warum bleibt sie nicht in Athen –
wo sie wohnt: dies ist doch nur noch ihre Urlaubsinsel!
Kalonike trägt, nach einem Blick aus der Küche, ein Tablett mit zwei Tellern Fischsuppe herein und stellt es vor die Popenfrau und den Bauern hin.

KONSTANTINOS: Sie stammt von hier – wie du und ich.

KOUMANTAROS: Die macht ja Kommunismus!
Vorige Woche hat sie die Spinnhütte vergenossenschaftet, und
heute: spannt sie uns Bauern unsre Frauen aus. Sie sagt...

KONSTANTINOS: Sie sagt, sie sagt, sie sagt –
setz du dich auf den Arsch und iß!

KOUMANTAROS: Nein! – Ich trinke doch nur Wasser!

KALONIKE, *deren Arm, als sie einschenken wollte, er abwies:*
Dann essen Sie auch nur Seife?
Sie nimmt seinen Suppenteller weg, stellt ihn dann wieder vor ihn.

KOUMANTAROS: Frechheit. Popadia, der Ehrwürdige Vater
muß reden mit Lysistrate.
POPADIA: Reden!
Nicht einmal mehr beerdigen wird er die...
KOUMANTAROS *stößt Popadia fast den Suppenlöffel in die Augen; er spricht leiser, denn er wagt nicht, diese «Kühnheiten» den Konstantinos hören zu lassen:*
Exkommunizieren muß er sie,
wenn sie die Ehen – die christlichen Ehen auflöst.
Wirft sie der Pope aus der Kirche –
wirft auch der Staat sie aus der Schule!
POPADIA: Sie hält ja keine Schule mehr.
Sie hält ja nur noch Reden!
KOUMANTAROS: Sie überredet unsre Frauen –
hierher zu ziehen,
weil wir verkaufen wollen.
POPADIA: Sie kann uns ja nicht alle überreden!
KOUMANTAROS: Sie weiß, wir sind nur sechs, mit ihr,
wir Bauern, deren Ländereien so geeignet liegen,
daß Athen sie benötigt, wenn die Insel
zum Stützpunkt werden soll, für Raketen.
Laut jetzt, auch wieder zu Konstantinos:
Es wäre das Geschäft unsres Lebens:
wer wird noch jemals unsre Klitschen
derart mit Gold aufwiegen wie jetzt Amerika!
KONSTANTINOS: Mit Gold? – Du irrst: mit Geld,
mit bedrucktem Papier.
Er bringt Gewürze und Zwiebeln und Essig zum Tisch.
Wenn Lysis eure Weiber überredet, euch zu bestreiken,
dann nehmt euch Frauen von den Männern,
die fort im Ausland sind, als Fremdarbeiter.
KOUMANTAROS *ist aufgestanden, wendet sich an den eintretenden Popen, mit Verneigung:*
Ehrwürdiger Vater, können Sie vermitteln?
Der hohe, hohle Schöne mit dem fast marineblauen Assy-

rervollbart ist einer der bewußt dekorativsten Gotteshochstapler, die je auf Erden wandelten. Seine Stimme «tönt» doppelbödig und anrührend wie ein edles altes Cello. Seine rituell «kreißenden» Hände kündigen jedes einzelne seiner immer auserwählten Klischees vor dessen «Geburt» schon an. Der einst gänzlich Mittellose mußte Pope werden, weil ihm die Kirche zwar das Priesterseminar, niemals aber die Schauspielschule zu bezahlen bereit war.

POPADIA *aufstehend:* Also denn: gehen wir heim.

POPE *zur Popadia, die allein er auf der Insel als Vorgesetzten hat:*
Ich bitte dich, Euneika, um Geduld –
so groß die Schmach auch ist,
die mir die Tochter dieses Hauses zugefügt:
Gott hat mich auserwählt als Friedensbringer!
Meide ich das Haus des Konstantinos,
wie es die anderen Männer tun,
so führt Lysistrate allein das Wort.

KONSTANTINOS *der Kalonike einen Wink gibt, den Popen zu bedienen:*
Ehrwürdiger Vater, die Psarosoupa ist schon gar.
Den Wein schenkt er ihm selber ein.

POPE: Wir geben, die Popadia und ich, Euch nur die Ehre,
Herr Konstantinos, damit nicht Eure Tochter hier allein
die Bäuerinnen unter ihren Einfluß nimmt,
der zuchtlos ist!
Er setzt sich – ein Ritual, das der Feier der eigenen Person gilt. Er weiß, daß er sich als Vater von elf Kindern um Griechenland verdient gemacht hat.

KOUMANTAROS: Ehrwürdiger Vater
– sprechen Sie unsren Frauen ins Gewissen.
Es ist...

KONSTANTINOS: Nun halt dein Maul, Koumantaros,
iß Hammel.
Ehrwürdiger Vater:

Wir trinken auf das Wohl der Majestäten!
Alle erheben sich. Sie sehen die Bilder des hohen Paares an und trinken den Fotos zu. Nur Stavros und Kalonike machen sich ostentativ zu schaffen und «gucken» die Monarchen «nur mit den Hintern an».

POPADIA: Und auf das Wohl der Königinmutter!
Auch deren Foto trinken sie zu.

KONSTANTINOS: Ich zahl's den Deppen heim,
daß mich heut wegen meiner Tochter
die ganze Leiche boykottiert!

STAVROS: Die Frauen sind im Recht!
Seht Ihr denn in der Tötung der zwei Jungen
nicht einen Wink des Himmels?

POPE: Es kann nicht sein, daß sich der Himmel
mit einer Frau verbündet, über die es – das weiß Gott –
Dinge zu sagen gäbe, die das Blau des Himmels
bleich färben würden – wenn nicht: schamrot.
Die letzte Zeile flüstert er, damit nicht Konstantinos, zu dem er hinspähte, sie hört.

STAVROS: Wir wählen alle die Frau Soulidis.

KALONIKE: Ich wähle auch – wir alle: die junge Chefin!

KOUMANTAROS *während Stavros und Kalonike jetzt das Fleisch auftragen und Konstantinos sich in die Küche verzogen hat:*
Die Frauen aller unsrer Männer,
die weg zur Arbeit sind in Westeuropa,
die wählen auch die Lysis!
Jetzt ködert sie mit Anteilscheinen an der Spinnerei
sämtliche Frauen der kleinen Leute,
damit von denen keine mehr
uns Bauern auf dem Felde hilft!
Sie kommt – nein: m e i n e!
Er steht mit einem Ruck auf und schreit seiner Frau, die mit Ariadne Tsifras eingetreten ist, ins Gesicht:
Du kommst mit heim – sofort! Sonst...

Er ist still. Seine große, schöne Frau, eine Hera, tritt ihn sozusagen aus dem Wege, sagt nur, über ihre mannbreite Schulter hin –

TINA: Sonst was? – Sei nicht so laut!

Mit diesen Worten hat sie ihre lange Stola abgenommen und ihrem Männchen zugeworfen, daß es fast verschwindet und sich verwickelt in dem weiten Tuch, das es auffängt. Sie trägt wie alle Frauen das einheitliche Beerdigungsschwarz. Sie hat schönes, offenes Haar, das sie schüttelt – als schüttle sie ihren Mann ab. Freundlich sagt sie zu Konstantinos und legt beide Hände auf seine, die er – angetan von ihrer Weiblichkeit – ihr hinstreckte:

Onkel – gibst du uns Quartier, wie geht's?

KONSTANTINOS: Du wirst noch schöner, ich noch älter:
so geht's. Ab achtzig kommt es nur noch darauf an,
die Medikamente zu überleben,
die einem verschrieben werden.
Grüß Gott, Frau Tsifras!

ARIADNE *die jüngste der Bäuerinnen, hat eine gewisse städtische Gewandtheit, die hier auffällt:*
Guten Abend, Herr Konstantinos – die Lysis
wird auch gleich kommen.
Sie tröstet noch die Mutter des kleinen Spyros.
Ihr Mann nimmt sich in Deutschland eine andre –
und hier fährt man ihr einziges Kind tot!
Ehrwürdiger Vater – bitte, kümmert Euch um sie!

POPE *wirft die Arme hoch, malerisch in seinen weiten Talarärmeln:*
Der Herr hat's gegeben, der Herr hat's genommen.

TINA *aggressiv:* Der H e r r?
Gott sollte ein Kind mit dem Tode bestrafen,
weil seine Eltern – so wie mein Mann da –
ihre Ländereien dem Militär verschachern?

POPE *ist aufgestanden und sagt so verklärt, daß er beinahe schon so dumm wie seine Frau aussieht:*

Die Verwirrung, die deine Freundin auf der Insel stiftet,
wird grenzenlos, wenn du selbst Gott
noch hineinziehst in unsre irdischen Alltäglichkeiten.

TINA *wendet sich ab, setzt sich, ist aber entschlossen, ihre Verachtung zu zeigen:*
Ihr wart es, Vater, der behauptet hat,
Gott habe die Kinder uns genommen.

KOUMANTAROS: Du mußt bedenken, daß –

TINA: Du bist gar nicht gefragt. Geh heim –
sonst füttert heute niemand!

POPE: So findet Trost, ihr Mütter,
in der schon vorhomerischen Legende
der zwei Gebrüder Kleobis und Biton,
die ihre Mutter selbst zum Tempel fuhren,
weil die Stiere zu müde dazu waren ...

TINA *fällt ihm gereizt ins Gerede:*
Eine blöde Geschichte, ich lehne ab,
die meinen Schülern zu erzählen.
Sie wendet sich den anderen zu und erläutert mit Ironie:
Ihre Mutter habe sich die höchste Gunst
für die Söhne erbeten,
da habe die Göttin die Knaben sterben lassen,
solange sie noch schön und jung waren!

ARIADNE: Warum erfindet jede Obrigkeit einen Sinn,
wenn sie junge Männer umgebracht hat?

POPADIA *glättend:*
Nun, danken wir dem Herrn, daß die zwei Jungen
nicht Brüder waren.
Läßt etwa trotz des toten Jungen
auch Sophia ihren Mann im Stich?

ARIADNE: Nicht trotz, sondern – wegen des Kummers
zieht auch Sophia her.
Sie weiß nun, wie das ist,
wenn Militär ein Kind umbringt!
Zu Kalonike, die Suppe serviert:

Danke – noch keinen Appetit.

KONSTANTINOS: Wenn Sie schon Ihren Mann bestreiken, dann essen Sie doch wenigstens. Essen ist das Zweitbeste!

ARIADNE *geht mit ihrem Koffer und mit Kalonike hinauf:* Später, Herr Konstantinos. Kann doch auf diese Weise endlich wieder einmal Ihr Schwitzbad benutzen.

KONSTANTINOS: Können Sie noch heut abend, Kalonike soll Sie abspritzen!

ARIADNE: Kalonike wird schlafen wollen – ich geh mit Tina.

KONSTANTINOS: Also – Zimmer 7.

Er händigt ihr den Schlüssel aus.

Stavros springt hinzu, übernimmt den Koffer und geht mit Ariadne ab. Kalonike serviert der Frau Koumantaros. Die sagt zu ihrem Mann –

TINA: Die Kühe sind im Stall, die Ziegen mußt du noch holen lassen. Geh heim, sonst tun auch die Knechte nichts!

KOUMANTAROS: Melken – ich? Das ist doch nicht dein Ernst!

TINA: Und ob das ernst ist... War dies Ihr Platz, Vater?

POPE: Danke – hier sitze ich. Sie sollten überlegen, ob Sie Mann, Hof, Kinder, Vieh im Stich lassen.

TINA: Für meine Kinder ist gesorgt – doch sonst für nichts. Das soll doch der mal tun, der Rentner, der sich Landwirt nennt.

KOUMANTAROS *mit einem Seufzer:* Ja, Geld soll man nicht heiraten, man leiht es billiger.

TINA: Wer hätte dir denn was geliehen? Auf einem Mundwerk sind keine Hypotheken einzutragen! Die Suppe ist fabelhaft –

KOUMANTAROS: Ehrwürdiger Vater – sprecht ihr

ins Gewissen, wenn sie eins hat...
TINA: Raten Sie ihm lieber, mir zuzusagen,
daß er nicht ans Militär verkauft.
KOUMANTAROS *jetzt obenauf:*
Ja, er verkauft – ob er verkauft!
Und kauft ein Haus in Saloniki, einen großen Laden!
TINA: Einen Laden – du? Und wer bedient die Kundschaft?
KOUMANTAROS: Einen großen Laden, den ich vermiete!
TINA: Da hat die Lysis uns allesamt beruhigt:
wenn ihr ans Militär verkauft,
dann steht uns eine Barabfindung zu,
die euch die Hälfte des Erlöses kostet.
Denn einen Lohn hat ja nie eine Bäuerin
von euch gekriegt. Nicht eine – eine Drachme!
Gebt mir noch einen Teller, Kalonike!
POPADIA *schnaufend und kauend:*
Den Wirt hat seine Tochter
durch ihre Hetzreden schon ruiniert –
die Leiche betritt sein Haus nicht mehr.
TINA *sehr laut, da Konstantinos traurig in der Küchentür steht; er kommt dann herbei:*
Onkel – erstens übernachten dafür wir Bäuerinnen
ab heute in deinem Haus – und zahlen.
Doch, doch, wir zahlen – und zweitens –
KONSTANTINOS: Geht nicht ums Zahlen –
Gekocht für zwei Leichen – und wer soll's jetzt essen?
LYSISTRATE *sehr laut, ihr Vater würde es sonst nicht hören – und rasch tritt sie ein:*
Das essen morgen die Athener!
Dies mehr zu denen am runden Tisch gesagt:
Die Gutachterkommission... die uns endgültig
als wehrverwendungsfähige Insel
dem Parlament anpreisen soll –
Ohne Pause zu ihrem Vater, auf den sie zugeht und den sie an der Schulter berührt:

Tut mir ja leid, daß ich dir die Bauern
weggegrault habe...

KONSTANTINOS *zu Koumantaros:*
Die sind doch bestimmt nicht heim gegangen?

KOUMANTAROS *zögernd:*
Nein – die feiern unten beim Zacharis-Wirt.

KONSTANTINOS: Wirt? – Der? Ein Ferkel, kein Wirt.
Wirft morgens um sechse seine Gäste aus den Federn,
weil er ihre Bettücher als Tischdecken
zum Frühstück braucht.

KALONIKE *ihm beipflichtend:*
Stimmt. Einmal hab ich bei dem essen müssen.
Beim ersten Löffel dachte ich: Gekotztes!
Beim zweiten hab ich das gehofft.
Sie geht hinter die Theke, um Wein zu holen.

LYSISTRATE *zum Popen:*
Sie wollte ich nicht kränken vor den Gräbern.
Wo aber sonst – wenn nicht am Grabe seiner Opfer –
warnt man am stärksten vor dem Militär?
Sie nimmt neben Tina Platz, hat ihre große Stola abgeworfen. Stavros kommt die Treppe wieder herunter.

POPE: Wer soll die Insel künftig denn ernähren,
wenn nicht die USA?
Stavros und Kalonike tragen Hammelfleisch auf.

LYSISTRATE *zu ihrem Vater:*
Darf Stavros später mit meinem Wagen...
hier die Schlüssel, zu den Höfen fahren
und Bäuerinnen, Mägde und Körbe holen?

KONSTANTINOS *hat, eine Hand am Ohr, den zahnlosen Mund sehr weit aufgesperrt, genau zugehört; er macht eine sehr abfällige Geste – er tippt sich mit dem Zeigefinger an die Stirn und sagt böse:*
Hier – Bildung hilft zur Klugheit nichts!
Die Bauern kloppen den Stavros lendenlahm,
wenn er denen die Bäuerinnen will vom Hofe holen.

TINA: Onkel – die Lysis schickt uns nur ihr Auto,
beschlossen haben wir doch selber, zu dir zu ziehen.
KONSTANTINOS *streitet das ab, mit einer Handbewegung:*
Die Lysis überredet so,
daß der Überredete denkt,
er hätte sich selbst entschlossen.
POPE *neidisch:* Ja, die kann einen Vogel
vom Baum herunterschmeicheln.
POPADIA: Aber nur einen männlichen Vogel –
TINA: Nein – weibliche auch: nur eine Gans nicht!
KONSTANTINOS *der das nicht mitbekam, hart zu Stavros – aber auch väterlich:*
Jedenfalls verbiete ich dir, daß du allein fährst –
TINA: ... zum ersten Hof fahr ich mit Ihnen!
Wir holen dann bei mir noch Koffer.
LYSISTRATE *für die Stavros Essen in der Küche geholt hat, sagt, als wolle sie ein für allemal dieses Thema abschließen, zum Popen:*
Wie können Sie noch immer bezweifeln,
daß Raketen uns höchster Lebensgefahr aussetzen!
Landwirtschaft, Fischen und Weben
ernähren die Insel nicht mehr –
gut, holen wir Touristen, aber nicht Raketen!
KOUMANTAROS: Touristen – wie sollen die
unsre Insel auch nur finden,
die nicht einmal im Atlas ist!
TINA: Die Militärs haben uns auch gefunden.
KOUMANTAROS: Frau Dr. Soulidis hat im Parlament bisher
nicht einmal durchgesetzt, daß auch
ein Flugzeug unsre Insel anfliegt!
POPADIA: Selbst das Schiff – kommt nur freitags!
POPE *steht auf, in dem sicheren Gefühl, daß es seine Autorität hebt, wenn er nicht mit den anderen ißt, sondern als einziger – neben dem Wirt – den Tisch umkreist; er sagt:*
Als würden künftig Kriege

noch auf die gleiche Art geführt wie früher.
LYSISTRATE: Das sicher nicht: wenn Hitler Malta
dreihundertmal bomben mußte –
genügt für unsre Insel im nächsten Krieg
ein einziger Atomschlag!
POPE: Warum schaukeln die Malteser dennoch
in London, Moskau, Washington
die Stationierungskosten hoch?
Weil sie wissen, Soldaten bringen Geld!
KOUMANTAROS: Die Zeiten, wo uns die Ver-Inselung
vor Militär geschützt hat,
die sind vorbei,
seit erstmals in der Weltgeschichte
auch Russen das Mittelmeer befahren!
POPE: Wir sind einfach entdeckt worden von der Geschichte.
LYSISTRATE: Nicht so stolz darauf sein:
Wie bekam es anderen Leuten,
daß Großmächte sie entdeckten?
Den Inkas, den Filipinos, den Vietnamesen...
Wo ist dein Gast, der stille Amerikaner?
KONSTANTINOS *kalt:* Ja – ist mein Gast, warum?
LYSISTRATE: Ich fragte: wo er ist, heut abend.
POPE: Bleibt er noch lange?
STAVROS: Drei Wochen wohnt der hier,
als Kurgast sicher nicht.
KOUMANTAROS: Spion ist der! Mit dem Major
ist er tagaus, tagein die Küste abgefahren,
und jeden Baum und jeden unsrer Höfe
hat er in seine Karten eingezeichnet.
POPE: Nicht alarmierend: hat ihn ein Major
der griechischen Armee begleitet,
so ist das mit Athen vereinbart –
LYSISTRATE: Vereinbart – mit unserm Militär.
Doch ob mit der Regierung?
Da hab ich meine Zweifel.

TINA: Wie sieht der aus? Brille und immer in Schwarz,
wie ein Professor, der Scherben ausgräbt?
Heller, breiter Hut, Stroh – der?
KALONIKE: Der, ja, der isses! Hat kein Gesicht:
müßt ihm ein Ohr abschneiden,
um ihn wiederzuerkennen.
LYSISTRATE: Vater, ist sein Gepäck noch hier?
KONSTANTINOS *drohend, barsch:*
Niemand wird sich an dem Gepäck vergreifen!
Mag er Spion sein: ich bin kein Polizist!
LYSISTRATE: Natürlich, reg dich nicht auf!
KONSTANTINOS: Doch, ja, reg mich auf –
wir wollten hier zwei Leichen feiern –
und nun: nichts als beschißne Politik.
Eßt!
LYSISTRATE: Die Jugoslawen, devisenknapp
wie wir, weigern sich doch auch, eine Insel
an eine Großmacht als Flottenbasis zu vermieten –
POPE: Athen entscheidet – nicht wir Insulaner.
LYSISTRATE: Doch, wir entscheiden,
vorausgesetzt, die Bauern sind sich einig,
ihr Land nicht zu verkaufen.
Zwingen kann niemand sie – noch nicht.
KOUMANTAROS: O doch – die Not zwingt uns!
Ihr ahnt ja nicht, was uns ein Traktor kostet,
wie billig Vieh ist – und wie teuer Knechte.
LYSISTRATE: Deshalb: baut Bungalows!
KOUMANTAROS: Wovon? Hätten wir Bargeld!
LYSISTRATE: Vergessen Sie nicht, wer auf der Insel wohnt,
geboren hier und reich – und Freund und Komplice
so vieler Reichen in Athen, er ist...
POPE *ängstlich-verächtlich, ein Schrei:* Der Minister!
POPADIA *ebenso:* Ja, Herr im Himmel – der!
KOUMANTAROS: Gestürzt, fertig, der.
LYSISTRATE: Nicht gestürzt – abgewählt, was anderes.

POPADIA: Der interessiert sich nur für Weiber!
KONSTANTINOS: Auch für Sie, Popadia?
POPADIA: Das wäre – pfui.
LYSISTRATE: Der ist Geschäftsmann –
den interessieren Frauen nur,
sofern sie sein Geschäft nicht stören.
KALONIKE *ruft herein, aus der Küche:*
Die Frau Bürgermeister!
Sie rennt hinaus, ihr entgegen.
POPADIA, *man hat die Autotüren gehört, auch den Motor:*
Herr im Himmel! – Sogar Sophia!
POPE: Gehen wir also –
ich will nicht Zeuge sein des Ehebruchs!
LYSISTRATE: Des Ehestreiks.
POPE: Streik ist Bruch, Vertragsbruch.
LYSISTRATE: Nein, diese Frauen haben Bauern geheiratet –
nicht Bodenspekulanten.
POPE: Rabulistisch!
Die Ehe ist ein Sakrament, der Verkauf der Höfe
nur ein juristischer Aktus.
So gebe ich hier denn kund und zu wissen,
daß ich zum Schutz des Inselfriedens
gegen Sie, Lysistrate Soulidis,
wegen Landfriedensbruch,
wegen Hausfriedensbruch,
wegen Verstoß gegen Ehe- und Familienrecht
Strafantrag stelle. Und einkomme in Athen,
daß Ihre Immunität als Abgeordnete aufgehoben wird!
Der Pope hat sich mit einem Ruck zum Gehen entschlossen, streicht nun den Bart, während auch seine schwere Gattin hochächzt.
LYSISTRATE *lacht:* Immunität? – Wenn Sie Militär holen,
heben Sie die Immunität der ganzen Insel auf.
POPE *hebt sogar den schönen langen Zeigefinger:*
...deren Sprecher ich bin, deren rechtmäßiger!

LYSISTRATE: Rechtmäßiger? – Recht mäßiger, würd ich sagen.

Und damit ist sie verschwunden, durch die Tür unter der Treppe.

POPE: Herr Wirt, da dieses Essen keine Leiche war,
so muß wohl jeder selbst bezahlen.
Doch werdet Ihr von mir nicht denken,
daß ich im Kleide Gottes –
er hat das Amtsklischee: «im Kleid der Diener Gottes» selbstbewußt abgekürzt –
den schnöden Mammon bei mir führe,
ich werde demnächst...

KOUMANTAROS: Erlaubt, Ehrwürdiger Vater,
daß ich Euer Essen und das der Popadia – zahle.

POPE: Gott wird es Euch vergelten, Herr Nachbar.
Was Ihr getan habt dem geringsten Seiner Diener,
das habt Ihr IHM getan.
Gott erleuchte Eure Frau, zu Euch zurückzukehren.
Gesegnete Nacht denn!

STAVROS: «Gesegnete»! – das fehlte noch.

Allgemeiner Aufbruch und rascher Neuzugang:
Man sieht, wie Koumantaros im Hintergrund bei den Perlenschnüren zahlt – auch mit Fingerzeigen auf das Popenpaar. Und dann geht er, nachdem er zurückkam, um im Vordergrund seinen Beerdigungshut zu holen, einen schwarzen Filz, zwar wieder zum Ausgang, aber trotzdem nicht fort; er trinkt nur Wasser, muß aber dennoch im Gasthaus stets der letzte sein... Stavros und Tina gehen Sophia entgegen. Stavros übernimmt ihr Gepäck.
Sophia, die Frau des Bürgermeisters Dimitrios, deren Sohn heute begraben wurde, trägt einen Korb auf dem Kopf.
Sophia wirkt älter als die anderen Streikenden, von Lysistrate abgesehen. Sie hat großgezeichnete, tragische Züge, deren Strenge heute «aufgeweicht» ist; das viele Weinen hat ihr Gesicht fast entzündet. Sie nickt kurz und will rasch

und wortlos der Treppe zugehen, als ihr der Jenseitspropagandist in den Weg tritt.

POPE: Der Schmerz, Frau Bürgermeister, daß es Gott gefiel,
Euren einzigen Sohn so plötzlich
allem irdischen Jammer zu entziehen, ist...

SOPHIA *auflachend – und schubst ihn fast aus dem Weg und geht vorbei; offensichtlich hat schon seine Grabrede ihre Verachtung geweckt:*
Jammer? – mein Sohn, der immer gelacht hat!
Zu den anderen, während endlich Pope und Popadia verschwinden, ruft Sophia, schon auf der Treppe:
Ihr seid doch nicht gekränkt, wenn ich für heute
nicht essen und nicht reden mag – schlaft wohl!

KONSTANTINOS: Ja, geht ins Bett, Sophia;
der Schlaf kann mehr als ein Arzt!
Schon während der Pope zu ihr sprach, ist Stavros in den Vordergrund gekommen, um die Theke herumgegangen und reicht Schlüssel durch das Portiersfenster in den nicht einsehbaren Hausflur hinaus, während er dem Wirt antwortet und Kalonike Anweisungen gibt.

TINA *ruft Sophia nach, die dem Konstantinos dankbar zugenickt hat und die Treppe hochgeht:*
Ich komme noch mal zu dir!

KONSTANTINOS *halb zu Stavros, der am Schlüsselbrett bei dem Portiersfenster steht, halb zu Kalonike:*
Das Zimmer 8 für Frau Bürgermeister –
wo sind die Koffer?

KALONIKE *während sie Sophia hinaufgeleitet:*
Tragen die zwei Mägde, die schon hinauf sind.
Sie wies zurück auf den Hausflur. Fragt rasch:
Wo sollen die schlafen?

KOUMANTAROS *schreit Frau Dimitrios nach:*
Die Mädchen! – Ja nehmt Ihr uns die Mägde auch?

TINA, *seine Frau, verächtlich:*
Sophia wird wissen, warum sie ihren Mann

mit diesen zweien nicht unterm gleichen Dach läßt.
Übrigens sind auch unsre Mägde weg bis auf Myrrhine.
Steigst du der auf Stube,
schlägt dich ihr Tankwart weich wie Quark.

Sie geht an ihm vorbei die Treppe hoch, langsam, stolz – eine große Dame, die ganz zufällig dieser Insel als Bäuerin verblieben ist, aufgespart seit einem Jahrtausend. Man spürt, wie wahr Theodor Birts Bemerkung über die Atriden ist: daß sie «nur» reiche Bauern waren. Nun endlich geht Koumantaros ab. Frauen, im Gegensatz zu Männern, haben keinen «Stand». Fürstinnen wie kleine Nutten bringt jede Gesellschaftsschicht hervor. Tina ist eine Fürstin, die lachen würde, sagte man ihr das: da sie sich nie dagegen aufgelehnt hat, als hart schuftende Bäuerin verwirtschaftet zu werden.

KALONIKE *schreit Konstantinos ins Ohr, da er ihre Frage nicht beantwortete:*
Wo die schlafen sollen, die zwei Mädchen
vom Herrn Bürgermeister?

KONSTANTINOS: Sind die denn schon da?

KALONIKE *zeigt wieder auf den Hausflur, ungeduldig, weil er das nicht gesehen hat; das Gehen und Kommen hat tumultuöses Tempo:*
Ja – längst! Sind durch den Hausflur hoch.

KONSTANTINOS: Morgen früh kommen die Athener.
Also, eine muß bei dir –
eine bei Frau Bürgermeister schlafen.

KALONIKE: Bei mir? – Schöne Sauerei!

KONSTANTINOS: Kommt drauf an, was ihr da macht.
Er findet allmählich Spaß an dem Treiben, das er verurteilt.
Er sagt zu Stavros:
Tinas Mann ist fort, der alarmiert die anderen.
Einer alleine glaubt das ja gar nicht –

LYSISTRATE *die Treppe herabkommend, hat die letzten Worte gehört, ruft laut:*

Papa – die Bauern haben keinen Zutritt!
Keiner ist nüchtern!

KALONIKE *während sie die Treppe hoch- und abgeht:*
Dann kommt auch keiner.
Nur ein nüchterner Ehemann weiß,
was seine Frau wert ist.

KONSTANTINOS: Aber nur ein besoffener läuft ihr nach.

LYSISTRATE: Tina will noch unter die Quellen –
kommen Sie, Stavros, ich hole mit Ihnen Frau Babalis –

STAVROS: Erst, Frau Chefin, muß ich Ihnen endlich sagen,
was – Ihr Vater sollte das auch gewahr werden!

LYSISTRATE *ungeduldig, sie versteht nicht, daß er absichernd umhersieht:*
Was meinen Sie denn?

STAVROS: Die wollen Sie – ne: kassieren!
Nach einer entsprechenden Armbewegung:
Sie – ne: werden als erste hier verhaftet.

LYSISTRATE *winkt den Alten näher, der mit weitgeöffnetem Mund zuzuhören versuchte; noch nicht bestürzt:*
Vater!
Wer will mich verhaften?

STAVROS *spricht jetzt völlig anders als sonst; er hat seit seiner viel zu kurzen Schulzeit mit Worten allenfalls Tätigkeiten kommentiert, nie aber mehr etwas berichtet: er könnte blind sein Motorrad flicken, hat jedoch größte Mühe, sprachlich und chronologisch, zu erzählen, wie er zu seiner Information kam:*
Ganz eindeutig, also ... die wußten ja nicht, ne:
daß ich vier Jahre drüben bein Engländern
in Garnisonkantine auf Zypern war ...
denken natürlich, ne:
ich tät's nicht verstehen, Englischreden.
Aber eindeutig, ne: Sie will der kassieren.

LYSISTRATE: Ja – aber wer denn, Menschenskind!

STAVROS *schnell jetzt, als verstünde sich das von selbst:*

Natürlich der, der's mittags immer
unsern Amerikaner abholt!

LYSISTRATE: Der Grieche? Der Leutnant?

STAVROS *nickt, will sprechen, schweigt dann mit Blick auf die Galerie, weil oben Ariadne und Tina und Kalonike mit Badezeug überm Arm im Hemd und in kurzhosigen Schlafanzügen eilig und lachend herunterkommen, um durch die unsichtbare Tür unter der Treppe abzugehen.*

TINA: Lysis, komm mit ins Schwitzbad.

ARIADNE: Kalonike will uns noch kneten und abspritzen –

LYSISTRATE: Später – jetzt holen wir Miranda.

KALONIKE *zu Stavros:* Gib acht – der Babalis hat 'n Köter,
so hoch wie 'n Kalb.

STAVROS *nachdem er mit einem Sprung den drei Frauen bis unter die Treppe folgte, um hinter ihnen die Tür ins Bad zu schließen, sagt schneller, flüssiger:*
Bevor der Grieche mit dem Amerikaner mittags losfährt,
um die Insel abzuspionieren
– trinken die vorm Haus Kaffee, ne.
Immer. Und heute – hab'n grade hingestellt –,
guckt der Grieche so zu mir, daß ich merke, ne:
der ist... innerlich mit mir – ne: zugange.
Meinte aber gar nicht mich, wie ich dann hörte.
Denn ich hab nun gelauert – oben
hinter'n Chalousien, hört 'me doch jedes Wort,
was se sprechen vorm Hause.
Die waren sich so sicher,
weil's ganze Dorf
auf der Leiche war – und sagt der Leutnant,
geben Se hier im Hause acht,
die Wirtstocher ist schlimmer, spricht er,
als wie 'ne Kommunistin.
Bei Kommunisten weiß man, die sind Gegner,
die aber hier kann sich doch alles leisten,
von wejen se als Abgeordnete immunisiert ist...

LYSISTRATE *beginnt zu sprechen – rennt dann rasch zur Durchreiche, die nach dem Hausflur geöffnet ist, und schiebt die zu, dann gehen sie in den Vordergrund, zum Sofa:*
Versuchen Sie, ganz genau zu sein, Stavros –
verstehst du's, Vater?

KONSTANTINOS *nickt:*
Kommt davon, daß du 'n Maul hast wie 'ne Dorfschelle.

LYSISTRATE *schroff:* Ich hab mein Maul für meine Wähler.

STAVROS: Zuerst hat der gesagt – also nicht der Grieche, ne.
Zuerst der Amerikaner; ideal sowenig Menschen,
die ganze Insel der perfekte Flugzeugträger.
Und da erst, ne: spricht der Grieche –
pst, hier im Hause. Von wejen Sie, ne: de Wirtstochter!
Auch, spricht er, mit'n Gepäck... Vorsicht.
Die wollen die Regierung... also:
das, ne wahr, hab ich nicht verstehen gekonnt.
Bis daß der Fremde fragt,
was sind das so für Leute hier,
Berufe, Parteien, Viehbestand –
und spricht, es dauert nicht mehr lange;
und wie viele denn hier nur sind, die Ärger machen.
Und da, ne wahr: spricht der Grieche –
nur dreie sind hier zu kassieren,
eigentlich eine nur, die Wirtstochter.
Die aber sofort!
...und legten's Geld hin und fuhren los.

LYSISTRATE: Vater – die können mich nur verhaften,
wenn meine Immunität wegfällt, das heißt:
der Parlamentarismus... ja, die planen
den Staatsstreich!

STAVROS: Das haben Sie doch vorausgesehen, Frau Chefin!

LYSISTRATE *verdüstert:* ...'türlich: nur das Datum nicht!
Ich rufe sofort in Athen meinen Schwiegersohn an,
ob er was Neues im Amt gehört hat.

Aber nicht von unserm Telefon.
Und Sie holen Frau Babalis, fahren wir –

KONSTANTINOS *nachdem er mit einem Wink Stavros aufgefordert hat, voranzugehen:*
Sag dem Andreadis, er soll beide Konten
morgen über eine ausländische Athener Bank
nach Paris überweisen... ich versuche,
eine Hypothek auf diesen Schuppen hier zu kriegen
und geb das Geld deiner Tochter bar,
sonst hat das Mädchen gar nichts...
wenn die Banditen dich verhaften.

LYSISTRATE *während sie ihre Handtasche nimmt und nachsieht, ob sie Geld dabei hat:*
Aber Papa, dir tun die doch nichts mehr –

KONSTANTINOS: Wer weiß,
sind schon Nachtwächter bei Tage gestorben!
Staatsstreich – der wievielte, den ich erlebe:
einer allein glaubt das ja gar nicht.
Aber unser König, Mädchen: der läßt das nicht zu!

LYSISTRATE: Ach – ein König hält doch Militär nicht auf.
Sie zieht hastig ihre große Stola an.

KONSTANTINOS *im Zorn:*
Unser junger Herr ist selber Soldat!

LYSISTRATE, *aber es tut ihr leid, die Gefühle des alten Mannes zu schleifen:*
Der? – Ein Kleiderständer.
Damit ist sie hinausgegangen. Er ruft ihr nach –

KONSTANTINOS *in Wut:*
Und? – Vogelscheuchen sind auch nur Kleiderständer
und erfüllen trotzdem ihren Zweck.
Er schlurft durch den Raum, um Lampen auszumachen. Man hört Stavros mit Lysistrate davonfahren. Als Konstantinos hinter der Theke seine Zähne aus dem Bierglas nimmt und sie in den Mund tut – sonst wüßte er morgen früh nicht, wo er sie unterwegs in sein Bett liegengelassen hat – und die

Kasse aufmacht, um das Geld zu zählen, das er auch im Schlafzimmer aufbewahrt, hört man zwei Motorroller vorfahren, und die Bauern Tsifras und Koumantaros kommen hysterisch in die Gaststube. Mit erstaunlicher Eile stellt sich ihnen der Wirt in den Weg, schüttelt mit dem Schlüsselbund und ruft:

Zu – geschlossen, geschlossen!

KOUMANTAROS: Du, Onkel, der Boykott,
der soll dir eine Lehre sein.

TSIFRAS: Ihr gebt jetzt unsre Frauen heraus, sonst –

KONSTANTINOS: – sonst? Hau ab, Schwartenmagen,
wenn dir mein Leichenschmaus nicht gut genug war!
Er ruft ins Schwitzbad:
Kalonike – sag den Frauen, ihre Kerle sind da!
Will damit nichts zu tun haben.
Keine Bäuerin mehr bei Mann und Vieh:
einer alleine glaubt das ja gar nicht.

KOUMANTAROS *schreit laut auf:* Au! – Bist du verrückt?
Denn Konstantinos hat ihm – 70 Jahre geübt – von hinten den Griff seines Spazierstocks wie ein Halseisen um die Gurgel gelegt und den neugierigen Wicht, der ins Bad hinabgehen wollte, fast umgerissen; Koumantaros reibt sich die Kehle.

KONSTANTINOS: Du hast im Damenbad nichts zu gucken, Zitterarsch!
Noch immer hält er seinen Stock an dessen Spitze in der Hand.
So – und nun raus oder was verzehren:
Liebe für Liebe, aber Käse nur für Geld.

TSIFRAS, *während er das sagt, kommt Kalonike aus dem Schwitzbad; sie ist angezogen, im Gegensatz zu Tina und Ariadne, die ihr sogleich folgen. Kalonike sieht Tsifras erfreut – und dann auffallend rasch verfinstert an. Er sagt und meint mit dem Gruß Kalonike:*
Also Wein und Käse – guten Abend.

KOUMANTAROS: Trauben – keinen Wein für mich.

ARIADNE *bevor Tsifras sich nach ihr umdrehen und sie festhalten kann, wie er vorhat, ist sie an ihm vorbei und die Treppe hochgerannt; ihr Haar ist offen, ihr Bademantel auch und die Jacke ihres Schlafanzugs nur lässig zugeknöpft:*

Ist man nicht einmal hier vor dir sicher, Dicker?
Und frißt du neuerdings auch nachts?

Denn Kalonike hat Teller und Bestecke vor die Männer hingestellt.

TSIFRAS: Hungrig verhandelt man nicht.

ARIADNE: «Verhandelt»? – Nichts wird verhandelt,
solange ihr unsre Höfe «verhandeln» wollt, Idioten!

TSIFRAS *schreit:* Du guckst dich um,
wenn du nach Hause kommst!

ARIADNE *lacht auf:* Und wie erst du dich umguckst,
wenn ich nicht heimkomme!

Sie hat aus der Bademanteltasche einen Maiskolben herausgezogen – immer hat sie welche bei sich – und beginnt an ihm herumzulutschen und zu kauen. Sie ist eine lange, schlanke, nervöse Vielesserin, karg, geizig, aber lendenlustig. Obgleich ihr Mann neben dem Hof noch einen Handel als Schweinegrossist hat – Schweine sind die seit alters verwöhnten Lieblingstiere der Zykladen –, führte Ariadnes immer hungrige Raffgier dazu, sich noch den Job der Posthalterin anzueignen.

Der «Schwartenmagen», wie man Tsifras nennt, ist ein schwerer und hoher, dennoch wendiger Doppelzentner; angetrunken, ist er auch «angeheizt» wie ein Kachelofen und jedenfalls sehr laut – aber bei weitem so bedrohlich nicht, wie der erste Blick auf den Raumfüller vermuten läßt. Er trägt noch Beerdigungskluft, aber den Rock hat er daheim gelassen, so daß man seine feurig-buntbestickten Hosenträger bewundern kann; seinen Hut hat er auf.

TINA *ist nicht bereit, sich ihre gute Laune durch den Anblick ihres Mannes vertreiben zu lassen; ihrer Wirkung im Bettkleid sicher – den Morgenrock hat sie nicht angezogen, sondern nur zum Schlafanzug über ihre mannbreiten Schultern gehängt, ihr Haar trägt sie offen –, kommt sie jetzt durch den Raum und geht auf die Treppe, während sie gelangweilt sagt:*

Herr Tsifras, laßt Euch doch von meinem Mann
nicht um die Nacht bringen.
Ihr habt doch morgen auch keine Bäuerin mehr.
Ihr zwei müßt morgen doch für viere rackern.

Sie lacht, auch Ariadne und Kalonike, wie über etwas Unvorstellbares.

TSIFRAS *wutblau im Gesicht:*
Für viere? Ihr zählt die Mägde nicht,
die ihr uns auch genommen habt.

TINA: Behelft euch mit dem Knecht!

TSIFRAS: Mit dem kann man nicht alles machen –
lach nicht, du blöder Hund!

Das letzte war zu Koumantaros gesagt, den wegen Überreizung das Kichern ankam. In diesem Augenblick hat Kalonike Trauben, Brot, Käse und Wein auf den Tisch gestellt, an dem Koumantaros, aber noch nicht Tsifras Platz genommen hat. Der rollt, mehr als er geht, noch im Vordergrund, so daß Kalonike es riskieren kann, ihm ins Gesicht zu flüstern, während sie an ihm vorbei wieder hinter die Theke geht, wo sie im Türrahmen zur Küche lauernd und böse abwartet –

KALONIKE: Du Schweinehund –

ARIADNE *noch lachend wie Tina, die jetzt neben ihr oben auf der Treppe angekommen ist, hat sofort, als ihr Mann den Koumantaros anfuhr, heruntergerufen:*
Da sind sie uns endlich einmal los –
und schon rennen sie uns nach, die Helden.

KOUMANTAROS: Ihr wohnt im Gasthaus,
macht euch schön und badet, wir sollen schuften.

KONSTANTINOS: DU? – Bei Nacht?

TINA: Am Abend wird der Faule fleißig.

TSIFRAS: Kommt ihr jetzt heim, wird euch verziehen!

ARIADNE *prustet vor Lachen:*
«Verziehen»!

TINA *ebenso, fast gleichzeitig:*
«Verziehen»!

ARIADNE: «Verziehen» – verzieht euch!

Sogar Konstantinos stimmt in das Gelächter ein, das mehr als jedes Wort die Szene beherrscht, seit die Männer eingetreten sind; es entstand auch gar nicht aus Worten und Sätzen, dieses Gelächter – sondern aus dem Bewußtsein der zwei Frauen, daß sie zum erstenmal den «Ruck» gewagt haben, den Absprung aus der Dienerinnen- und Leibeigenenrolle; niemand artikuliert das – aber Lachen steckt an, das Bad hat erhitzt, die Beerdigung entnervt, der Alkohol gewisse Taue losgerissen – und wie ein Boot umkippt und keiner mehr weiß, wie das geschah, ist nun das Lachen über sie gekommen – genauer, über jene zwei Männer, die da für alle anderen mit einzustehen haben, ein nicht mehr bezähmbares, schamloses Auslachen, Elementargelächter, wie es so bodenlos nur dort entsteht, wo es «keinen Grund hat».

Die Männer können keinen halben Satz sprechen, den sie nicht wiederholen müssen, weil Lachen ihn zerriß. Nun lacht sogar Konstantinos. Bei jedem der gänzlich hilflosen Sätze, welche die zwei Ehemänner herauszuschreien versuchen – man könnte ebenso mit einem Topf gegen einen Deichbruch angehen –, steigert sich [und wechselt] das Auslachen – bösartig, unbeschwert, blödelnd, kriegerisch und friedfertig …

TSIFRAS: Ich will mit meiner Frau – komm.
Ariadne … ich will mit dir …

TINA: Was wollt Ihr mit ihr? Sie will ja gar nicht!

ARIADNE: Was denn – was willst du –?

TSIFRAS, *und das ist der vierte Versuch, zu Wort zu kommen, denn jedesmal, wenn er etwas zu sagen versuchte, kamen ihm einer der obengenannten Sätze und Lachen dazwischen; nun schreit er, daß man seine Stirnadern heraustreten sieht – was wiederum das Lachen erheblich anheizt:*
Alleine will ich mit ihr –
ARIADNE: So gehört sich's auch!
TINA: Wir machen's auch alleine, mein Mann und ich –
TSIFRAS *rennt der Treppe zu, aber da steht Konstantinos Wache:*
Sprechen – allein sprechen will ich sie.
ARIADNE *ganz unschuldig – aber das wirkt infam:*
Dann ruf mich morgen an.
Da die Maiskolben, wenn sie gekocht sind, noch gesalzen werden, so leckt sie auch ausgiebig an dem Maiskolben, was obszön aussieht; anfangs unschuldigerweise, später ihr vielleicht bewußt. Das tellurische Gelächter hat die Kleider nicht weniger geöffnet als die Schotten und Schächte der immer sinnlichen «Innereien». Waren die aus dem Bad Gekommenen ohnehin lose angezogen – wie jetzt vor allem Tina sich über die Galerie in die Wirtsstube hinabbeugt, da kommen wahre Feueranzünder von Brüsten über dem Bademantel oder Nachthemd zum Vorschein.
KOUMANTAROS *will sich seiner Tina verständlich machen – es sieht, da er in Lachen und Reden nicht zu Wort kommt, zunächst aus, als bekreuzige sich ein Irrer: so schlägt er mit der rechten Hand auf seiner Brust herum – jetzt erst kann er krakeelen:*
Tina – siehst du das nicht?
Du bist ja – bedeck dich, Frau!
TINA: Niemand erkältet sich hier.
KOUMANTAROS *hebt sogar den Finger, aber der alte Mann schlägt ihn weg, den Finger:*
Du, Onkel, wenn das mal nicht verkehrt geht!

TSIFRAS: Was ich gern wüßte – wo Ihre Tochter hin ist,
die alles angezettelt hat?

TINA *die Lysistrate nicht abfahren sah:*
Schlafen wird Lysis, wie sich das gehört.

TSIFRAS *sehr höhnisch:* «Gehört» – die?

ARIADNE: Sei still – es weiß die ganze Insel,
daß dich die Lysis weggetreten hat,
als du's bei ihr versucht hast,
kaum daß ihr Mann gefallen war.

KOUMANTAROS *zu beiden:* Politisch bleiben, Frau Tsifras,
privat zu werden, das gehört sich nicht!

TSIFRAS *lacht:* Ja, hätt sie mich behalten, damals, die Lysis,
und selbstverständlich totgeärgert,
dann wär sie heute wieder Witwe!

ARIADNE *mit der erlesenen Bosheit, mit der allein Eheleute sich attackieren können:*
Sie hat dich aber nicht behalten – mein Pech!

TSIFRAS: Du mußt so schwätzen, grade du;
was sollte ich denn machen, damals,
als du um meine Hand anhieltest
und gleich wer weiß wohin gepackt hast –?

KOUMANTAROS *während er sich mit Tsifras an den Tisch setzt, auf den Kalonike Käse, Brot und Wein gestellt hat; sie verharrt noch immer in Wut, zieht sich dann gereizt an die Küchentür zurück:*
Typisch weiblich: unterschätzen, was sie haben,
überschätzen, was sie wollen.

ARIADNE *nimmt das auf, zeigt auf die essenden:*
Typisch männlich: fressen
und nicht einmal fragen,
ob auch die Frauen Hunger haben!

TSIFRAS: Ihr kommt doch nie zu kurz!
Wenn Frauen Hunger haben,
dann sagen sie: «Die Kinder müssen essen!»

TINA: Jetzt halten sie uns schon das Essen vor.

TSIFRAS: Kommt heim! Was für ein Hof,
auf dem die Henne kräht
und der Hahn schweigen muß!
ARIADNE *immer am Maiskolben lutschend, sehr gelassen:*
Warum darf die, die Eier legt,
nicht wenigstens auch krähen?
Schlimm genug, daß nur der krähen darf,
der gar nichts tut als fickt.
TINA *verächtlich:* Nicht einmal das!
ARIADNE *ebenso:* Ziegenböcke – weder Wolle noch Milch!
TINA *böse:* Dafür zum Hörnertragen gut.
TSIFRAS: Ariadne, los, du kommst jetzt mit – oder...
ARIADNE *lacht:* – oder nicht!
TSIFRAS *steht auf, als wolle er gehen, wirft Münzen auf den Tisch:*
Gut, ich weiß, wer dich ersetzt – mehr als ersetzt,
und überall, verstehst du, überall!
ARIADNE: Gewiß, Stratyllis – die frißt sogar Kleie.
Besser, sagt die sich, ein Mann,
der im Bette sitzt und hustet –
als gar keinen Mann.
Deshalb hab ich die mitgenommen – die schläft hier!
Kalonike horcht, jetzt näher kommend, besonders aufmerksam hin.
Die schick ich dir nicht mal bei Tage.
Dann wirst du endlich einmal merken,
Kuhstall ist Arbeit.
Zu Hause kann es brennen: Du sitzt im Café!
TINA *der allein es gelingt, die Wortlawine der Freundin zu stoppen, um sie ihrerseits fortzusetzen:*
Genau wie meiner... wo die Arbeit anfängt,
schützt du Maschinen vor!
Das Auto ist erfunden worden,
um Männer von der Arbeit abzulenken.
ARIADNE: Meiner nimmt noch ins Grab

seinen Stuhl vom Café mit,
wo er Tag für Tag lauert – auf den,
der die Arbeit erfunden hat.
Viermal die Woche flickt er sein Boot – dabei
ist er gar kein Handwerker,
sondern nur ein Mundwerker.

KOUMANTAROS *zu Tina:*
Schlimm genug, daß ich an dich geraten bin –

KONSTANTINOS *deshalb amüsiert, weil er das hinter sich hat:*
Laß deine Tina mir!
Sie ist das schönste Mädchen auf der Insel.

KOUMANTAROS: Ach, Onkel, was weißt du denn
von m e i n e r Ehe!

KONSTANTINOS: Kennt man eine, kennt man alle.

KOUMANTAROS: Tina. Städter sprechen:
Frauen und Straßenbahnen läuft man nicht nach,
es kommen immer neue!

TINA *ehrlich, ein Seufzer:*
Ach, wär das schön, käm eine neue zu dir!

KOUMANTAROS *wütend, wirft auch Münzen auf den Tisch:*
Also, komm, Schwartenmagen, was wartest du,
wir sind motorisiert – und frei.

ARIADNE: Tina, guck, die Freiheit
schreckt sie fast so wie die Arbeit.

TINA *wieder mit intimer Abgefeimtheit zu ihrem Mann:*
Geh doch zur Jungmagd!
Ich weiß, du schielst nach ihr…
Die hab ich auf dem Hof gelassen… nicht ohne Absicht.
Ein Kind zwar noch, erst vierzehn,
da hat der Pope noch den Finger drauf,
doch ließe sich da nichts beweisen,
der Tanzboden ist eh schon durch.
Geh hin – denn morgen …
hole ich auch die weg…

KOUMANTAROS *so schreiend, daß er am ganzen Leibe zittert:*

Das wirst du nicht tun!
Wer sorgt für die Kinder...?

TINA: Ich sehe unsre Kinder jeden Tag in der Schule ...

ARIADNE: Immer, wenn sie uns erpressen wollen,
schicken sie die Kinder vor!

TSIFRAS: Ihr nicht?
Was sind euch Kinder sonst als Geiseln...?

ARIADNE *empört:*
Du wagst es, von unsern Kindern noch zu sprechen –
und willst den Kindern ihre Existenz verjubeln?

TINA: Genau wie meiner – «Kinder!»
Ich fürchte, die Kinder könnten dich mal fragen:
«Papa, was willst du eigentlich mal werden?»
Du – Berufsrentner auf meinem Hof
und wagst es, wagst es:
uns anzudrohen, den zu Geld zu machen,
Land geben für Geld,
eine Plantage wegtauschen gegen eine Zitrone!
Du... Hans im Glück, du – du Arschloch!
Sie atmet aus, sichtbar, hörbar, so tief befriedigt wie seit langem nicht mehr. Ihr Mann lehnte merklich abgeschlafft an der Theke, jetzt reißt er den Hut an sich – und stürmt wortlos vor Tsifras, der ihm folgt, durch die Perlenschnüre. Tina und Ariadne, die ihren Arm um Tinas Schulter legte, sind rasch von der Galerie ins obere Stockwerk entschwunden.

KALONIKE *während sie den Tisch abräumt, an dem die beiden gegessen haben und Konstantinos dort die Münzen einsammelt:*
Die holen, glaub ich, jetzt die anderen Bauern.

KONSTANTINOS *verächtlich:*
Blöd genug sind die, ihren Eheurlaub
mit Männern zu verquatschen,
wo Stücker vierzig Strohwitwen
von Fremdarbeitern auf der Insel schlafen.

Schon auf halber Treppe, ruft er ihr noch zu und zeigt zum Tor hinter dem Perlenvorhang:
Noch nicht verriegeln, bis der Stavros heimkommt.
Ohne etwas zu riskieren, da Konstantinos schwerhörig ist, lockt jetzt, hinter der Theke in der Küchentür erschienen, mit zwei leisen Eselschreien Tsifras die noch den Tisch abwischende Kalonike; aber sie hält ihm stur den handlichen Hintern hin; erst auf seinen dritten «Schrei» – denn er wagt nicht, in die Gaststube zu treten, blickt ängstlich zur Galerie hoch – dreht sich fauchend –

KALONIKE *um und zischt:*
Du falscher Rachen! Geh zu deiner Frau
auf Zimmer 7 – Schweinehund;
erst einen Abend ist die nicht daheim,
da winselst du schon hinterher.

TSIFRAS *erstaunlich bei seinem Gewicht, ist mit einem Satz bei ihr, preßt sie an sich, küßt ihr den Mund zu, ruft fast ebenso laut:*
Schrei nicht, bist du verrückt!
Leise: Wie hätt ich können zu dir kommen,
ohne angeblich Ariadne zu... zu...

KALONIKE *auch leiser, aber unvermindert zornig:*
Laß mich los, leg dich auf dein Brett ohne Brust,
Zimmer 7 – und wenn se nicht will,
dann mach dir 'n Knoten in deine Schöpfung!

TSIFRAS: Guck doch – wegen dir bin ich gekommen;
glaubst du soo was schleppt einer seiner Frau nach?
Sie ist schon besänftigt, bevor sie noch ihre Beine hinstreckt, den Rock hochziehend, damit sie begutachten kann, was er ihr anzieht: weiche, sehr elegante glacéweiße und auch noch folkloristisch buntverzierte Stiefel mit hohen Absätzen, die er einer Segeltuchtasche entnommen hat, die sonst am Rücksitz seines Motorrollers hängt. Aufgebläht sagt er kniend:
Hat Stavros dir soo was schon geschenkt?

KALONIKE: Der spaltet dir den Schädel.

TSIFRAS: Der holt doch jetzt die Frau Babalis.

KALONIKE *umarmt ihn:* Klasse! – Aber wie dem erklären,
wo ich die herhab? – Wunderbar, du!
Sie ist versöhnt, lacht, beugt sich hinunter, um seinen schwitzenden Nacken zu küssen, denn er kniet noch, wie er ihr die Stiefel anzog.

TSIFRAS *ächzt hoch, sagt stolz:*
Los – die behältst du an, sonst nichts, los. Wo?

KALONIKE: Das Haus ist voll wie 'n Ei.
Geh heim, ich komme nach, wenn Stavros schläft.

TSIFRAS: Nein! Ariadnes Eltern sind da,
um mir den Kram zu machen,
deshalb mußt ich so tun,
als lief ich der nach!
Er zeigt nach oben; sie sagt –

KALONIKE: Vierzehn Tage hast du dich nicht blicken lassen.

TSIFRAS: Und du? – Ich weiß doch nie,
wann Stavros weg ist!
Sie sprechen sehr schnell, immer mit Blick auf die Galerie, bereit, sofort durch die Küche zu verschwinden.
Tsifras mit wachsender Angst, nervös – er zeigt auf die Stiefel, die ihr offensichtlich sehr gefallen:
Die hat dein Bruder dir geschickt – alle Soldaten
schicken so was.

KALONIKE *skeptisch:* Ihren Schwestern? Wohin?

TSIFRAS *drängend:* Draußen! Hab doch's Moped.

KALONIKE: Dann fahren wir Stavros in die Scheinwerfer.

TSIFRAS *jetzt bettelnd:*
Der kommt noch lange nicht, der holt Miranda.
Los – mach mich mal müde.

KALONIKE *lacht leise, fährt ihm zärtlich durch die Haarborsten:*
Müde? – Hast ja getrunken und kannst den Kopf
schon kaum noch heben.

TSIFRAS: D e n sollst du auch nicht müde machen.
Im Schwitzbad?

KALONIKE: Die Lysis will noch baden – und oben
bin ich heut nicht allein – d a!

Sie hat den erlösenden Einfall, weist mit einer Kopfbewegung auf die Kellertür im Fußboden. Tsifras strahlt, ist jetzt so flink, wie Wuchtige oft sind, hat den Ring der Kellertür gefaßt und die Tür hochgerissen; er macht zwei Schritte in den Keller, sie will ihm schon folgen, während er die Tür noch hochhält, da sagt sie, die einen Küchenkerzenständer und Streichhölzer vom Regal über der Theke genommen hat:

Und wie merken wir hernach,
daß niemand in der Gaststube sitzt?

TSIFRAS: D u kannst doch jederzeit aus'm Keller kommen.

KALONIKE *ungeduldig:* Du aber nicht!
Rasch: Ich weiß – die Luft ist rein,
wenn du die Musikbox hörst...

TSIFRAS *nickt und hilft ihr, indem er hinter ihr und sich die Kellertür zuzieht. Sie ist schon fast zu, da springt er noch einmal heraus, greift ihre Sandalen auf, die da liegen, wo sie die Stiefel anprobierte, ruft erschrocken:*
Deine Sandalen!
Und ist jetzt sehr schnell unten. Das wird auch Zeit, denn draußen ist ein Wagen vorgefahren – und schon zerteilt der mit Koffern und Taschen bepackte Stavros die Perlenschnüre, gefolgt von der rouladenrunden Frau Miranda Babalis.

STAVROS *schreit sehr verärgert:* Kalonike! Wirt! – Wirt?
Keine zehn Esel ziehen mich bei Nacht
noch mal auf einen Hof!
Er stellt das Gepäck hin, geht um die Theke zum Schlüsselbrett, schiebt die geschlossene Durchreiche zum Hausflur auf, gibt – während die von ihm abgeholte Frau Miranda in der Gaststube aus ihrem Gepäck Bademantel und Wasch-

zeug holt und ihre Stola ablegt – zwei Schlüssel hinaus in den Flur, ruft noch einmal sehr laut:
Kalonike?
Da kommen schon – sie waren im Bett, ziehen im Laufen Morgenmäntel über – Tina und Ariadne aus dem Obergeschoß. Alles in großer Hast.
TINA: Wie bist du daheim weggekommen?
MIRANDA: Stavros kam so grade mit heiler Haut vom Hof.
STAVROS: Empfehle, hier wegzugehen,
Ihr Mann kommt nach.
MIRANDA: Ja – weil die heut zwei Felle versoffen haben!
ARIADNE: Meiner war auch angetrunken – war schon hier.
Beruhigt mich aber, besoffen
geht er wenigstens nicht fremd.
Sie wippt, Arme übereinandergeschlagen, triumphierend auf den Zehen, während sie genau auf der Kellertür steht.
MIRANDA: Ihr geht nicht noch mal mit ins Bad?
Sie wartet die Antwort nicht ab, verschwindet rasch.
Konstantinos kommt mit Sandalen und einem Nachthemd, das seine Länge noch mehr in die Länge zieht, so daß er einem Gespenst gleicht, aus der Tür, die von der Galerie in die oberen Etagen führt; der Kimono, den ihm Lysistrate einmal mitbrachte und den er im Herabkommen anzieht, reicht ihm nur bis knapp zu den Knien.
STAVROS: Herr – wohin, Frau Babalis mit ihrer Magd?
KONSTANTINOS: Elf und neun.
Stavros nimmt das schwere, Tina und Ariadne nehmen das leichtere Gepäck. Sie sind noch auf Treppe und Galerie, als man schon die Außentür hört – und rasch tritt, wie gehetzt und doch nicht unfeierlich, der Pope ein, neben sich die tief ausatmende, auffallend blasse Lysistrate – und nun walzt auch die Popadia in die Gaststube: sie hat sich umgezogen, ist ganz in Weiß, sieht jetzt aus wie eine schlachtreife Gans – und tatsächlich nennt man sie auf der Insel, da des Popen Vornamen Martinos ist, die Martinsgans.

Lysistrate geht zwischen dem Popenpaar hindurch, alle schweigen jetzt und blicken auf die drei.

LYSISTRATE *atemlos, aufgebracht, sagt kurz:*
Seid bedankt, Ehrwürdiger Vater!

POPE *erläuternd zu den anderen:*
Sie mußte mich um Schutz angehen, eure Männer
vertraten ihr den Heimweg…
sie sollte nicht nach Hause dürfen,
bevor nicht ihr zu Hause seid!

KONSTANTINOS *in das betroffene Schweigen hinein, zur Popadia:*
Und Ihr seid mitgegangen, wie – um des Popen
Heimweg zu beschützen?
Einer alleine glaubt das ja gar nicht!

POPADIA *stolz:* O nein!
Ich bin mitgegangen, weil man mit Eurer Tochter –
sie streckt anklagend ihre fette Hand nach Lysistrate aus –
nicht einmal den Popen alleine lassen darf.

LYSISTRATE *während Tina und Ariadne kurz auflachen und sich der Pope zornbebend seiner Gebieterin zuwendet:*
Ihr schmeichelt mir, Popadia, jedoch:
daß ich in Eurem Hause Zuflucht suchte,
war Zufall; dort traten mir die Trampel in den Weg.

KONSTANTINOS *plötzlich in Bewegung, schreit:*
Los – Stavros, hin,
verrammelt das Tor!
Kommen die nach?

POPE: Nein – mir nicht, das wäre gotteslästerlich!

TINA *verächtlich:*
Euch nicht! – Da sind sie!
Lysistrate hat sich mit drei Sprüngen bis in die Mitte der Treppe geflüchtet.
Hinter den Glasperlen, noch unsichtbar, schreien

DIMITRIOS, BABALIS *und* KOUMANTAROS*:*
Fort – aus dem Weg!

Laß auf!
Unsre Frauen her!
Mach dich weg!
Weg da, Kellner!
Hau ab!

Stavros wird von den Bauern, da er ihnen offenbar an dem unsichtbaren Tor in den Weg trat, brutal in die Gaststube gestoßen, er fällt auf den Hintern, will sich in lustheißer Wut auf die Eintretenden stürzen – aber da halten ihn Konstantinos und sogar der Pope fest.

Koumantaros hebt ihn, besorgt wegen seiner Stärke, sogar freundlich auf. Durcheinander schreien alle gleichzeitig –

KONSTANTINOS: Hier bleibste!
STAVROS: Loslassen!
BABALIS: Mach keinen dot, Junge!
KOUMANTAROS: Die hauen dich matschig!
STAVROS: Mich – d i e ? Bürgermeister:
wir laufen uns mal über'n Weg, alleine –
und dann hast du 'n Paßbild wie 'ne Kniescheibe.
POPE: Mäßigt Euch, Kellner – dem Mann ist heute
der Sohn begraben worden.
STAVROS: Ich hab ihm seinen Jungen nicht dodgemacht;
Bauernsäue – m i c h zu treten!

Während man Stavros in Richtung Musikbox wegzerrt, fügt er sich allmählich, denn immerhin mauern sich jetzt vier Männer vor ihm auf. Der hochgewachsene, bartdüstere Bürgermeister Dimitrios hat sich umgeschaut, um Sophia unter den Frauen zu finden. Die lustig-dicke Miranda Babalis ruft in die Gaststube – kreischend –

MIRANDA: Was ist, wie steht ihr da – ein ganzer C h o r !

Chor ist treffend, auch die Frauen gruppieren sich. Denn wie es sich geziemt im deutschen Drama, gruppieren sich auch Bäuerinnen und Bauern, die «einander anfallen», zu «zwei Halbchören, welche zu gleicher Zeit, von zwei entgegengesetzten Seiten, der eine aus der Tiefe, der andere

aus dem Vordergrund eintreten... und sich alsdann auf derselben Seite, wo jeder eingetreten, in eine Reihe stellen» (Schiller).
So stehen die Gäste dieses Hauses, die Bäuerinnen, das Geländer gleichsam zu ihrem Schutz vor sich, oben auf der Galerie; Stavros steht, Wächter des Hauses, am Fuß der Treppe: keiner der Eindringlinge könnte riskieren, an ihm vorbei zu den Zimmern vorzudringen – gesetzt den Fall, er wagte es, den ehrwürdigen Wirt beiseite zu drängen. Da ist nichts reflektiert, aber so genau, wie auf jedem Geflügelhof Herrscher und Beherrschte ihren Platz haben – so auch hier bei der instinktiv vollzogenen Aufstellung. Aus der Norm walzte nur die Popadia: zum Chor der Bauern konnte sie nicht gut hinzutreten, so setzt sie sich allein an den ovalen Tisch und ißt pausenlos eingemachte Pomeranzen; der Stolz, mit dem Vertreter Gottes auf dieser Insel verheiratet zu sein, verdummt ihre Züge bis zur Entstellung.
Die Bauern sind sehenswert: Sophias Mann Dimitrios, Bürgermeister, dessen einziger Sohn begraben wurde, ist auch sonst schweigsam verdüstert, heute natürlich besonders. Obgleich mit Worten ungewandt, ist er der Hauptgegner der Lysistrate, denn der Tod seines Erben hat ihn verkaufsbereiter gemacht als je – und sein Hof liegt so günstig, daß diese Ländereien allein schon einen bedeutenden Teil dessen ausmachen, was das Militär benötigt.
Dimitrios ist ein bärtiger, schlanker Riese, denn seine Mutter kam von sehr weit her, sie war eine geradezu kolossale Montenegrinerin.
Babalis macht schnüffelnde, nasehochziehende, zähnebleckende Mienenspiele, ohne direkt eine «Macke» zu haben, aber ein Gesichtstick ist es immerhin.
Er ist Samenhändler und Großbauer und begrüßt seine Wucht von Weib als einziger mit sichtbarem Enthusiasmus, indem er Miranda mit der erschöpfenden Anrede:

«Du!» klatschend auf ihren Reiterhosenspeck haut, wofür sie ihm den Hut in die Stirn schlägt. Sie hatte baden wollen, sich ausgezogen und spürt jetzt, wie sehr sie den armen Popen erotisiert; sie ist ebenso rund wie seine Frau, nur jung und lustig und noch fest allüberall – wo die Popadia schon wabbelig wie Joghurt ist; auch hat sie Temperament im Gegensatz zu Popadia: sie springt, wo die rollt.
Der leidtragende Dimitrios hat noch sein kleinbürgerliches Beerdigungsschwarz an, trägt auch in späteren Szenen nicht die farbenlustige Inseltracht, wie alle anderen, sondern bleibt in jägerlich-bäuerlichem Dunkelgrün mit grauen Wickelgamaschen, während natürlich Tsifras und Koumantaros, die sich noch nicht umziehen konnten, auch bei späteren Auftritten so bunt angezogen sind wie schon heute abend die anderen Bauern, die jetzt hier eindringen. Denn wenig kümmert uns, daß man nur auf Festen und Tänzen die Inseltrachten ausführt: Hier soll es bunt zugehen! So zeigen die Männer blau- oder rotgestrickte Boleros mit schwarzer und goldener Litze und Schnurbesatz, ein weißes Hemd mit barocken Puffärmeln, weite blaue Kniehosen, Vrakes genannt, und entweder weiße, wollene Gamaschen oder – wie auf Kreta – nackte Haut bis zur Hälfte der Wade, dann Reitschuhe, «in deren Fassons und Farben sie ihre ganzen modischen Gelüste auslassen. Die Reitschuhe sind manchmal halb rot, halb Wildleder, manchmal glacéweiß. Wozu diese Stiefel dienen, ist nicht klar, da die Kreter, wie alle Griechen, quer auf ihren kleinen Eseln sitzen.» [Edschmid] Auf Korfu tragen sie nicht diese Reitschuhe, sonder spitze, türkische Pantoffeln ohne Troddeln und nicht ein schwarzes Tuch, wie auf Kreta, als Kopfbedeckung, sondern einen roten Fes mit blauer Quaste oder nur einen weißen Strohhut. Dies zur Auswahl. Die Kleidung der Frauen, in diesem Akt ohnehin uniformiertes Beerdigungsschwarz mit Kopftüchern oder Stolas zu sehr langen Röcken, ist wesentlich einförmiger; buntbestickt sind

nur die Blusen mit meist weiten Ärmeln und die Gürtel; die weiten, langen Röcke sind pflaumenblau oder mohnrot.

Der Männerhalbchor, «der aus der Tiefe» eintrat, das heißt durch das nachtschwarze Loch hinter den Glasperlenschnüren, ist zwar vorgedrungen bis zur Treppe, dann aber, auch keineswegs unordentlich, sondern nach Maßgabe der Würde, die jedem einzelnen seiner Mitglieder zukommt, zurückgewichen bis zur Theke. Die Frauen entreißen, weil dieses Haus ihre Festung ist, den Männern sehr rasch die Gesprächsführung...

DIMITRIOS *autoritär:* Holt meine Frau – wo ist die?!
Los – holt sie her!

TINA *und das nimmt ihm den Atem:*
Wie redet Ihr uns an, Bürgermeister?
Wollt Ihr befehlen?

MIRANDA: Befehlen – uns? – Nachts!

ARIADNE: Sophia wird wissen,
warum sie schon zu Bett ging.
Von uns allen kann sie ihren Mann
am wenigsten verstehen,
habt einen Sohn verloren durch Panzer –
und wollt ans Militär verkaufen!

DIMITRIOS: Ja, grad weil nun mein Erbe tot ist.

ARIADNE: Sind Töchter keine Erben?

KONSTANTINOS: Kannst noch mal Vadder werden
einem Sohn, Dimi!

DIMITRIOS: Holt Sophia, sonst –

KONSTANTINOS *tritt ihm am Fuß der Treppe in den Weg, hinter ihm steht, in Erwartung, endlich zuschlagen zu dürfen, Stavros; sein Anblick ist einschüchternd:*
Kein Mann, der hier kein Zimmer hat,
wird mir im Haus die Frauen stören –

POPADIA: Dann will ich Euch, Bürgermeister, Sophia holen.

KONSTANTINOS *läßt die Popadia vorbei, sagt kurz, während sie die Treppe hochwuchtet:* Zimmer 8.

Die beiden «Chorführer», der Bürgermeister und der Pope, haben sich in ganz «natürlicher Rangordnung» vor die Bauern aufgestellt, während die Frauen instinktiv die Meistbedrohte, Lysistrate, in ihre Mitte nahmen; sie steht dort, wo die Treppe mit der ersten Etage abschließt.

ARIADNE: Meiner ist nicht mitgekommen,
will gar nicht wissen, wo er ist.
Wo ist er denn?

KOUMANTAROS: Hat seinen Stolz, er spricht:
einmal ist er Euch nachgelaufen,
ein zweites Mal, spricht er –

ARIADNE: Ein zweites Mal kann er nicht,
weil er gesoffen hat –
früher konnte er nie sitzen,
weil er immer einen stehen hatte;
heute kann er nicht mehr stehen,
weil er immer einen sitzen hat.

TINA: Haben die mal alle Tassen im Schrank,
dann nicht die Gläser!

MIRANDA: Genau! Wollten im Ernst Lysis gefangennehmen!

KOUMANTAROS: Warum nicht! –
Die bellt doch, grad wie Hunde,
nur für sich selbst – und nicht, um's Dorf zu warnen!
Alles Stimmenfang.

DIMITRIOS: Warum soll die zu Hause wohnen dürfen,
solange sie es euch verbietet?

ARIADNE, *und es kündigt sich schon hier an, daß dies kaum mehr ein Dialog ist, sondern Satzkaskaden, die – zuletzt kaum mehr verstehbar – mit südlicher Geschreifreude aufeinanderschlagen:*
«Verbietet» – hört auf zu denken,
wir ließen uns noch was verbieten!

TINA: Viere seid ihr gewesen – gegen eine Frau!
Wolltet ihr Lysis in einen Schweinekoben stecken, oder?
Ihr seid die Spucke nicht wert...

Sie spuckt trotzdem hinunter.

DIMITRIOS: Eigentlich nur mit ihr reden wollten wir.

LYSISTRATE: Habt ihr mich deshalb angepackt
und rumgezerrt?
Jetzt zieht sie Sophia, die im Nachthemd von der Popadia geholt worden ist, neben sich an das Galeriegeländer, während die Popadia ostentativ aus dem Chor der Frauen heraustritt und die Treppe herabwalzt ... dann aber doch zögert, zu den Männern zu gehen. Als einzige nimmt sie Platz am runden Tisch – befangen plötzlich, weil niemand spricht, ehe sie endlich dasitzt.
Sophia, ich hielt deinen Mann für klüger
als die anderen – aber die Landkarte kennt auch er nicht ...
Ein leidenschaftlich beschwörender Mahnruf zur Selbsterhaltung:
Keine Flotte, die aus dem Schwarzen Meer kommt,
könnte Raketen auf unsrer Insel dulden!
Wir würden Zielpunkt Nummer eins!
Verbrannte Erde und verbrannte Menschen.
Man spricht von «Sonderlagern», von «Sondermunition»,
vermutlich meint man Gas, Chemie ...
Wenn ihr euch weigert, Bauern, ihr euch querlegt,
dann kann der Staat auf dieser Insel
nicht finden, was er braucht – Land genug,
an einem Stück,
strategisch zweckvoll und mit Meeresufern,
genug für einen großen Sperrbezirk.

DIMITRIOS: Na – und?
Dann geht Athen zu einer anderen Insel:
zweitausend Inseln hat die Ägäis,
nur hundertdreißig sind bewohnt.

SOPHIE: Also, schickt die USA auf eine unbewohnte, Mann!
Uns muß genügen,
von uns das Unheil abgewehrt zu haben.
Wir können uns nicht anheischig machen,

das Pentagon überhaupt durch Abrüstung
in einen Bäckerladen zu verwandeln.
Hat dich denn, Mann, heut mittag
das offene Grab nicht zu Verstand gebracht?

DIMITRIOS *zerknirscht:*
Laß das jetzt, Frau –
dein Gehetze bringt uns den Jungen nicht zurück.

SOPHIA: Willst du schon wegsehen von ihm!

DIMITRIOS *gequält:* Was hilft – hinsehen?

LYSISTRATE, *da Sophia zurücktritt, die Schultern hochgezogen, weil sie wieder weint:*
Die Toten sind es, die uns Lebenden die Augen öffnen.
Sophias Tränen sind nur die ersten,
die auf dieser Insel geweint werden,
wenn Militär kommt.

POPE *hebt seine dekorativen Hände:*
Gott steht über den Parteien – wie ich.
Doch christlich ist es nicht,
die Verteidigung der Heimat... Fremden zu überlassen!

LYSISTRATE *als habe sie darauf gewartet:*
Da sind wir endlich einer Meinung!
Daß Griechen Griechenland verteidigen:
ist selbstverständlich!
Ich bin doch keine Pazifistin.
Verzicht auf Waffen: schützt nicht vor deren Wirkung.
Wir Frauen wehren ab,
daß Fremde unsre Insel
– unter dem Vorwand, auch Griechenland zu schützen –
erst interessant für Aggressoren machen!
Kein Russe würde unsrer Insel nur einen Blick schenken –
«schenkten» uns Amerikaner nicht – Raketen.
Eine Großmacht, deren Sicherheit
nicht unser Problem ist,
will unsre Insel als Blitzableiter mißbrauchen!
Solange nicht «Patrioten»

das zu verhindern suchen,
suchen sie ihre Frauen vergebens.
Stavros! Vater! Schmeißt sie raus!
Sie legt ihren Arm um Sophia und geht rasch mit ihr ab.
BABALIS *der sich bisher zurückhielt, drängt in den Vordergrund:*
Frauen, wenn ihr tatsächlich...
der Lysis, die keinen Ehemann mehr hat,
parieren und streiken solltet...
POPE: Der Satan reibt sich beide Hände,
daß hier Lysistrate die Ehen auflöst!
ARIADNE: Wir vertreten denn Sie vor Gott:
daß vierzig Männer unsrer Insel,
die als Konjunkturkulis im Ausland schuften,
ihre Frauen verlassen mußten?
POPE: Das können Sie doch nicht vergleichen!
MIRANDA: Allerdings nicht – denn unsre Bauern da,
wenn sie vernünftig würden,
die könnten uns Frauen noch heute nacht
für Bett und Hof zurückerhalten.
TINA: Baut Hotels: dann können die Verbannten
nach Hause kommen, hier arbeiten.
DIMITRIOS: Tourismus finanziert uns keiner – niemand.
BABALIS: So isses: wenn hier gebaut wird – dann Kasernen.
KOUMANTAROS: Merkt ihr's noch immer nicht:
die Lysis will unsre Männer wiederholen,
die endlich jetzt im Ausland arbeiten lernen,
weil jeder Habenichts die Stimme ihr gibt!
Sie ist nur deshalb keine Kommunistin,
weil sie auch dann noch weiterwühlen will,
wenn wieder Bürgerkrieg ist und Athen,
wie Anno 46 mit dem Erlaß 509,
Schnauzen wie ihrer den Zuchthausriegel vorschiebt.
KONSTANTINOS: Zitterarsch, verlaß mein Haus!
TINA: Laß ihn, Onkel, er hat seine Meinung gesagt –

Konstantinos: Ins Zuchthaus will er Lysis bringen!
Stavros!

Ariadne *ist rasch die Treppe heruntergekommen und schiebt sich zwischen Stavros, der «tätig» werden wollte, und Koumantaros – während sie leidenschaftlich zu überzeugen versucht:*
Traut ihr's doch zu, daß sie Touristen herholt!
Als sie die Weberei
zum Eigentum derer erklärte, die dort arbeiten:
habt ihr das auch erst dann geglaubt,
als es geschehen war!

Babalis: Proletinnen als Eigentümer – ha!

Tina: Ein Wort wiegt mehr als eine Münze, Nachbar.
Nicht weil er kein Sparbuch, weil er keine Manieren hat,
ist einer Prolet!

Koumantaros: Ich warne euch, Frauen:
die Nachbarinnen, deren Männer
als Konjunktursöldner in Westeuropa sind...

Ariadne: ...die arbeiten in der Spinnhütte, alle.

Koumantaros: Schön, schön – doch kann das ja
diese Kleinkapitalistinnen nicht daran hindern,
uns abends noch im Haus zu helfen!

Ariadne: Glaubst, deren Männer interessiert das nicht?

Koumantaros: Dreitausend Kilometer weit – sind die!

Miranda: Die kommen auch mal heim –
und rechnen ab mit denen, die ihre Frauen hier...

Babalis: Die – was?
Den Frauen unsrer jungen Fremdarbeiter
(die alten soll man ja nicht überfordern),
den jungen Frauen geben wir Arbeit,
bei uns im Haus, nach Feierabend.
Ist das nicht ehrenwert?

Koumantaros: Und schlafen müssen die auch
in unserm Hause, der Kinder wegen!

Babalis: Daß auch so mancher Stausee, der Monate,

der jahrelang nicht abgelassen wurde,
dann seine Schleusen öffnen wird, wer will's beweisen!
Betten und Tote reden nicht.

POPE *streckt beide Arme nach der Popadia aus und ruft und stürzt schon der Popadia voran, hinweg, dem Ausgang zu:*
Euneika, fliehen wir die Stätte!
Der Teufel selber
– schämt euch, Frauen wie Männer! –
hat hier das Wort ergriffen.

KONSTANTINOS *während er schon anfängt, die Lampen auszumachen:*
Auch weg, ihr Männer – los!
Zum Essen seid ihr weggeblieben –
zum Maulen ist mir's Licht zu teuer.

TINA: Ihr Männer, halten wir das fest,
wollt den Anfang machen mit Ehebrüchen!

DIMITRIOS: Ehebruch macht schon,
wer nicht heimkommt!

MIRANDA: Wir haben auch nur Ehe-, nicht: Liebesstreik!

TINA: Jawohl – morgen kommen vier Athener...

ARIADNE: Offiziere – keine Rüpel.

MIRANDA, *ein Schlußwort, lapidar, hart, endgültig; sie spricht direkt ihren Mann an – spricht aber doch für alle:*
Nimmst du dir eine andere ins Haus,
so setze ich dir Hörner auf,
daß du in keinen Hut mehr paßt!

BABALIS *ultimativ:* Dein letztes Wort?

TINA *schnell:* Nicht ihres – unsres, ja!
Koumantaros geht als erster der Männer wortlos ab.

ADRIANE: Unsres.

MIRANDA: Unsres.

DIMITRIOS *schiebt die Männer zum Ausgang, autoritär:*
Los, los – Männer, die derart mit sich reden lassen –
sind keine mehr, los, kommt, los –

MIRANDA *während sich die Frauen recken und dehnen und*

gähnen und brüsten – und bettwärts durch die Tür oben in der Galerie weggehen:
Schon beinah schade, daß wir deshalb so vergnügt –
weil wir die Männer los sind;
denn jetzt, wo's ins Bett geht, hätte man ganz gerne einen.

ARIADNE *leidenschaftlich:* Ich nicht, ich nicht –
oh, ich genieße ein ganzes Zimmer,
ein ganzes Bett für mich allein!

MIRANDA: Hoffentlich betrügen sie uns!

TINA: Warum? – Brauchst du das, um's auch zu tun?

MIRANDA: Bestimmt – ich kann's nur über mich bringen
mit einer Prise Rachsucht. *Ab.*

TINA *traurig:* Rachsucht ist wenigstens noch ein Gefühl!
Doch Überdruß ...?
Sie lehnt allein dort oben am Geländer und blickt tief deprimiert – offenbar mit ihren Gedanken sehr weit weg und sehr einsam – in die Gaststube, dann geht auch sie mit einem Seufzer ab.

KONSTANTINOS *hat das Portal, das man nicht sieht hinter den Perlenschnüren, verriegelt und ruft in die Küche:*
Nun, marsch, aufs Sofa da, hol dir 'ne Decke!

STAVROS *ziemlich energisch, während er der Treppe zugeht:*
Schon 'n starkes Stück, Herr, daß Ihr einfach
meine Kammer mit vermietet!

KONSTANTINOS, *Geldzählerbewegung:*
Gäste weist man nicht ab. Kriegst extra was.

STAVROS: Die Kalonike, habt Ihr die gesehen?

KONSTANTINOS: Die hat eine Magd von Dimitrios
mit auf Kammer,
laß die zwei schlafen!
Gibt viel Arbeit morgen, mit den Regierungsleuten.
Nun schlaf –

STAVROS *geht rasch vor ihm die Treppe hoch, ruft oben von der Galerie:*
Muß mein Bettzeug noch holen –

Während Konstantinos, der alle Lichter bis auf eines gelöscht hat, jetzt furchtbar alt aussieht und die Treppe hoch- und wegächzt, öffnet sich die Falltür zum Keller und der zerzauste Schopf der Kalonike wird sichtbar und dann, nach einer Angstpause, sie selbst, die eine Flasche Wein mitbringt. Sie ist bis zum Hals zugeknöpft und sieht, vom zerwühlten Haar abgesehen, so «angezogen» aus wie am ganzen Tag noch nicht – man spürt: weil sie Angst hat! Bis zum Gürtel kommt sie zögernd – dann äußerst rasch zum Vorschein; als sie oben ist, gibt sie sofort ihre Anweisungen an Tsifras, der sich noch nicht blicken läßt; sie spricht flüsternd, immer den Blick auf die Tür oben in der Galerie gerichtet, durch die Stavros und der Wirt abgingen und die offengeblieben ist.

KALONIKE: Hau ab, sobald ich an der Tür bin, tschüs!

TSIFRAS *bisher nur bis zur Nasenspitze sichtbar, ruft ihr scharf zischend, aber ganz leise nach und zeigt portalwärts:*

Vergiß die Stiefel nicht!

Du – nicht abgeschlossen?

KALONIKE *sich umwendend, aber nicht mehr zu ihm zurückkehrend, sie steht schon in der Mitte der Gaststube:*

Nur verriegelt.

Sie ist mit drei Schritten auf der Treppe, da kehrt sie um und sagt, auf halbem Wege zur Kellertür:

Laß den Motor nicht an!

Er tippt an seine Stirn: sie solle ihn nicht für verrückt halten. Und sieht ihr nach, die, drei Stufen auf einmal nehmend, die Treppe hochschnellt. Weisungsgemäß wartet er – zu lange. Denn oben in der Tür stößt sie fast mit dem Bettzeug schleppenden Stavros zusammen; der Bauer, soeben aus dem Keller heraus, kann gerade noch hinter die Theke springen und sich ducken. Er wischt, ausatmend, mit seinem weichen Hut Schweiß von der Stirn – nachdem er noch einmal den Versuch wagte, aber doch sofort vor ihm zurückschreckte, wenigstens die Küchentür noch zu erreichen.

STAVROS *läßt etwas das Bettzeug sinken:*
Wo warst du denn?

KALONIKE *hält ihm in der ersten Aufregung nur die Flasche vor die Nase:*
Im Bett natürlich.

STAVROS, *und das versteht sie erst nach zehn Sekunden:*
Soo! In Kleidern?

KALONIKE: Ich hab doch die blöde Gans
von Dimitrios auf Kammer...
und da hab ich mich wieder angezogen
und die Flasche geklaut und wollte zu dir.

STAVROS *geht an ihr vorbei, der Treppe zu, arglos:*
Prima, komm – muß auf'm Sofa schlafen!
Hast ja die Kellertür aufgelassen.

KALONIKE *jetzt in schweißtreibender Sorge, sie hat ja nicht sehen können, ob der Freund noch aus dem Keller herauskam oder ob er dorthin zurück ist:*
Mensch!
Sie rennt an ihm vorbei die Treppe hinunter, er folgt ihr mit normaler Gemächlichkeit und lacht sie aus.

STAVROS: Bist mir eine schöne Diebin!

KALONIKE *langsamer gehend, sich umsehend, wo der Freund hockt, sieht ihn unter der Theke, reißt am Ring die Kellertür hoch, sagt:*
Es können nicht alle so gerissen sein wie du.
Und läßt die Kellertür wieder – den Keller offenlassend – auf den Fußboden zurücksinken. Sie sagt, während sie den nächststehenden Stuhl nimmt und vor den Zugang zur Theke rückt, damit Tsifras besser abgedeckt ist, und sich breitbeinig – sie trägt ja einen langen Rock – darauf setzt:
Wir können's nur im Keller machen.

STAVROS *hat sein Bettzeug auf das Sofa gelegt und beginnt, es dort auszubreiten; er sagt, als habe sie einen Vogel:*

Wie kommst du auf d i e Idee! Auf Lehmboden?
Und er zeigt auf das Sofa.
KALONIKE: Quatsch: da liegt die alte Plane vom Gartenzelt.
Hier sind wir nicht allein.
STAVROS *der das wieder köstlich dumm findet, hebt am Ring die Kellertür auf und deckt die Kellertreppe zu:*
Nicht allein?
Wer soll noch kommen?
KALONIKE *hält ihm Flasche und Korkenzieher hin, sie braucht Zeit, zu überlegen:*
Guck, ob die Haustür zu ist.
STAVROS *die Flasche zwischen den Beinen, während er sie entkorkt:*
Der Alte hat verriegelt, zieh dich aus.
KALONIKE, *ihr Entsetzen wächst, noch hat sie den rettenden Einfall nicht:*
Guck du erst nach der Haustür... und dann...
dann mach die Box an, mach Musik!
Ich hol die Gläser.
STAVROS *auf dem Weg zur Haustür, ist stehengeblieben, derart überspannt hat sie noch nie geredet:*
Musik – wozu?
KALONIKE *ist hinter die Theke gegangen, um Gläser zu holen, damit nicht Stavros dorthin geht:*
Will noch tanzen.
STAVROS *stehenbleibend, außer sich vor Erstaunen:*
T a n z e n! – Wir haben ja nie getanzt.
KALONIKE: Eben – weil du nur immer d a s willst.
Mir tut noch alles weh von heute mittag –
STAVROS *kommt von der Haustür zurück, schüttet ein Glas Wein herunter im Stehen und will sie abdrängen, dem Vordergrund, dem Sofa zu; er sagt sehr zärtlich, er liebt sie, ist deshalb der Schwächere und hat nicht einmal Worte:*
Nur noch so 'n bißchen zu dir kommen
als stiller Untermieter!

KALONIKE: Mach jetzt Musik, aber leise.
Denn er hat sie wieder zum Sofa zu drängen versucht: Kalonike weiß, daß «es» sein muß, zur Rettung des Gefangenen, doch versucht sie noch einmal, dem das zu ersparen:
Laß uns nur tanzen, ich bin satt.

STAVROS *während er die Musikbox bedient, dreht sich erstaunt um, fast mißtrauisch:*
Du warst doch auf dem Weg zu mir?

KALONIKE *hilft ihm, der nichts davon versteht, eine ihr angenehme Schallplatte zu finden:*
Ach, doch nicht diese Platte!
Auf dem verkrüppelten Sofa da
können zwei doch nicht schlafen.
Die Musik läuft, er kommt wieder auf sie zu, sie weicht zurück.

STAVROS: Auch einer kann auf dem nur schlafen,
wenn er's gemacht hat. Komm –
wir müssen doch nicht toben!

KALONIKE *rasch jetzt, mit tanzenden Bewegungen – doch da es hoffnungslos wäre, den Klotz da anders als zum Boxen und Koitieren in Bewegung bringen zu wollen, so tanzt sie allein; Musik und Not genügen, dies Naturtalent zu einem Striptease von sublimster Raffinesse zu begaben; während Stavros denkt, der Entkleidungstanz geschähe für ihn, sieht man, daß sie die Kleider benötigt, um den Stuhl, seine Lehne, seine Beine, zu verhängen, mit dem der Bauer soweit, wie die Theke das nicht tut, abgedeckt ist; sie nimmt auch, da die Kleider nicht ausreichen würden, das Kissen vom Sofa und tut es auf den Stuhl:*
Bleib da – bleib da – komm nicht hierher.
Schenk mir noch einmal ein –
Sie trinkt aus, tanzend, strippend. Stavros steht da, kopfschüttelnd, Mund offen – und während sie tanzend jedes so notwendige Kleidungsstück zum Stuhl trägt und dort als Tarnung benutzt, lächelt er besitzerblöde. Sie tanzt, ihn so

wieder bis in die Mitte der Gaststube abdrängend, noch einmal auf ihn zu, wehrt sich gegen seine Zugriffe, indem sie den Büstenhalter, halb wie ein Lasso, halb wie einen Diskus über sich schwingt und sich entzieht und ruft, nur noch im Schlüpfer:
Mach erst das Licht aus.
Warum fängst du nicht auch an!
Licht aus, Licht aus, sonst komme ich nicht.

STAVROS *parierend, bewundernd, knipst das letzte Licht aus, das Konstantinos angelassen hat, und sagt:*
Einfälle hast du!

Vorhang

Zweiter Akt

Politik: das Geld anderer Leute

Eine Venusstatue haben Taucher des italienischen Zolls in den Ruinen eines im Tyrrhenischen Meer versunkenen römischen Gebäudes geborgen.

«Die Welt» vom 26. Juni 1971

Hoher Sold, zollfreier Einkauf und Gammeldienst machen für über 3000 UNO-Soldaten den Einsatz auf Zypern zum Dauerurlaub... Historisch gebildete UNO-Kämpfer... tauchen mit Erfolg vor der Südküste der Insel nach versunkenen phönizischen und hellenischen Schiffen. Mit dem – streng verbotenen – Vertrieb der geborgenen Antiquitäten verdienen sich die UNO-Soldaten ein weiteres Zubrot.

«Der Spiegel» vom 23. Januar 1971

Frauen besetzen die Kirche
Die Gattinnen und Mütter von 19 spanischen Untergrundarbeiterführern setzten gestern einen dreitägigen Proteststreik in einer Madrider Kirche fort, obwohl ihnen das Essen ausgegangen war...
Sie verlangen besondere Behandlung für politische Gefangene und die Entfernung der Geheimmikrophone in den Besucherräumen der Gefängnisse.
Die Priester der Kirche gaben den Frauen je eine Tasse Kaffee und während des Tages Wasser. Erzbischof Casimiro Morcillo von Madrid hat die Ergreifung legaler Maßnahmen zur Räumung der Kirche angedroht, für den Fall, daß die Frauen den Streik fortsetzen sollten.

«Abendzeitung», Basel, vom 13. Januar 1969

Frauen

Ein schöner «schneidiger» Offizier, Manussis, etwa fünfzig, dekoriert mit Orden und Schnüren, nicht die eher zivile Mütze auf, sondern den Helm, betritt die Bühne bei noch geschlossenem Vorhang und singt und sagt, wobei er sich – nur heute – schon deshalb «philosophisch» vorkommt, weil er einfach bettgroggy ist; den Namen des Baslers Bachofen hat er nie gehört, aber dessen Worte – unser Motto – würde er durchaus gutheißen: «Die Mutter ist früher als der Sohn... Das Weib geht voran, der Mann folgt; das Weib ist früher, der Mann steht zu ihr im Sohnesverhältnis; das Weib ist das Gegebene, der Mann das aus ihr erst Gewordene. Er gehört der sichtbaren, aber stets wechselnden Schöpfung an; er kommt nur in sterblicher Gestalt zum Dasein. Von Anfang an vorhanden, gegeben, unwandelbar ist nur das Weib; geworden, und darum stetem Untergang verfallen, der Mann.»
Er singt und sagt:

Frauen – die das stärkere Geschlecht
sind, weil sie es haben:

Wie im Handumdrehen schwächt
Ihr den Mann! Ihn abzutraben,

braucht's ein Viertel eurer Kraft.
Der, den zwei auf Abbruch stürmen,

stirbt – oder eine Dritte schafft
ihm den Unterschlupf beim Türmen.

(Die ihn meist erst sitzen läßt,
wenn er ihr das Bett schon näßt.)

Wer kennt einen Ehemann, der nicht Angst vor der Frau?
Kluge schaffen sich Töchter an, die zum Vater stehen.

Haft und wohn-«haft»: haargenau
trifft's die Sprache: überstehen reimt auf Ehen.

Die Statistik lehrt, acht Jahre
älter als die Männer werden

– werden Frauen! Po und Haare
bleiben ihnen wie den Pferden:

beim Friseur – viermal mehr
zahlen sie als er.

Denn wie selten kriegen Frauen Glatzen!
Auch verlieren sie nie den schönen Hintern.

«Schwächeres Geschlecht»: So schwatzen
nur Idioten. Seht an Kindern:

Was die Frau tut, bis eins kommt zur Welt!
Komisch wenig tut dazu ihr Hund: der Mann

... der so gerne als ein «Herr» bellt,
weil sie zeigt, wo's lang geht im Gespann ...

Allenfalls in Firmen und Kasernen
darf befehlen noch der Chef, der Offizier.

Doch in Frauen muß jedes Männlein lernen:
Schon daß sie es nimmt – gibt ihr

eine Souveränität, die seine
einfach weglacht über Nacht:

Nur weil sie gewährt, was ganz alleine
erst aus Männern – Menschen macht!

Die Gaststube ist sonnig wie vorgestern mittag, weißweinhell. Lysistrate tippt im Vordergrund auf dem abgeschabten Sofa rasch einen Brief; neben ihrer leichten Reisemaschine ein nicht so leichter Aktenstoß. Sie ist sehr elegant angezogen, trägt ein verstädtertes, fußlanges, mohnrotes Kleid, dessen goldene Stickerei auf Volkskunst zurückgeht und zeitlos ist.
Man spürt, das Kleid trägt sie aus einem offiziellen Anlaß, der weder der Tagesstunde – Siesta – noch der Umgebung entspricht. Wie sie da zuweilen das Tippen unterbricht, die Brille [an einem silbernen Kettchen] von der Nase nimmt, sich über die Stirn streicht, nachdenkt – dann heftig und rascher weitertippt: ist nichts so beherrschend in ihrem langnasigen Callas-Gesicht wie die Raffinesse; listiger als Odysseus hätte kein Mann – hätte aber zweifellos die Schwester des Odysseus noch aussehen können. Der Brite Ernle Bradford, der auf den Spuren Homers sieben Jahre mit einem Zehntonner zwischen den griechischen Inseln segelte, schreibt: «Wer je in der Levante gelebt hat, weiß, daß Verschlagenheit und Arglist dort in hohem Ansehen stehen. Die Eigenschaften, wie sie bei uns ein König Arthur, ein Karl der Große oder ein Abraham Lincoln verkörpern, gehören nicht zu denen, die im östlichen Mittelmeer am meisten verehrt werden. Das Verhalten des Odysseus, das uns manchmal eher schäbig als bewundernswert vorkommt, wurde von den Zeitgenossen Homers ganz anders gesehen; auch heute noch denken die Griechen da übrigens anders als wir...» Das bestätigt Melina Mercouri; sie beschreibt ihren Großvater, der jahrzehntelang Bürgermeister von Athen war, als «bedenkenlos gerecht» – um zu kommentieren: «Er war es so sehr, daß die Leute manchmal die Geduld mit ihm verloren... In Griechenland glaubt man, einem Mann sei nicht zu trauen, der zu rechtschaffen ist. Es wird als unmenschlich angesehen, allen Versuchungen zu widerste-

hen...» So völlig «unmenschlich» war dieser alte Herr dann doch nicht, da er – wie sein Sohn – wenigstens den Versuchungen nicht widerstand, denen er durch Damen ausgesetzt wurde: «In Griechenland galt und gilt dies keineswegs als verwerflich. Im Gegenteil, es gehört sozusagen zur Mannesehre... Mein Vater war während der Schwangerschaft meiner Mutter mit einer reizenden Schauspielerin weggelaufen, die nächst mir die schönsten Augen in ganz Athen hatte...» Und Edschmid, der oft mit griechischen Seeleuten reiste, notierte: «Wenn ein Unglück geschieht, dann lachen alle anderen Kapitäne, strecken den Hals nach vorn und schlagen die Augen nach dem Himmel hoch. Das heißt im Orient soviel wie bei uns das Kopfschütteln. Denn das Kopfschütteln kennen die Orientalen nicht. Sie meinen... daß der Kapitän des Schiffes eine Versicherungsgesellschaft mit dem Untergang hereingelegt habe...» Das ist durchaus nicht immer komisch: mindestens bei zwei Schiffskatastrophen 1970 und 1971 waren viele griechische Besatzungsmitglieder früher in den Booten als die Passagiere, deren viele dann elend ertrunken sind. Edschmid sah auch oft, daß die Griechen, die Fremde – mitunter – wirklich lieben und ihnen Freundlichkeit erweisen, wo sie nur können, ihre eigenen Landsleute sehr schlecht und boshaft behandeln... Das beklagte auch Jacob Burckhardt.

Stavros kommt durch die Perlenschnüre in die Halle – die Tippende hört es nicht; er schiebt sein lose über die Hose hängendes Hemd mit der rechten Hand hoch, und während er sich gähnend reckt, juckt er sich, heftig wie ein sich flöhender Hund, zwischen Achselhöhle und Schulterblatt. Dann «reißt» er seine Augen auf und «boxt» wie ein Weltmeister in der letzten Runde... Das treibt er so intensiv, daß er nicht hört, wie jetzt ein Wagen vorfährt und eine Tür zufliegt und westeuropäisch gekleidet [Sommeranzug mit Weste und breitrandigem Panamahut] ein wuchtiger, langer Mann von sechzig in die Halle tritt – für drei Atemzüge noch den Boxweltmeister vor

Augen, der plötzlich den Hereinkommenen entdeckt und, sich krümmend vor Verlegenheit, eine schiefe Verbeugung versucht, murmelnd –

STAVROS: Gleich – Herr Minister – gleich.
Er eilt in den Vordergrund, aber da ist der Mann schon hinter ihm, tippt ihn an, hält ihn zurück, legt seinen Finger auf die Lippe, entnimmt seiner Brieftasche einen Schein, steckt ihn Stavros zu, was der zum Ärger des Mannes sehr laut mit
Oh – danke, Herr Minister!
beantwortet, und winkt dem Kellner zu verschwinden – und da dreht Lysistrate sich um, schreckt hoch und schimpft so humorlos, wie Überraschte eben sind.

LYSISTRATE: Stavros! – Warum haben Sie mir nicht gesagt...
Minister, lukullisch, bestens angezogen, noch sehr straff bei deutlichem Embonpoint, opulent und sicherlich witzig, wo er als Todfeind auftreten müßte, hat noch einmal ungeduldig – Ungeduld glaubt er sich überhaupt schuldig zu sein als unfreiwilliger Frührentner – dem Kellner den Wink gegeben, sich zu verziehen; so kann Stavros gar nicht mehr antworten und geht über die Treppe ab.
Lysistrate, während sie auf die Armbanduhr sieht:
Also erst kommt er ein Vierteljahr überhaupt nicht
und dann eine Viertelstunde zu früh!

MINISTER *küßt ihr die Hand:*
Auf einen s o l c h e n Gestellungsbefehl!
Vermutlich soll ich Sie heiraten: einverstanden.

LYSISTRATE *hat rasch die Schreibmaschine seinem Blick entzogen, sie in die Sofaecke getan, die Akten darauf und sagt aufstehend:*
Immer sparsam: ihn heiraten
ist natürlich die billigste Art,
einen Abgeordneten zu kaufen!
Sie geht zur Kaffeemaschine.

MINISTER: So oft man Abgeordnete kaufen muß,

kann man doch nicht heiraten!
...Hört Ihr Kellner zu?

LYSISTRATE: Stavros?
Sie geht bis an die Haustür, sagt noch einmal:
Stavros?
Sie hat dem Eisschrank eine Schüssel mit Mandelkrem entnommen. Er gibt ihr Feuer, raucht selber eine Bauchbindenzigarre, folgt ihr thekenwärts – und das sieht wiederum so bedrohlich aus, daß Lysistrate jetzt denkt, es sei nicht klug gewesen, mit ihm allein zu verhandeln. Sie weist eingeschüchtert auf die Mandelkrem, er macht drei weitere, feste Schritte, steht dann wieder dicht vor ihr, wuchtig. Betroffen sagt sie:
Zu essen habe ich...

MINISTER *steht hinter ihr, seine Hand an ihrem Nacken, was durch eine Kopfbewegung von ihr abgewiesen wird, und sagt entschlossen, ja mörderisch:*
Madame – Siesta: Ihr Alter hält ein Nickerchen,
die Jugend macht ein Fickerchen –
und das Tor ist verriegelt: ich könnte Ihnen
– *er hebt mit einem Ruck die Falltür hoch* –
da auf der Kellertreppe das Genick brechen
und beeiden, Sie seien gestürzt!
Mir wird in Athen jedes Wort geglaubt.

LYSISTRATE: Das nicht!
Wenn Ihre Intelligenz ausgereicht hat,
an der Ausstattung der Armee
wenigstens acht Millionen Dollar abzusahnen...

MINISTER *ganz unerregt; er läßt den Ring der Falltür plötzlich los, so daß die laut krachend zuschlägt:*
Meine Partei hat die Provision kassiert, nicht ich –

LYSISTRATE: Falsch! Ihre Partei hat Schmiergeld
darüber hinaus kassiert.
Übrigens kalkulieren –
Sehr betont: – meine Freunde und ich ein,

daß auch Ihre Partei sehr interessiert ist,
daß nichts auffliegt... Trinken wir
aufs Wohl der Insel!

MINISTER *während er sie frontal ansieht, um ihr zuzutrinken:*
Sie haben jetzt ein Gesicht –
als hätten Sie Ihre Mutter verkauft.

LYSISTRATE: Schwach, Ihre Retourkutsche,
da ich das zu Ihnen sagte.
Jeder Ihresgleichen verkauft seine Mutter
– doch Sie liefern sie dann nicht!

MINISTER *versonnen; steht dann auf, aktiviert durch Angst und Umsicht:*
Seit es Ihnen dank meiner Abwesenheit geglückt ist,
die Firma zu erpressen,
warte ich geradezu auf Ihre Vorladung.
Ja, dumme Ärzte, vergessene Zettel
und rachsüchtige Frauen
bringen den Schlauesten zur Strecke.

LYSISTRATE: Und Sie sind nicht der Schlaueste!

MINISTER: Gewiß nicht... sonst hätte ich gehandelt.

LYSISTRATE *lacht höhnisch:* Was hätten Sie noch tun können!

MINISTER *resigniert lächelnd:*
Daß ausgerechnet Ihre Tochter
den Bruder meiner Sekretärin heiratet:
ein Unfall!

LYSISTRATE *lacht laut:*
Aber mit Totalschaden!

MINISTER: Ich hätte das Miststück heiraten müssen
oder töten.
Zum Heiraten fehlte mir der Mut,
zum Töten die Gelegenheit...
Ich habe ihr statt dessen 200000 Dollar gegeben –

LYSISTRATE *sanft:*
Abgegeben! – Schweigegeld – nicht überwältigend,

gemessen an dem, was Sie kassierten!

MINISTER: Es war genug, daß sie mich dafür haßt.
In der Jugend weiß man das noch nicht,
aber dann als Mann, nach furchtbarem Lehrgeld:
Nur zwei Dinge auf Erden haben ewigen Bestand
– die Aktienpakete des Heiligen Vaters
und die Rachsucht einer gekränkten Frau!
Ganz plötzlich packt er Lysis brutal am Unterarm – so erschreckend, daß sie vergißt zu versuchen, sich loszumachen; was übrigens auch nicht möglich wäre. Er sagt sehr entschlossen:
Listige Menschen sehen das Nächstliegende nicht
vor lauter List:
Sie spielen mit dem Leben, Lysistrate!

LYSISTRATE *etwas abrückend von ihm, aber er streckt nur den Arm aus, der sie hält, lockert keineswegs seinen Griff um ihren Unterarm:*
Nicht mit meinem.

MINISTER *langsam, wie zählend:*
Mit Ihrem, mit dem Ihres Freundes,
mit dem seiner Schwester und –

LYSISTRATE *ironisch:*
Und? Jaaa: das eben macht uns sicher,
Sie können gar nicht wissen,
wer alles... schon – alles weiß!

MINISTER *läßt sie los:*
Und Sie können nicht wissen,
wer alles sich... sonst was kosten ließe,
daß Sie schweigen!

LYSISTRATE: Wir schweigen, wenn Sie zahlen...
übrigens Geld, das Ihnen erstens nicht zukommt
und das Sie zweitens behalten!

MINISTER: Wie? «Behalten»!

LYSISTRATE: Bauen Sie auf den Ländern unsrer Inselbauern
Hotels, Bungalows, Gaststätten...

Ihnen bleiben die Gebäude, den Bauern das bebaute Land!
MINISTER *sieht auf die Uhr, als müsse er gehen:*
Ich erzähle nur eine Geschichte...
LYSISTRATE *ist aufgestanden, sagt kalt:*
Zahlen jetzt – erzählen später!
MINISTER: Oh, es ist eilig, Sie ahnen nicht; wie eilig...
Als ich zum zweitenmal Minister wurde –
LYSISTRATE *auflachend:*
Das ist aber doch lange her!
MINISTER *hat nur die Hand gehoben, hat absichernd zur Galerie hochgeschaut, auch in die Küche, spricht rasch weiter, geht umher, während Lysistrate die Mokkamaschine auf der Theke bedient:*
– da gehörte es zu meinen Pflichten,
mich auch für NATO-Partner zu interessieren.
Denn hat man nichts in der Hand,
frißt einem auch keiner draus –
LYSISTRATE: Also auch Erpressung?
MINISTER *abwinkend, fortfahrend, spricht rasch:*
Jedenfalls ein Minister in Bonn damals –
LYSISTRATE *heftig:*
Wozu ablenken – ich kenne keine deutschen Minister
außer Strauß und diesem – wie heißt der,
der aussieht wie ein bedeutendes Marzipanschwein?
MINISTER *sehr gereizt:*
Ich habe nicht Strauß gesagt,
ich hab doch keinen Vogel – aber Sie, meine Liebe,
müssen Ihren Mitbanditen sagen,
die Dame, die dem Minister Riesenprofite
an Rüstungsgeschäften nachsagte,
ist genau auf der Reise tödlich verunglückt,
auf der sie noch einmal ein Vermögen erpressen wollte...
Eines hat sie schon bekommen –
genau wie meine Sekretärin.
LYSISTRATE: Diese Deutsche war auch

die Sekretärin des Ministers?
MINISTER: Nein – der ist ja intelligenter als ich.
Sie war Sekretärin jenes Rüstungslobbyisten,
den die Frau des Ministers Onkel nennt.
Dieser Onkel hatte seine Sekretärin,
als er sich pensionierte,
mit dreihunderttausend Mark in eine Fabrik eingekauft.
Als es mit der bergab ging,
gab er noch hunderttausend –
als aber das Herzchen wenige Monate später
abermals dreihunderttausend beim Onkel
von Frau Minister erpressen wollte,
verunglückte es heimwärts tödlich...
anläßlich einer durch Soldaten
ausgelösten Autobahnhetzjagd...
selbst die Koffer wurden dem Dummchen geklaut,
der Leiche, wollt ich sagen: gute Arbeit.
LYSISTRATE: Ausgezeichnet, ja – daher: beweislos!
MINISTER *lacht:* Oh – beweist durchaus,
was m i r genügt:
daß kaum je zu beweisen ist,
ob ein Unglücksfall ein Straßenattentat war.
LYSISTRATE: Aber, aber... der Balkan ist nicht Bonn!
Woher wissen Sie übrigens, daß sie erpreßt hat?
MINISTER: Sie prahlte –
LYSISTRATE: Ach, das war nicht schön von ihr,
i c h tu das nie.
MINISTER: Wer weiß – Ja, die Deutsche prahlte,
sie erhalte die Gelder,
weil s i e über den Minister wisse,
was die Presse über ihn wissen m ö c h t e!
Presse, das Wort kommt ja von Erpressung.
LYSISTRATE: Schluß damit – Sie haben mein Versprechen,
daß ich keine Autos benutze,
bevor Ihre Drachmen überwiesen sind.

MINISTER *lakonisch:* Wer mich erpreßt, der stirbt daran.
Sie wären schon verstorben, hätten Sie nicht
meine Abwesenheit benützt,
die Firmen zu erpressen!
Schreit: Und diese Idioten zahlten!
Sie trinken, jedoch das Gespräch ist jetzt wie zwischen Rotkäppchen und Wolf in jenem Moment, in dem der Wolf sich bereits zu erkennen gab; nur wechseln hier ständig die Rollen.

LYSISTRATE: Erpreßt!
Ich habe eine... Korruptionssteuer kassiert,
um damit die Weberei
für unsere Gastarbeiterwitwen zu kaufen.
Was sagen Sie zu dem Experiment?

MINISTER: Die Finanzierung durch Erpressung: schändlich.
Die Überschreibung an die Spinnerinnen... ja:
muß der Neid Ihnen lassen...

LYSISTRATE: Der Neid?
Sie wußten, die Spinnhütte war stillgelegt,
die Weberinnen mußten auf den Feldern schuften.
Warum haben Sie nicht...

MINISTER *heftig:* Die Firma, begreifen Sie,
kann offiziell zugeben,
sie spende die stillgelegte Weberei
einem Kollektiv von Weberinnen.
Ich kann aber nicht sagen, weil ich als Minister...
ein bißchen mehr als mein Gehalt hatte:
stifte ich ein Touristenzentrum... absurd!

LYSISTRATE: Sie müssen – dies ist Ihre Heimat –
hier drei Millionen Dollar investieren, Sie müssen!

MINISTER *ein Schrei:* Drei? – Drei?

LYSISTRATE: Von achten, ja.

MINISTER *auf und ab gehend, heftig rauchend – dann stehenbleibend, wie zum letzten Wort:*
Holen Sie das Geld im Parlament.

Er will schreien, bedenkt dann, was er sagt, und zischt es leise heraus:
Ich könnte nicht einmal die Herkunft
dem Steueramt erklären!

LYSISTRATE *kalt, ungerührt:*
Darüber haben wir nachgedacht.
Sie werden als Geschäftsführer einer – frei erfundenen –
Liechtensteiner Investment-AG auftreten.
Durchaus üblich, ausgediente Minister und Generale
als Aktienschieber großen Stils zu bejobben.

MINISTER *schickt sich an zu gehen:*
Ich denke nicht daran, auf einer Insel,
auf der nicht einmal Füchse sich gute Nacht sagen,
geschweige denn Touristen, mein Geld zu investieren.

LYSISTRATE *jetzt wild wie eine Raubkatze und laut, auch nur einmal:*
Sie wagen das Ihr Geld zu nennen!
Wo kommt's denn her, Ihr Geld?
Sie haben niemals unter sechs Prozent kassiert,
von den Rüstungsfirmen,
denen Sie die Aufträge zugeschanzt haben.

MINISTER: Was ihr aber nicht wißt:
wie das Geld aufgeteilt wurde –
wieviel an einzelne Herren ging,
wieviel an die Parteikasse.
Das weiß auch meine Sekretärin nicht.

LYSISTRATE: Um so besser, daß auch Ihre Partei
interessiert ist, daß nichts auffliegt.

MINISTER *abwertend, verächtlich:*
Auffliegt! – Überschätzen Sie das doch nicht.
Ein Skandal ist heute auch nicht mehr, was er mal war!
Er spuckt verächtlich die abgebissene Spitze seiner dicken Prachtzigarre aus, die er sich jetzt ruhig aus einer Glasröhre nahm und ansteckte.
Denken Sie so niederträchtig von meiner Intelligenz,

daß ich mich einlasse in solche Geschäfte,
ohne zuvor auch Staatsanwälte aufzukaufen?

LYSISTRATE *nickt:*
Der Rang eines Kriminellen
bemißt sich nach seiner Fähigkeit,
staatliche Lizenzen für seine Verbrechen einzuholen!

MINISTER *sich aufbäumend, er steigt sogar auf die Fußspitzen, aber seine Empörung kippt in Lachen um, das ziemlich sicher ist:*
«Verbrechen»!
Plötzlich wieder wölfisch:
Es wäre ja schade um Sie, gnädige Frau!

LYSISTRATE *verächtlich:* Schon wieder eine Drohung?

MINISTER: Drohung? – Ach wo: nur...
holen Sie Ihren Schwiegersohn heim,
eh' es die Götter tun!

LYSISTRATE: Die «Götter» wissen nicht, wo Andreadis
mit den Papieren... den Ausgang
dieses Tête-à-tête abwartet.

MINISTER *mit Hohn:* Papiere! – Führt man darüber Buch?

LYSISTRATE: Zeugenaussagen.

MINISTER: Lassen sich bestreiten.

LYSISTRATE: Die Zeugen leben.

MINISTER: Noch!
Von allen Sterblichen sind Zeugen – die sterblichsten!

LYSISTRATE: Bedenkzeit bis morgen abend!
Die Regierungskommission ist schon im Hause;
spätestens nächste Woche wird Athen den USA
zur Militarisierung unsrer Insel grünes Licht geben,
wir – Sie und ich – müssen vorher handeln...
Vater?
Sie sieht nach oben, denn die Tür auf der Galerie hat sich geöffnet, der Alte schlurft heraus, der Minister geht dem Senior der Insel ehrerbietig entgegen, froh, das Gespräch abzubrechen.

MINISTER: Herr Konstantinos...

KONSTANTINOS *hält seinen Stock wie einen Degen hoch und ruft, seine Augen sind noch gut, von der Galerie herunter:*
Herr Minister, was macht man mit einer Tochter...

MINISTER *ist ihm entgegengegangen:*
Wir haben uns ein halbes Jahr nicht gesehen:
immer unverändert, der König der Zykladen!

KONSTANTINOS *lacht, winkt weg:*
Ungestraft wird keiner alt!
Vorbei, nach dem Spiel
kommen König und Bauer in den gleichen Beutel.
Aber ich sah Sie im Fernsehen, öfter!

MINISTER: Das gucken Sie sich an?

KONSTANTINOS: Eigentlich nur das Werbefernsehen:
da freut mich, was ich alles nicht brauche.
Er gibt dem Minister die Hand.
Aber daß ich das noch erlebe:
einer alleine glaubt das ja gar nicht!
Zu Lysistrate:
Verrückt, verrückt – erst macht sie alle Frauen hier
zu Weberei-Mitbesitzerinnen;
und wenn sie dann erreicht hat,
daß keine einzige auf dem Feldern mehr hilft:
dann will sie unsre Landwirtschaft erhalten!

MINISTER *lacht, seufzt:*
Frauen! – Gott konnte ruhen am siebten Tage,
weil er die Frau erst am achten schuf.
Konstantinos lacht auf, hebt grüßend Arm und Stock und schlurft unter die Treppe und geht dort ab in Richtung Schwitzbad.

LYSISTRATE: Schaffen Sie hier Arbeitsplätze
durch Tourismus, dann schaffen Sie auch Ihr Comeback!

MINISTER: Sie wollen noch mein Comeback?

LYSISTRATE: Politik ist der Weg des kleineren Übels!

MINISTER: Was wäre das größere?

LYSISTRATE: Der Militärputsch –
MINISTER *hebt abwehrend die Hand, sagt – bereits angepaßt:*
Den erleben wir doch seit Jahren:
den Putsch auf Raten.
LYSISTRATE: Jetzt aber kommt die letzte Runde.
Ich erhielt gestern die Information,
daß ich zu den dreien gehöre,
die man verhaften will, hier auf der Insel.
MINISTER: Gehöre auch ich dazu?
LYSISTRATE: Das hoffe ich:
Hätten die Militärs, die putschen wollen,
Sie nicht auf ihrer schwarzen Liste,
dann wären Sie ein noch schlechterer Demokrat!
MINISTER: Halten Sie mich für einen guten?
LYSISTRATE: Für einen typischen:
Korruption in der Demokratie ist das Übel am Guten.
In der Diktatur ist sie nur noch
das Harmloseste am Schlimmsten.
Was von Ihren Gewinnen investieren Sie,
um unsere Insel ... buchstäblich zu retten?
MINISTER: Ich wohne hier, weil ich hier aufwuchs,
doch investieren: nein.
LYSISTRATE *steht auf, will ihn verabschieden:*
Dann muß mein Schwiegersohn handeln!
MINISTER: Er wird verunglücken, wenn –
LYSISTRATE *klingelt, sie sagt:* Er ist längst dort, von wo er
die Lawine zu Tal gehen läßt, die Sie erschlägt.
Auf der Galerie fliegt eine Tür auf, lachend bis kreischend stürzt die rouladenrunde Miranda heraus, verschwindet sofort durch die nächste Tür, von Hauptmann Polizoides jagdlustig verfolgt.
MIRANDA: Das haben Sie sich so gedacht!
POLIZOIDES: Nun warten Sie doch, hören Sie,
wie ich das meinte –
Beide sind verschwunden.

Lysistrate *zum Minister, der auch hochsieht:*
Die Anfreundung ging rasch –
die Athener sind erst dreißig Stunden im Haus!
Minister *pfeift durch die Zähne:*
Und schon gemeinsam Siesta –
Lysistrate *bei geschlossenen Augen, Gesicht einer schlafenden Großkatze:*
Ein Schelm, der Böses dabei denkt!
Minister *hart:* Ein Narr, der das nicht tut!
Ja – Ihre Gäste sind unsre Bewacher von morgen.
Lysistrate *plötzlich ernst:* Gäste? – Gegner!
Minister: Es sollte Ihnen tatsächlich egal sein,
ob ich diese... Gelder behalte?
Lysistrate *müde:* Ihre Rüstungsgewinne werden mehr tun
für diese Insel, als lägen sie auf dem Athener Steueramt!
Minister *lächelnd, rasch – zum erstenmal komplicenhaft:*
Wüßte ich nur, daß Sie nicht weitergehen!
Immer gehen Erpresser weiter –
Lysistrate: Nur die dummen –
Gingen wir weiter und flöge alles auf,
kassierte nur der Staat, der kein Gewissen hat,
die Insel an Amerika zu verkaufen, als Raketenbasis.
Minister *anders jetzt, milder, er weiß: er muß zahlen – und weiß auch, daß er ihr glauben kann, zwar nicht ihrem dubiosen Charakter, wohl aber der Logik ihres Plans:*
Haben Sie kein Gewissen, unsrer Demokratie
durch Aufdeckung der Korruptionsaffäre meiner Partei
einen solchen Schlag zu versetzen,
daß die Militärs fast einen Vorwand fänden,
zu putschen?
Lysistrate: «Aufdecken» – bin doch nicht Freud!
Zudecken will ich – dann haben wir
sogar eine nationale Rechtfertigung:
Sie zahlen, um unsrer Demokratie
den Skandal zu ersparen,

ich schweige aus dem gleichen Grund!

Er steht schroff auf, um zu gehen, hat – nur weil er ratlos ist – auf seine Uhr gesehen, zeigt jetzt, obgleich er herumrentnert, die wichtigmachende Ungeduld eines beschäftigten Kabinettsmitglieds – und bleibt dann stehen, denn oben auf der Galerie ist, ihrer Pracht bewußt, Tina in einem einheimischen Trachtenkleid erschienen, schwarzer, einfacher Stoff, silberbestickt, sehr reich, nach uralten folkloristischen Motiven – und ruft herunter, während sie mit reizsteigernder Befangenheit die Treppe herabkommt –

TINA: Miranda sagt mir eben, Sie seien im Haus,
Mahlzeit, Herr Minister...

MINISTER *geht der Treppe zu:*
Und da haben Sie meinetwegen sofort
Ihr Hochzeitskleid hervorgeholt?

TINA *gibt ihm die Hand, er legt sofort die Linke auf ihren nackten Arm:*
Na, Bescheidenheit wird gewiß nicht Ihre Todesursache.
Ich mußte eines dieser Kleider anziehen,
die wir drüben weben – hier das gleiche in Rot –,
weil wir den Offizieren für ihre Frauen
welche verkaufen wollen.

MINISTER *mit einem Blick auf Lysistrate, zieht kokett die Brieftasche:*
Kriegt, wer das Kleid kauft, Sie dazu,
kaufe ich auf der Stelle – zu jedem Preis!

TINA *hält das ebenfalls silberbestickte Kleid in Rot hin:*
Oben unsre Offiziere behaupteten,
Kleider nur beurteilen zu können,
wenn eine Frau sie anhabe –
also zog ich's an.

MINISTER: Da kann ich nur noch sagen: sollte der Ehestreik,
Frau Tina, dazu führen, daß Ihr Mann
Sie nicht wieder aufnimmt: mein Haus steht Ihnen offen.

TINA *verlegen, geschmeichelt, sieht scheinbar verzweifelt zu Lysistrate:*
Lysis, kannst du den Minister nicht bitten,
eine Minute ernst zu sein –

LYSISTRATE *gibt Tina die Mokkatasse:*
Oh, Kind, Heiratsanträge meint er wirklich ernst:
deshalb macht er ja jede zehn Minuten einen –
und immer einer anderen.
Das letzte hat sie nicht ohne Schärfe gesagt.

TINA *strahlt:* Nimm ihn an, Lysis, ich finde,
Sie beide passen gut zusammen –
Hab ich dich gekränkt?

LYSISTRATE *gereizt, jetzt völlig humorlos:*
Geschmeichelt, natürlich. Was gibt's?

TINA *zu beiden:*
Jeder der Offiziere kauft uns zwei Kleider ab –
als aber einer zehn haben wollte,
gestand er, daß ein Verwandter,
der in Athen ein Geschäft hat,
acht- bis elfmal soviel dafür erhält, wie wir.

MINISTER: Dann machen Sie auch Athener Preise –
und diesem einen sogar New Yorker!
In New York – in einer Glasvitrine
meines Hotels – sah ich Kleider dieser Art
für neunzig Dollar.

TINA *ein Schrei:* Neunzig? – Das ist – das sind –

LYSISTRATE *schnell:* Ist sechsunddreißigmal mehr,
als ihr dafür bekommt.

TINA: Sechsunddreißig? – Sechsunddreißigmal!

MINISTER *schulterzuckend, mit der Gelassenheit des typischen Anpassers, jener Fähigkeit, die ihn mehr als jede andere ministerabel machte:*
Das nennt man «freie Marktwirtschaft».

TINA *hat sich setzen müssen auf diesen Schock, leise:*
Und ich hatte Sie nur fragen wollen,

wie man den Zwischenhandel
von uns bis Athen unterlaufen kann.
Von New York hatte ich keine Ahnung.

MINISTER *ziemlich ungerührt von der Wucherergeschichte:*
Das ist auch in westeuropäischen Städten
der Preis für diese Kleider.

TINA *aufrüttelnd:* Aber können denn Sie beide via Parlament
uns nicht schützen vor dieser –
dieser beispiellosen Ausbeutung! Sie müssen!
Bitte, Lysis: beantragt, daß Griechen,
die als Arbeiter in Westeuropa leben und in USA,
dort Handel treiben dürfen –
zum Beispiel mit solchen Kleidern hier!
Wir bekämen dann nicht ein Sechsunddreißigstel
vom Endpreis unsrer Ware, sondern vielleicht
dreimal oder wenigstens doppelt soviel!

MINISTER *mit sanftem Hohn; er ist ausnahmsweise zwar nicht «im Recht»; doch stimmt leider, was er sagt. Er faßt Tinas Hand, weil die samt Arm sehr schön ist:*
Glauben Sie, Deutschland oder England
oder die Schweiz würden unsren armen Landsleuten,
die von ihnen ausgepreßt werden,
das Recht geben, als Konjunkturkuli
den Ladenbesitzern dort Konkurrenz zu machen?
Unsre Landsleute sollen da auf dem Bau schuften
und in Gruben oder als Kellner, doch nicht...

LYSISTRATE *schroff:* Aber das ist doch kein göttliches Gebot!

MINISTER: Nee – ein göttliches nicht,
daher so schwer zu übertreten!
Wie wollten Sie das ändern?
Wenn Griechenland für Griechen Hausiererscheine verlangt,
dann nimmt man im Westen keine Griechen,
dann holt man soviel Türken oder Spanier,
wie man Griechen heimjagt!

TINA: Wenn Westeuropa an jedem unsrer Männer,

der ohne Familie dorthin kommt, erheblich spart,
weil es weder Wohnungen noch Schulen
für Angehörige zu stellen hat...
dann soll es unsern Kulis zum Ausgleich
die Handelsfreiheit geben!

Der Minister sieht hinauf zur Galerie. Miranda ist dort erschienen, in Arbeitskittel mit Kopftuch (ähnlich gekleidet kommen später auch Sophia und Ariadne die Treppe herunter, um durch die Gaststube abzugehen). Und nun hopst sie, mehr als sie geht – rund und schwer, aber fest und federnd wie ein riesiger Medizinball –, die Treppe hinab, während sie den beiden Offizieren, die im Kielwasser ihres gewaltigen Achterdecks folgen, Oberst Manussis und Hauptmann Polizoides, noch zuruft –

MIRANDA: Heut abend läßt sich verhandeln
über die Ausfahrt,
jetzt aber an den Webstuhl... ah, wie war's in USA?
Damit reicht sie dem –

MINISTER *die Hand, der zu Tina sagt:*
Ich sehe noch keinen Weg,
wie Sie der Ausbeutung entgehen...
Zu Miranda jetzt:
Was verdienen Sie denn am Webstuhl?

MIRANDA: Lernen ja noch! – Das tollste,
daß wir endlich überhaupt einmal verdienen;
auf unseren Höfen haben wir doch nie mehr Bargeld
gekriegt als die Ochsen, stimmt's, Tina?

TINA *aggressiv:*
Lassen Sie sich was einfallen... ein Sechsunddreißigstel:
das kann doch nicht so bleiben!

MINISTER *zu den beiden abgehenden Frauen:*
In den nächsten Tagen besichtige ich Ihre Genossenschaft.

TINA *während sie noch den beiden Offizieren auf der Treppe – und sie winkt – zuruft, geht sie mit Miranda hinaus:*
Nach der Arbeit läßt sich über alles reden!

MINISTER *lasziv zu Lysistrate, leise:*
«Über alles!»
Und damit wendet er sich eilig den beiden Offizieren zu, die am Fuß der Treppe angekommen sind und militärisch strammstehen, Hand an der Mütze; man spürt, wie das dem abgedankten Starpolitiker von vorvorgestern guttut: auf der Insel ist er respektiert nur als reicher Mann, aber sonst als prominenter Mitbürger keineswegs mehr verwöhnt durch offizielle Huldigungen. Lachend sagt –

LYSISTRATE: Ihre Namen bring ich noch durcheinander... den Herrn Minister muß ich nicht bekannt machen.
Manussis, der ältere, etwa fünfzig, mit angegrautem Bart auf der Oberlippe, ist ein Achill, der nicht fiel – also drückt die Schwermut des geborenen Täters, der zur Tat nicht mehr berufen wird, ihn herab: er schlug sich, nach Hitlers Einzug in Athen, sehr jung zur britischen Achten Armee durch, verlor im Kampf gegen Rommel einen Arm, erhielt Orden, wurde vom Glück dadurch begünstigt, daß er sich während des Bürgerkriegs nicht befleckte, weil er als Militärattaché außer Landes war – und studiert nun Militärgeschichte, in der Einsicht, daß er als Grieche schwerlich mehr seine soldatischen Fähigkeiten einsetzen kann, höchstens für Landfremde. Aber er irrt: er wird zu den dreien gehören, die nach dem Militärputsch von 1967 zuerst eine Gruppe demokratischer Offiziere um sich versammeln, mit dem Ziel, die Obristen zu stürzen und dem Vaterland die Demokratie zurückzugeben; diesen Versuch bezahlt er mit der Verurteilung zum Tode und der «Begnadigung» zu lebenslänglicher Haft. Doch noch lebt er in der Illusion – wenn das für einen Offizier denn eine ist –, sich nie mehr bewähren zu können: in Zürich geboren, wird keiner ein Nelson. «Le danger crée le génie» – jedoch Manussis vermag hier keine Gefahr zu entdecken, nicht einmal im Eingriff der Aphrodite, die ja spätestens seit Euripides keine erhabene Göttin mehr ist, sondern eine

wilde, grausame, ungerechte und bedenkenlose Naturmacht...

Manussis entspricht dem Bilde, das Arndt von Gneisenau entwirft, dem Sieger über Napoleon: «Sein Bau war stattlich und seine Glieder löwenartig, Schulter und Brust breit, von der Hüfte bis zur Fußsohle alles stark, und wo es sein mußte, an Füßen und Gelenken, alles zierlich und beweglich gebildet... Dieser schöne Mensch war von einer leidenschaftlichen und feurigen Natur, und kühne Triebe und Gedanken fluteten unaufhörlich in ihm hin und her, und ebenso war sein Angesicht immer von einer wallenden und geistigen Flut übergossen, welche seine Gesichtszüge selten stillstehen ließ... In Rede und Schrift gleich gewandt, blitzend und funkelnd von Lust und Witz im Gespräch, war er in der Gesellschaft doch der bescheidenste, liebenswürdigste Mann...»

Manussis gehört zu jenen wenigen Soldaten, die energisch geistige Studien machen, wenn der militärische Alltag gefahrlos geworden ist. Womit er Lysistrate – gegen ihren Willen – sofort beeindruckt, ist die Tatsache, daß er ihre Klischeevorstellung nicht nur vom Offizier, sondern vom Gegner zerschlägt – noch artikuliert sie aber nicht, was sie instinktiv spürt: daß ihre Unterwerfung s e i n e Kapitulation auslösen wird. Seine Achillesferse, die auch dieser Krieger – wie jeder – hat, ist sein Mangel an Phantasie: weder vermag er in Bauern noch in Frauen, noch in Putschisten – er vermag nur in einer regulären Armee seine Überwinder zu fürchten.

MANUSSIS: Guten Tag, Herr Minister!

MINISTER *abwinkend:*

Außer Diensten, außer Diensten, Tag, Herr Oberst!

POLIZOIDES: Polizoides – Ingenieuroffizier.

LYSISTRATE: Mokka und Mandelkrem – bitte!

MINISTER: Herr Hauptmann, guten Tag.

Oh – schon im Battledress der NATO – macht mir angst.

POLIZOIDES: Kann doch nur beruhigen, diese Uniform, Herr Minister.

Polizoides, schön, jung, straff wie ein Olympiasieger, hat aber den engen, stechenden Blick eines immer gehorsamen Mannes, der nie im Leben der Gefahr ausgesetzt war, andere als rein technische Überlegungen angesichts seiner Arbeit anstellen zu müssen. Die Liebe zur Technik macht ihn völlig unfähig, die technisch weit überlegenen Amerikaner nicht als Verbündete zu vergotten. Einen Cocktail in der Offiziersmesse der «Enterprise» genießt er mehr als einen Koitus. Im Gegensatz zu seinem Chef Manussis, der in griechischer Generalstabsuniform ist, trägt Polizoides denn auch den Battledress der NATO, wüstengelbes Zelttuch.

MINISTER *unbestimmt:* Nun – weiß nicht.
Sie sind zu viert hier, meine Herren?

MANUSSIS: Ja, mit Meteorologe und Geologe –
die sind heut mittag draußen geblieben.

Er setzt die Mütze ab, sieht – Reflex von Nichtstuern – geschäftig auf die Uhr und nimmt Platz.

Ohne Pause, während sie die drei Herren mit Mandelkrem bedient, erläutert –

LYSISTRATE: Machen Sie Urlaub!
Der Herr Minister kann bestätigen,
was ich Ihnen bei Ihrer Ankunft sagte: zu spät!

Minister sieht Lysistrate an, als wolle er sie erschlagen, sprachlos. Der Vorsitzende der Kommission

MANUSSIS *sagt gelassen, aber rasch:*
Sehen Herr Minister in dem Touristenzentrum,
von dem übrigens in Athen kein Wort verlautete,
eine Behinderung des Militärs?

MINISTER *muß etwas sagen:*
Keineswegs, nur weiß ich nicht,
a) ob die Initiatoren des Tourismus
für die Militärplanung Bauland genug übriglassen,
und weiß außerdem nicht

b) ob unsere Großbauern überhaupt Land verkaufen!

Sie trinken Mokka und essen Mandelkrem. Lysistrate blieb als einzige stehen. Der Minister «vertieft sich» offenbar deshalb in Zigarre und Mokka, weil er, abwartend, wozu Lysistrate ihn noch nötigt, vorerst sehr wenig dazu sagen kann.

LYSISTRATE: Die haben 77 Prozent.

MANUSSIS *nickt:* Aber ein Viertel gehört der Gemeinde – wie steht die dazu?

Er hat offensichtlich diese Frage an den Minister gerichtet, höflichkeitshalber; dennoch ist es –

LYSISTRATE, *die rasch antwortet:*
Die Gemeinde kann nicht riskieren,
ihr Land einer Organisation abzutreten,
die Soldaten auf die Insel bringt, Amerikaner,
anstatt Arbeitsplätze für Einheimische zu schaffen.

MINISTER *nickend, er kann ja gar nicht umhin, zuzustimmen:*
Die Frauen unserer Fremdarbeiter,
wollen ihre Männer wiederhaben.

POLIZOIDES: Können Herr Minister schon Einzelheiten über das geplante Touristenzentrum nennen?

MINISTER: Ich war selbst draußen, in den USA und... höre... ah... wir haben, die Frau Abgeordnete und ich... seit Monaten wieder den ersten Gedankenaustausch!

LYSISTRATE: – der immerhin unsre Übereinstimmung erneuert hat.

MINISTER *sagt das jetzt voll überzeugt, denn als Gestürzter kränkt ihn am meisten, «übergangen» zu werden:*
Athen hätte mich als Einheimischen konsultieren können!
Wo kein Bauernland verkauft wird, Herr Oberst...

Die Bäuerinnen Ariadne und Sophie kommen in Arbeitskleidung auf die Galerie und gehen die Treppe herunter und rufen im Vorbeigehen –

ARIADNE: Herr Minister – pünktlich zurück zum Ehestreik?

MINISTER, *der sich erhoben hat und verneigt:*

Betrifft doch mich als Witwer gar nicht!
Oder gerade, Alleinstehende, Alleinwohnende...
Plötzlich abbrechend, ernst, geht er auf Sophia zu, die am Fuß der Treppe angekommen ist; im Gegensatz zu Ariadne ist sie ganz in Schwarz.
Er gibt ihr die Hand:
Frau Dimitrios!

SOPHIA: Danke, Herr Minister, für den Kranz.

MINISTER: Ein Kind... nicht bei uns Alten...
Doch wenn ein Kind stirbt, spürt man wieder,
daß der Tod nicht hinter den Bergen steht,
sondern hinter den Schultern.

MANUSSIS, *und da sieht man, daß er Sophia schon gesprochen hat; er ist aufgestanden:*
Allerdings ein böses Omen,
daß am Tage vor unsrer Ankunft...

SOPHIA: Herr Oberst... daß Sie als Offizier
mehr Einsicht haben als mein Mann!
Der ist mehr entschlossen als je... den Hof zu verkaufen.
Deshalb bestreike ich ihn.
Zu Lysistrate und dem Minister:
Die Arbeit am Webstuhl – lenkt ab.
Zu Hause sähe ich in jedem Raum Spuren des Kindes...
Sie wendet sich, um nicht zu weinen, und geht zur Arbeit.
Ihr nachgehend sagt noch –

ARIADNE: Die Lysis sagt, Sie besuchen
unsre Genossenschaft?

MINISTER: Komme, komme, Frau Tsifras!
Während Sophia schon durch die Perlenschnüre weggegangen ist, zeigt Minister lasziv auf die beiden Offiziere:
Sind Sie hierhergezogen,
um diese Herren umzustimmen?

ARIADNE: Was Sie unterstellen!

MINISTER, *wieder kommt der Satyr in seinem Gesicht heraus:*

Ich unterstelle nichts – ich empfehle das!

Er lacht zu den Offizieren hin, die zurücklächeln, die Frauen sind weg, er geht zu dem Tisch an der Rampe zurück.

POLIZOIDES *nimmt den Gesprächsfaden wieder auf:*
Wenn auch die Bauern – ich meine: die Bäuerinnen
nicht verkaufen wollen ... die vergessen:
w e r kaufen will. Die finanziellen Mittel der
USA als Schutzmacht ...

LYSISTRATE: «Schutzmacht»?
Besonders Offiziere können doch nicht gutheißen,
daß sich hier sogenannte Beschützer installieren,
die überhaupt erst einen Aggressor
auf unser Inselchen hinweisen!

MANUSSIS: Gnädige Frau,
wenn wir Politiker hätten werden wollen,
würden wir nicht Uniform angezogen haben.

Aufstehend, verlegen wie die meisten Soldaten, wenn sie politisch denken sollen.

MINISTER: Ich schließ mich Ihnen an ...
darf ich Sie und Ihre Herren Kameraden
für morgen abend zu mir bitten?

MANUSSIS: Das ist uns eine Ehre, Herr Minister.
Wann befehlen Sie?

MINISTER: Befehle nicht, ich lade ein. Um neun?
Villa Tusculum.

Noch bevor er seine Einladung aussprach, hörte man einen scharf bremsenden Wagen, Türenschlagen, bei laufendem Motor. Jetzt kommen durch die Perlenschnüre zwei andere Offiziere herein – in einem Tempo, der sie gänzlich um ihre militärische «Würde» gebracht hat; Kolokotronis ist nackt bis auf eine Dreiecksbadehose – so aufgeregt, daß er vergessen hat, seine Schwimmflossen auszuziehen und seine Unterwasserkamera aus der Hand zu legen; Notaras trägt einen kompletten und komplizierten Taucheranzug. Zwar grüßen sie, melden offiziell – schreien aber in fiebrigem

Enthusiasmus durcheinander, so daß meist die eine durch die andere Aussage aufgehoben oder überlärmt oder zerwörtert wird.

KOLOKOTRONIS *schreit noch im Laufschritt:*
Herr Oberst, wir haben eine – Melde gehorsamst...

MANUSSIS, *während Notaras sich zu seiten des Meldenden aufbaut, sarkastisch:*
Was! – Krieg ausgebrochen?

KOLOKOTRONIS: Herr Oberst – wir haben soeben...
die... die schönste Aphrodite der...
der Kunstgeschichte gefunden!
Ist so bewegt, daß er nicht weiterreden, sondern nur durch Wink dem Notaras das Wort erteilen kann, während er selbst sich setzen muß, völlig erschöpft.

NOTARAS *meldet:*
Dreihundert Schwimmstöße von der Bucht,
in der Herr Oberst heut gebadet haben –
in nur acht Meter Tiefe... Bronze, zwei Meter sechs...
geringfügig mit Schlamm...
Wir haben sie natürlich aufgedeckt,
Augen und Haar sind verkrustet...
aber, Herr Oberst – habe schon den Film verknipst –

KOLOKOTRONIS *ergänzt, während er einen Zettel hinreicht:*
Auf dem Sockel... eine Inschrift.

NOTARAS: Darf bestätigen, gehorsamst, Herr Oberst.
Komplett – im Gegensatz zu der von Milo:
nichts fehlt ihr – nichts – nur, nur:
was sie in der Hand hielt.

KOLOKOTRONIS *während er Lysistrate den Zettel gibt:*
Frau Doktor, Sie können vielleicht Altgriechisch?

MANUSSIS *sich umwendend zum Minister:*
Was hält denn Aphrodite in der Hand,
wenn sie völlig nackt ist?

MINISTER: Kommt auf die Situation an –
sie ist die Geliebte, wie Sie wissen,

des Kriegergottes Ares ... Ehebruch.

LYSISTRATE, *plötzlich bricht wie der Ätna die ganze südliche Lebensaktivität aus ihr heraus, ein Jubel:*
Sie werden in die Geschichte der Kunst eingehen
und – abreisen! Abreisen!
Dieser Fund ist ein Wink vom Olymp,
wer auf dieser Insel herrschen soll!
Hinterlistig übersetzt sie:
«Wer du auch seist, ich bin dein Meister –
ich war es, ich bin es, ich werde es sein.»

MINISTER *feierlich:* Wenn eine Frau das ausspricht:
keine Inschrift, eine Drohung,
die einzige, die ich im Leben fürchten lernte ...

LYSISTRATE *sagt in das Schweigen, das entstanden ist:*
Fahren wir hinaus!

MANUSSIS: Wie hebt man so ein Ding von zwei Meter sechs?
Während für den Praktiker, der stets nur das Nächstliegende sieht, das heißt: kurzsichtig ist, sogar die Auffindung einer Götterstatue ein nur technisches Ereignis darstellt, ist in der Frau noch Unartikulierbares vorgegangen. Ob sie nun ihren Herodot gelesen hat oder aus noch volkstümlicheren Quellen weiß, was Aphrodite von jenen Frauen fordert, die sich in Krisen hilfesuchend zu ihr flüchten – diese eben gemeldete «Ankunft» der Göttin auf der militärbedrohten Insel ist für Lysistrate schon die Zusicherung des Sieges der Frauen über die lebenbedrohenden Männerpläne!
Bachofen zieht die antiken Überlieferungen einmal wie folgt zusammen: «Von dem Weibe verlangt Aphrodite das Opfer der Keuschheit. Ausschließliche, eheliche Verbindung ist der Göttin alles Liebestriebes, der ‹liebelächelnden› ... verhaßt. Um sie mit der herrschenden Ehe auszusöhnen, ist dem Weibe zeitweilig Übung des Hetärismus zur Religionspflicht gemacht ... In Zeiten drohender Knechtschaft nehmen die Frauen von Lokri, nach Justins

Zeugnis, ihre Zuflucht zu dem Gelübde des Hetärismus. Durch außereheliche Geschlechtsverbindungen suchen sie der hetärischen Naturmutter Schutz und Wohlgefallen zu gewinnen...»

KOLOKOTRONIS *hat Manussis sofort geantwortet:*
Warne dringend, die Zivilbehörde zu unterrichten!

MANUSSIS *zeigt auf die zwei Einheimischen, scharf, böse:*
Das hätten Sie früher überlegen müssen!

KOLOKOTRONIS: Wenn, äh... Zivilisten, Inselbehörden
die Öffentlichkeit benachrichtigen,
dann bedeutet das bei der unerhörten Qualität:
die Weltöffentlichkeit.
Dann ist überhaupt keine Geheimhaltung mehr möglich.

LYSISTRATE *sieht wieder aus, als habe sie «ihre Mutter verkauft»:*
Verstehe...

Während Korvettenkapitän Notaras auf dem runden Tisch seinen Film der Kamera entnimmt, kapiert –

MANUSSIS: Dürfen wir, Frau Abgeordnete, Herr Minister,
vorerst auf Diskretion hoffen?

LYSISTRATE: Mein lieber Herr Oberst
– Sie dürfen ganz sicher sein,
das Wohl der Insel geht dem Minister
und mir über alles...

MINISTER: Sie können aber doch die Aphrodite
gar nicht heben!

POLIZOIDES: Gestatten, Herr Minister,
die Archäologie benutzt wie wir den Unterwasserfallschirm –

MANUSSIS: Haben wir Schirme bei uns?

NOTARAS *kommt auf ihn zu:* Fünf, Herr Oberst.

MINISTER: Darf ich Sie in meinem Wagen mitnehmen, Oberst?

KOLOKOTRONIS: Wir fahren im Jeep. – Wo läufst du hin?

NOTARAS *schon auf halber Treppe, seine Kamera in der Hand, Schwimmflossen, die er auszog, und der Film, den er herausnahm, sind auf dem Tisch liegengeblieben; er ruft:*

Ich hole neue Filme – gleich!

LYSISTRATE *zu allen anderen:* Den Kapitän bring ich mit.
Ich sage nur meinem Vater –
Sie lacht, und die anderen lassen sich nicht aufhalten.

MANUSSIS *abgehend, fast rennend:*
Gut, treffen wir uns bei Aphrodite.
Er folgt dem Minister, der schon hinwegeilte; auch die drei anderen Offiziere sind schon draußen, wie man hört, in ihrem Wagen.

LYSISTRATE *nimmt vom Tisch den Film und hat schon vorher in die Küche –*
Kalonike!
gerufen und sagt jetzt der gähnend Erscheinenden sehr schnell und vertraulich:
Bring diesen Film sofort rüber zum Fischer Loukas.
Sie blickt absichernd zu der Tür auf der Galerie; ergänzt wie gehetzt:
Niemand darf das wissen ... ich käme heut abend zu ihm.

KALONIKE: Was soll er mit dem Film?

LYSISTRATE: Sag ihm ganz vertraulich, den muß er
noch heute nach Mykonos bringen,
zum Postschiff nach Piräus, morgen!
Sie nimmt vom Regal eine Flasche Whisky, zieht ihren Mantel an, der neben der Küchentür hing, wechselt die Schuhe:
Sag ihm, ich komme bei Dunkelheit und adressiere
den Film, ruhig – ruhig!
Denn oben erscheint wieder auf der Galerie der arme junge Notaras, fummelt vertieft noch an seiner Kamera. Lysistrate geht ihm bis zum Fuß der Treppe entgegen, sagt:
Den Whisky werden Sie und Ihre Freunde brauchen,
wenn Sie heute noch tauchen wollen –
so warm ist es nicht mehr. Fahren wir?

NOTARAS *nimmt die Flasche Whisky:*
Oh – wie liebenswürdig, danke Ihnen!

Fahren wir ... Wo ...
Er bleibt am Tisch stehen, sieht sich um:
Hatte ich nicht hier den Film?

LYSISTRATE: Welchen Film?

NOTARAS: Ja – den von Aphrodite,
ich habe doch den ganzen Film
schon an sie verknipst! – Dies ist der neue.

LYSISTRATE: Ja, haben Sie ihn nicht
mit auf Ihr Zimmer genommen?

NOTARAS *arglos:* Glaube nicht, nein –

LYSISTRATE *abgehend:*
Dann werden ihn ... weiß nicht,
die anderen mitgenommen haben.

NOTARAS: Fahren wir los!
Er läßt sie durch die Perlenschnüre vor sich abgehen, folgt ihr. Kalonike zieht ihre Schürze ab, sieht den beiden nach, wartet, bis der Wagen abfährt, nimmt den Film aus der Schürzentasche und läuft aus dem Haus.

Vorhang. Pause

Dritter Akt

Schwert oder Scheide

In Mansfield bei Nottingham heißt der Krieg Streik, ein wilder Streik ohne Genehmigung der Gewerkschaft und daher auch auf eigene Rechnung. Die Frauen von Mansfield, ohne klassische Lektüre, doch ihres Verkehrswertes stolz bewußt, machten es wie Lysistrate. Sie kündigten an, sich ihren Männern so lange zu verweigern, bis der Streik abgebrochen sei. Die Wortführerin, die Maschinistin Carlice Shooter, schöpfte offenbar aus reichem Erfahrungsschatz, als sie… kundtat: Auf Bier und Tabak kann ein Mann verzichten. Aber wie ein Mönch leben, das hält er nicht lange aus. Die Diskussion dauert bei Redaktionsschluß an… Wer übrigens darauf hinweisen möchte, daß die Streikführerin Carlice das 55. Lebensjahr schon überschritten habe, daß also ihr Streik nicht sonderlich überzeugen könne, der sei davon in Kenntnis gesetzt, daß die klugen Weiber von Mansfield nicht nur im Bett, sondern auch in der Küche streiken wollen.

«Die Welt» vom 8. April 1969

Malta wird der im Mittelmeer kreuzenden amerikanischen sechsten Flotte nicht das Anlaufen seiner Häfen zu Reparaturzwecken oder für Landgänge von Matrosen erlauben, erklärte Ministerpräsident Dom Mintoff. Mintoff teilte mit, Washington habe unbegrenzte wirtschaftliche Hilfe für den Fall angeboten, daß die Besuche wiederaufgenommen werden könnten.

«Die Welt» vom 5. Mai 1972

Das Traubentreterinnen-Lied

Nach der Pause ist ausnahmsweise das Vorspiel schon im Bühnenbild selbst, weil die zwei Bottiche, in denen die Trauben gekeltert werden, unentbehrlich sind für den Auftritt des «Chors» der ehestreikenden Bäuerinnen. Tina und Sophia in einem, Miranda und Ariadne im anderen Traubenfaß. Alle das Kleid hochgeschürzt bis zum Gürtel, bunte, lose Kleider, große Ausschnitte, wenn überhaupt zugeknöpft, denn Stampfen macht heiß. Alle acht Beine nackt bis zum Schlüpfer. Alle tragen Kopftücher, damit kein Haar in den Wein fällt.
Die Begleitmusik zu ihrem Vorsong scheint aus dem tragbaren Radio zu kommen, das sichtbar irgendwo steht.
Die Texte sollen in jedem Fall verständlich sein. Wo sich Strategisch-Politisches der Vertonung entzieht – vielleicht bei Sophias Passage –, wird es nicht gesungen, sondern g e s a g t, ja angeklagt; das Chorische schließt strikt alles Naturalistische aus:

MIRANDA – *keine unterbricht ihr Stampfen, während sie singt – beginnt; ihr Kleid ist traubenblau, eher ein Kittel; oder auch nur eine Bluse über dem Höschen:*

Schön geschlafen! Nun aus dem Traubenbottich
– wie amüsiert verspott ich

das bißchen Männlichkeit,
das Frauen in Heimarbeit

so rasch verkleinen, daß von Männern
nur übrig bleibt: Den Pennern

mitleidig zuzuhören,
weil ihre Brunft, ihr Röhren

vergingen – wie schnell – im Schnarchen
totlahmer Patriarchen...

Sie hat verkleinen – nicht: verkleinern gesagt, wie es «korrekt», aber falsch ist.

TINA, *ihr Frotteekittel über dem schwarzen Schlüpfer ist maisgelb, mit losem schwarzem Gürtel. Kein Knopf zu, so daß ihre königlichen Brüste sozusagen mitspielen, ebenso wie ihre langen lehmbraunen, machtvollen Oberschenkel; sie singt nicht eigentlich, sie ruft auf:*

Promiskuität
– bis keiner mehr steht

oder nur auf den Füßen!
Wie unsre Bauern jetzt büßen:

Ans Militär
für die USA

Land, das von alters her
zur Weitergabe an Kinder da

– zu verhökern, damit Amerika
verteidigt werde an Griechen-Küsten!

SOPHIA, *natürlich in schwarzem Kleid, ärmellos, aber zugeknöpft, trägt einen weißen Schlüpfer; sie singt nicht oder kaum, sie sagt – als spräche sie auch über ihren eigenen, durch Militär umgekommenen Sohn:*

Athener «Politiker»: Als ob die nicht wüßten,
daß drei Millionen Vietnamesen

– «am Amerikanischen Wesen
soll die Dritte Welt genesen» –,

um sie zu «schützen» vor den Roten,
von der Air Force zu den Toten

verstrahlt wurden, Agent-Orange-verspraylt
oder gebombt worden sind:

Noch nach zehn Jahren entsteht
gar nicht selten drüben ein Kind,

von Vergifteten gezeugt,
die im Rollstuhl sitzen, an Krebs bald sterben.

Die Amerikanerin, die es säugt,
schlief mit einem der GI's, die ihr Leiden vererben

als unversorgte Vietnam-Invaliden:
Weil die eigene Air Force, die Wälder entlaubte,

in deren Bombenfeld sie gerieten,
noch den Nachkommen die Gesundheit raubte!

Doch noch nie hat eine Nachricht zu uns sich verirrt:
Wie oft in Vietnam jetzt ein Krüppel geboren wird!

ARIADNE, *nimmt ihren Maiskolben nun einmal aus dem Mund; ihr Kleid – auch nicht viel Stoff – ist flaggenrot wie eine aggressive BILD-Zeitungs-Überschrift:*

Das haben wir unsern Männern nun heimgeblecht:
Fremden auszuliefern das Land – an ihnen gerächt

– die Aggressoren geschwächt:
wie vor Jahrtausenden Aphrodite gelehrt!

ALLE, *außer Sophia:*

Frauen – in den Scheiden brecht
dem Eroberer sein Schwert!

ARIADNE, *wieder allein:*

Das nimmt ihm die Aggressionen...
Da die jungen Insel-Männer

doch in Westeuropa fronen:
Konjunkturkulis! – Laßt eure Penner

träge Eheklötze sitzen,
die zu faul zur Feldarbeit

– gar zum Beischlaf, euch stibitzen
euren Mitbesitz –, bereit,

sich von Arbeit zu «befreien»,
unser Land Amerika

Höfe, Strände, Ländereien,
auszuliefern, daß wir da

Insulaner samt den Herden
Geiseln sind der USA,

die Raketen uns bescherten.
Und ihr Gift, daß sie's nicht trifft!

MIRANDA: Küsten der USA an – unsern bewachen?
Wir überwinden diesen Spleen, wir lachen

und wie wir uns der Krieger erwehren,
indem wir sie uns zu Freunden machen:

Wird unsre blöden Männer belehren!
Ja, unsre bestreiken – die fremden beweiben

– das vielleicht, macht unsre Bauern aktiv.

TINA: Erst wenn die wissen, werden sie die vertreiben,

daß jede von uns mit jedem schlief...
Wie in Urmütter Zeiten – Promiskuität

ALLE, *außer Sophia:*

Zum Schutz der Insel, bis kein Fremder mehr steht!
– Höchstens auf den Beinen, um abzuhauen…

ARIADNE: Ja, weil sie uns Frauen auch dann noch nicht trauen,
wenn außer Sophie jede mit jedem schlief: «Helden

– entnervt nach fünf Nächten,
türmen die lieber, eh' unsre sie stellten

– und womöglich ums Leben brächten…

SOPHIA: Nicht anständig, eure Durchtriebenheit!

TINA: Doch: steht's Insel-Schicksal auf Messers Schneide

ALLE, *außer Sophia:*

Abrüsten ist Heimarbeit:
Das Schwert bricht in der Scheide.

Vorhang, der rasch wieder aufgeht.

Ein weißgekalkter Raum zu ebener Erde: die Waschküche und im Weinmonat auch Kelterei im Hotel des Konstantinos. Der Raum hat kein Fenster.
Er hat einen Zugang von der Hafengasse: ein schwarzes, hohes Rundbogentor in der linken Bühnenwand, groß genug, um einen Wagen mit Weinfässern ins Haus zu fahren. Deshalb ist dieses Tor wie Pferdestalltüren in der Mitte nicht nur wie jede Flügeltür von oben nach unten, sondern auch waagerecht geteilt: Damit eine Person durchgehen kann, braucht nur ein Viertel des ganzen Tores aufgemacht zu werden; es öffnet sich nach innen, wenn man seinen schweren Mittelbalken zurückschiebt.
Von der Gaststube, die das darüberliegende Stockwerk bildet, gelangt man durch zwei normal große Türen auf eine Galerie, die rechts übereck in etwa zweieinhalb Meter Höhe verläuft und an der rechten sowohl wie an der Rückwand durch je eine geländerlose Steintreppe mit der Kelterei verbunden ist. Diese «Galerie» im Kellergeschoß ist natürlich nur ein simpel gedrechseltes Holzgeländer und keineswegs architektonisch anspruchsvoll gestaltet wie Galerie und Treppe des ersten Bildes, der Gaststube … Dorfmaurer haben diese Treppen übereck geschaffen, und der ganze bauliche Reiz liegt nur in zwei schmucklosen Viertelkreisen oder Halbgewölben unter den beiden Treppen, die durchaus Keller- oder Hofcharakter haben.
In jedem dieser zwei Halbgewölbe, die so tief sind wie die Treppenstufen breit – denn diese zwei Gewölbe sind ja die Unterseiten der Steintreppen –, sind je ein kaum menschenhoher Durchgang: an der Rückwand jener zum Schwitzbad, an der rechten Wand jener zu einem fensterlosen kleinen Nebengelaß, in dem Trauben liegen, ehe sie gekeltert werden.
Der Durchgang unter dem Gewölbe an der Rückwand hat

eine Tür, die wegen des Gewölbes oben links schräg angeschnitten ist.
Der Durchgang unter dem Gewölbe rechts hat keine Tür, sondern nur einen zottig zerfransten Kelim als Vorhang. In beiden Gewölben stehen je ein kurzbeiniges Kellerstühlchen.
Wo die zwei Treppen auf die Galerie übereck vor den zwei Türen münden – die Türen da oben sind ungefähr je einen Meter von der Ecke entfernt –, da ist diese Galerie so breit wie ein sehr geräumiger Balkon: vier Personen müssen gleichzeitig auf ihr agieren können.
Da vor einigen Jahren Plastikweintrauben erfunden wurden zur Schaufensterdekoration, so kann auch dieses Bühnenbild nicht verderben: Trauben aller Farben warten in Körben aller Formen, gekeltert zu werden. Das geschieht in zwei Holzbottichen, die parallel zur Rampe stehen und so groß sind, daß bequem zwei Personen gleichzeitig in ihnen keltern können. Ein Faß mit Trichter obenauf steht an der Rückwand zwischen den beiden Bottichen. Den Traubensaft stelle man her aus dem Farbpulver Erythrosin (Geigy), mit dem sich, angefangen bei Kirschrot, je nach der dazugegossenen Wassermenge, fast alle Rottöne herstellen lassen: ein angeblich ungefährlicher, organischer Farbstoff, den in renditeschaffenden Mengen die Lebensmittelindustrie vernutzt.
Zur Arbeit in den Bottichen haben die Frauen ihre Röcke hochgeschürzt bis zum Mieder; die abgelegten Sandalen stehen jeweils vor den Bottichen. Aus der linken Wand, einen halben Meter über dem Erdboden, ragt ein Wasserhahn hervor, an dem die Frauen, ehe sie in die Bottiche steigen, die Füße waschen, später füllen dort Lysistrate und Sophia ihre Eimer, um zu schrubben.
Naheliegend wäre, daß die Kelterinnen überhaupt ihre Röcke ausziehen, ehe sie auf die Trauben steigen, und im Schlüpfer stampfen; Kenner des Landlebens auf dem Balkan versichern jedoch, die Bäuerinnen trügen Unterwäsche überhaupt nur dann, wenn sie zum Arzt in die Stadt gehen. Die hochgeraff-

ten Röcke lassen eindrucksvolle, meist schwere Schenkel sehen, während die Bottichwände die untere Hälfte der Beine verdecken. Das vom Volksmund «Schwitzbad» genannte, in Wahrheit keineswegs primitive Thermalbad, selten benutzt, obgleich «der Berg» täglich siebenhunderttausend Liter siedendheißes Heilwasser aus seinen Tiefen ejakuliert, hat einen inoffiziellen Zugang auch hier von der Waschküche: jene schräg angeschnittene Tür unter dem Treppengewölbe in der Rückwand der Bühne; wird sie geöffnet, so quillt heißer, nasser Nebel heraus, Wasserdampf...

Es ist daran zu erinnern, daß vor einigen hundert Jahren in jeder unserer Städte, so im muffig-gotischen Nürnberg (Hans Sachs «Das Höllenbad»), die familienweise besuchten öffentlichen Badestuben wenigstens vorübergehend einen Anhauch antiker Körperbejahung dem religiös verquälten Abendland brachten, bis es der Kirche glückte, diese Badestuben unter dem Vorwand, man hole sich «die Lustseuche» grade dort, wo man sich endlich einmal waschen wollte, wieder verschwinden zu lassen. Sich nicht waschen ist ja christliche Tradition: der «heilige» Augustinus gestattete, monatlich nur einmal zu baden; Hieronymus untersagte den Menschen nach den Jahren der Kindheit überhaupt das Baden... Erst die Araber lehrten die Christen wieder, daß Wasser nicht nur ein Getränk ist; Karl der Große konnte es sich leisten, das Tabu zu durchbrechen und mit Begeisterung zu baden, und ermutigte, seinem Vorbild zu folgen; aus Griechenland und Kleinasien brachten dann die Kreuzritter die Neigung zu baden nach Hause; endlich durfte keiner mehr zum Ritter geschlagen werden, bevor er ein Bad genommen hatte. Wo man sich überhaupt zuweilen wusch, da wurde es rasch zum Kult, dann wie damals alles zum Bestandteil des religiösen Lebens... und endlich zur Erholung von ihm, so daß die Kirche es verbieten mußte.

Wie noch im 19. Jahrhundert freie Geister im Mief der Körperverleugnung fast erstickten, dafür nur zwei Bespiele: Rus-

kin vernichtete die Skizzenbücher des großen William Turner, dessen Nachlaß «verwalter» er sich nannte, weil sie Erotisches enthielten. Böcklin klagte als alter Mann: «Wir leben sowenig ... unsere Prüderie! ... Menschliche Formen, von Weibern gar, sehen wir höchstens mal bei Unglücksfällen. Wenn sie selber auch bei dieser pflichtschuldigen Geheimniskrämerei trocken und sehnsüchtig verblühen.» (Furchtbar ist, daß er hinzufügen mußte: «Die Frau – na, im Grunde hat doch keine von ihnen ein ernsthaftes, echtes Interesse.»)
Zuweilen sieht man im Schwaden die Kleider fallen – wenigstens derer, die es sich leisten können, nackt gesehen zu werden ... schon um der Lächerlichkeit vorzubeugen, daß die Insulaner sich heidnisch antik am Fund einer nackten Aphrodite erfreuen, zugleich aber selber verkrampft bemüht bleiben, sich noch im Schwitzbad «keusch» belumpt zu halten. Schon Ulrich von Wilamowitz hat übrigens in seinem Kommentar zur klassischen «Lysistrate» betont, daß nur «eine Darstellung ... in voller sinnlicher Nacktheit das Hinabgleiten in das Lüsterne und Kitzliche vermeiden kann ... Die Nacktheit, die dem Volke vorgeführt wird, konnte ihm unmöglich anstößig sein. Den Phallos trugen sehr viele Personen der komischen Bühne offen und auch in Format und Größe aufdringlich zur Schau ... es standen derer genug an den Straßenecken ... jedes Kind sah sie gemalt auf dem Tongeschirr.» Wo allerdings die Häßlichkeit eines Körpers zur Keuschheit zwingt, da ist sie sogar als Sitte gerechtfertigt ...
Wird der Eintritt ins Schwitzbad, das Entkleiden oder Duschen selber in die Regie einbezogen, so ist zu verfahren, wie es Carossa, der Arzt, einmal in einem solchen Inselbad erlebte: «Mein Bagnino, der Wärter, sparte wahrlich nicht mit dem vulkanischen Quell. Den Schlauch hob er wie eine Waffe; erst ließ er abgekühlte, dann immer heißere Güsse mit einer Wucht auf mich los, die einen Schwächeren wohl umwerfen konnte. Später befahl er mir zu liegen und setzte seine heilsamen Angriffe fort. Zuletzt kamen die Fußsohlen und endlich

die Handflächen daran, die man minutenlang, einem Flehenden gleich, dem Wasserschuß entgegenhält. Vom Bade weg wies er mich zur Ruhepflicht auf ein Ledersofa, über das ein Leintuch gebreitet war; in dieses schlug er mich ein und legte mir auf die Stirn ein kaltnasses Tuch. Dann ging er zum Kleiderhaken, durchsuchte meinen Rock nach der Taschenuhr, hängte sie vor mir auf, daß ich das Zifferblatt sehen konnte, bezeichnete mit dem Finger, wie lang ich zu liegen hätte... Beim Weitergehen brannten die Hände noch von der magmaheißen Taufe; hingegen war von der Ermüdung, die man sich nach einem solchen Bad erwartet, nichts zu spüren...»

Links an der Wand und auch an der Rückwand, zwischen dem Tor ins Freie und der Tür ins Schwitzbad, stehen je eine abgeschabte, offenbar als zu alt aus dem Bad abgeschobene Lederpritsche, einfache Ruhesofas für die halbe Stunde nach dem Bad. Im Winter werden hier auf dem Hof geschlachtete Schweine vermetzgert, so stehen rechts vielerlei Gerätschaften herum, auch ein blank gewaschener Tisch mit einer lehnenlosen Bank und zwei dreibeinige Holzstühle mit runder Lehne. Beleuchtet ist der Raum durch zwei nackte, grelle Glühbirnen in ihren Drahtgehäusen.

Der festgestampfte Erdboden ist schrubbfest; tatsächlich wird er nicht weniger oft gescheuert als die Hausdiele – auch hier soll reichlich Wasser über ihn spritzen und fließen; er muß also an den Seiten und auch in der Mitte Abflußgitter und -rohre haben, ins nahe Hafenbecken hin.

Von den zwei Bottichen wird nur einer im Augenblick «betreten»; im linken arbeiten Miranda und Sophia, während Tina, die dritte der Fußwerkerinnen, aus ihrem Bottich aus und auf einen Stuhl gestiegen ist, den sie wiederum auf ein Faß stellte; denn so hoch oben an der weißgekalkten Rückwand ist das griechisch-orthodoxe Kruzifix, das sie mit Weinlaub bekränzt, wenn der Vorhang aufgeht...

TINA: Auch nur ein Brauch und kein Sinn,
er hielt doch nichts von uns;
hätte er auch Jüngerinnen gehabt und nicht nur Jünger,
nie würden die Männer so mit uns umspringen!
SOPHIA: Fall nicht! Finde auch, wenigstens beim Abendmahl
hätte er eine Frau zulassen können.
Wo waren die Jünger, als es ernst wurde?
Getürmt – alle.
Nur Frauen haben unterm Kreuz ausgeharrt!
Aber Männer hätte man erschlagen,
wären sie bei ihm geblieben.
MIRANDA: Bleib oben, bis ich dir helfe!
Sie steigt aus ihrem Bottich, um Tina die Hand hinzuhalten.
TINA: Sympathisch immerhin, daß er sagte,
ihr sind viele Sünden vergeben,
denn sie hat viel geliebt!
MIRANDA *die jetzt beim Faß angekommen ist, auf dem Tina steht:*
Aber seine schnöde Bemerkung:
«Weib, was hab ich mit dir zu schaffen...»
Nur verzeihlich, weil er's mit Jungen trieb.
SOPHIA: Richtet ihn nicht, daß er Johannes liebte:
wer weiß, was er von seiner Mutter wußte!
MIRANDA: Wir Mütter haben noch Glück,
daß die Popen zugeben,
daß Er überhaupt eine Mutter hatte!
Die Unverfrorenheit, zu behaupten,
Eva habe den Adam nicht gemacht!
TINA: Deshalb war am Anfang das Wort:
Lügen geht nur mit Worten!
Sie steigt wieder in ihren Bottich und beginnt zu stampfen.
SOPHIA *ist schon bei ihrem letzten Satz aus ihrem Bottich geklettert, der Saft tropft von ihren Waden und Füßen, während Tina kräftig stampft:*

Warum bringt Kalonike uns keine Trauben mehr?

Mit diesen Worten geht sie unter der Treppe in den Nebenraum, der durch den Kelim vom Hauptraum abgegrenzt ist. Gleichzeitig legt Miranda ihre Stola an, sieht, daß sie allein ist mit Tina, und flüstert, als –

TINA *sie fragt:* Gehst du heim?

MIRANDA: Muß! – Fürchte, hoffe, weiß nicht,
ob ich nicht hier was aufgelesen habe.
Ich muß jetzt meinen Mann besuchen,
sonst kann er mir's vorrechnen.

Sie hat hastig gesprochen, immer leise, nie ohne den Kelim, hinter dem Sophia verschwunden war, aus den Augen zu lassen. Schon während sie noch sprach, hat sie einen Flügel des großen Holztores zur Hafengasse geöffnet, huscht jetzt hinaus, während –

TINA *auch leise, zu ihr sagt, ironisch:*
Schlaft schön!

Das Tor ist noch nicht ganz von außen geschlossen, da kommt mit einem großen Korb voller Trauben, den sie in ihrem Bottich entleert –

SOPHIA *wieder herein und fragt:* Ist wer gekommen?

TINA *legt einen Finger auf ihre Lippen, sagt:*
Miranda will mal nach ihren Kindern sehen!

SOPHIA *lacht:* Soso – ausgerechnet abends,
wenn die Kinder schlafen.
Sie schreit:
Fallen Sie nicht!

MANUSSIS *ruft oben auf der Treppe und kommt schon wie geschmissen, daß man fürchtet, er überschlage sich, herunter und wiederholt sofort seinen Schrei, er ist ohne Koppel, aber sonst bemützt und bestiefelt und geputzt:*
Lysis, wo? – Wo ist Frau Lysistrate?
Er stößt, während er die Treppe herabdonnert, die Worte so rasch hervor, daß eine Antwort gar nicht dazwischenkäme.
Diese – gemeine ... gemeingefährliche Person!

TINA: Übernimm dich nicht... Schleichst du ihr deshalb wie ein Kater hinterher?

MANUSSIS: Reingelegt hat sie uns, unmöglich gemacht – Sagt schon, wo sie ist!

Notaras, in der Uniform des Korvettenkapitäns, kommt oben auf der Galerie zum Vorschein; er sieht aus, wandweiß, als solle er erschossen werden; er hält sich am Geländer wie ein Alter; er bleibt da oben stehen, bis er ins Gespräch gezogen wird.

Ihr steckt doch alle unter einer Decke –

TINA: Mit euch, ja leider.

NOTARAS *während Manussis sich unten auf die Treppe setzt:*
Sie hat meinen Film von Aphrodite –
dem Fernsehen ausgeliefert.
Erschüttert: Eben in der Tagesschau, als sensationellste Nachricht seit Auffindung der Venus von Milo!

TINA: Das ist doch herrlich!

NOTARAS *schreit:* Bist du so blöd?
Der Oberst ist schon heimbeordert,
Anruf des Ministeriums!

TINA *zu Notaras, leise, erschrocken jetzt:*
Du darfst noch bleiben?
Notaras antwortet ihr nicht, ostentativ.

SOPHIA: Wieso soll Ihnen schaden,
daß Sie ein Nationaldenkmal gefunden haben?

TINA: Kriegst du nicht sogar Geld vom Fernsehen?

NOTARAS *leiser:*
Wir sind hierherbeordert,
um einen Stützpunkt einzurichten.
Nie hat ein Mensch von diesem Inselchen geredet...
jetzt hat die ganze Welt euch entdeckt!

TINA: Solltet ihr Aphrodite im Meer liegenlassen!

MANUSSIS: Man konnte sie erst ins Nationalmuseum schaffen, wo sie hingehört, statt hier –

TINA *böse:* «Wo sie hingehört?» – Du hast einen Vogel!

SOPHIA: Selbst der Minister sagt,
lieber vergraben wir Aphrodite,
als sie herauszurücken ans Nationalmuseum!
MANUSSIS *winkt ab, hat seine Mütze in die Hand genommen, sitzt trostlos auf der Treppe:*
Als ob's noch zählt, wo man die aufstellt!
Die haben in der Tagesschau gequatscht
– und damit hat die Lysis uns verraten! –,
daß griechische Offiziere, die für die USA
auf die Insel Raketen bringen,
die Aphrodite aufgefunden haben!
NOTARAS: Die Tagesschau ist eben auch schon
von roten Hunden unterwandert!
MANUSSIS: Mir raubt eure verdammte Venus das Leben.
SOPHIA: Das «Leben» – ist das Militär Ihr Leben?
MANUSSIS *trotzig:* Allerdings! – Bin fünfzig,
nichts gelernt.
Ein Oberst außerhalb der Armee?
So brauchbar wie ein Kamm für eine Glatze.
TINA *fast jubelnd, während sie noch unermüdet mit ihren schönen Beinen – die zwar schwer sind, aber das entspricht nur ihrer Länge – Trauben keltert:*
Bleibt hier – die Hotels brauchen doch Geschäftsführer!
SOPHIA: Ja, und Hoteliers brauchen wie Offiziere
auch nichts gelernt zu haben:
Wer nichts wird, wird Wirt.
Wer gar nichts wird, wird Bahnhofswirt.
Oben ist lauernd wie ein leiser großer Hund der Hauptmann Polizoides eingetreten. Aggressiv sagt –
MANUSSIS: Ihr seid schon verdammt sicher,
daß eure Insel kein US-Stützpunkt wird!
Zu Notaras, während er Polizoides noch nicht gesehen hat:
Suchen Sie die Frau! Wer weiß:
was sie womöglich noch –
aus unsern Koffern entwendet hat!

NOTARAS *salutierend:* Werde sie herbringen,
jawohl, Herr Oberst.

SOPHIA *schroff:* Lysis klaut nichts aus Koffern.

TINA *während sie schon aus ihrem Bottich steigt und Sophia so erzürnt abgeht, wie sie gesprochen hat:*
Ich helfe dir sie finden –
Manussis hat oben auf der Treppe Polizoides entdeckt, der jetzt grüßt und dann zu ihm herunterkommt. Tina hat ihre Sandalen angezogen, ihre hochgebundenen Rockzipfel fallen lassen und geht mit Notaras nach oben ab – während Sophia aus dem Tor ins Freie gegangen ist. Allein mit dem Oberst, sagt –

POLIZOIDES, *indem er förmlich die Hacken zusammenzieht:*
Gestatten Herr Oberst eine vertrauliche Frage?

MANUSSIS *gereizt – und zeigt auf die fünf Türen des Raums:*
Kommen Sie mir wieder damit?
– Bitte!

POLIZOIDES *hat den Kelim zurückgeschoben und sich überzeugt, daß niemand dahinter in dem dunklen Gelaß ist; die Türen zur Gasse, zum Schwitzbad und oben auf der Galerie sind geschlossen. Er sagt:*
Zweifellos hat diese Wirtstochter
sich an unserem Gepäck vergriffen:
Gibt uns das nicht den Vorwand –
sie endlich unschädlich zu machen?

MANUSSIS *gedehnt, gereizter noch als oben; eisig, man spürt, er haßt den Eiferer:*
«Unschädlich» – sollen wir sie beim Baden ersäufen?
Sie sind ein Wutschrapnell, Polizoides!
Gut, daß Sie eine Nase im Gesicht haben,
sonst fingen noch ihre beiden Augen
Streit miteinander an!

POLIZOIDES: Gestatten, Herr Oberst,
wenn sie militärisches Geheimmaterial gestohlen hat...

MANUSSIS *scheinbar begriffsstutzig:*

«Geheimmaterial» – ein Film von Aphrodite?
Lächerlich, Mann –

POLIZOIDES *hat nach den Türen Ausschau gehalten:*
Könnten wir aber behaupten –
damit sie erst mal nach Athen geschafft wird!
Ist sie hier weg, auch nur acht Tage,
geben die Bäuerinnen nach.

MANUSSIS *erzürnt:*
Sie können dieser Frau nicht einmal absprechen,
daß sie nationale Gründe hat,
keine Großmacht auf dieser Insel zu dulden.
Ich würde auch Frau und Kinder
nicht gern auf einer US-Atomwaffeninsel wohnen haben!
Und glauben Sie denn, diese Frau sei in Athen,
als Parlamentarierin, weniger gefährlich als hier?

POLIZOIDES *hat einwendend die Hand gehoben, sogar gelächelt – was ziemlich ekelhaft aussieht:*
Ich darf Herrn Oberst vertraulich versichern,
das Parlament ist in ... zehn Tagen nur noch ein Friedhof.

MANUSSIS *kalt:* Was wollen Sie damit sagen?

POLIZOIDES *wieder dieses Grinsen bei zu breitem Zahnfleisch:*
Melde, daß der senile Kryptokommunist Papandreou
gestern abend Seiner Majestät das Ultimatum stellte,
öffentlich zu erklären,
daß die Monarchie nicht in den Wahlkampf eingreift ...

MANUSSIS *glaubt das nicht:*
Ultimatum? – Womit könnte Papandreou drohen?

POLIZOIDES: Mit einem Volksaufstand, und das hat endlich
dem König den Entschluß abgerungen:
«Feuer frei» für die Armee!

MANUSSIS: Woher wissen Sie das? Woher!
Machen Sie nicht ein Gesicht wie ein Schließfach.

POLIZOIDES: Darf ich Herrn Oberst bitten ...

Sie werden unterbrochen, was den Oberst erleichtert.

Lysistrate, wieder in ihrer schwarzen Stola, ist oben erschienen, mit ihr, die sie holten, Sophia, Tina und Notaras. Polizoides sagt rasch und leise – und damit geht er zum Tor hinaus:
Ich versuche, noch einmal anzurufen.

MANUSSIS *hat ihm zugenickt und ruft zur Treppe hinauf:*
Wenn Sie uns den Film gestohlen haben, Madame –

LYSISTRATE *nickt, während sie herunterkommt:*
... dann habe ich mit sehr zivilen Waffen
die gefährlichsten bekämpft,
die Sie hier einschleppen wollen:
Raketen mit Atomsprengköpfen!
Drohend:
Ihr seid hier nicht auf Korfu,
wo die Bevölkerung schafzahm –
nicht nur zugesehen, sondern geholfen hat,
einen ganzen Berg abzugraben
für Raketenbasen!

MANUSSIS *schreit sie an:*
Wie kamen Sie auf die Idee?

LYSISTRATE: Durch Sie! – Als Sie
den Minister und mich um Diskretion baten:
ging mir auf, wie wertvoll es ist,
wenn unser Inselchen durch die Weltpresse
geschleift wird.

NOTARAS *entsetzt:* «Weltpresse»?

LYSISTRATE *lustig:*
Ja, jemanden um Verschwiegenheit bitten:
ist nicht das Rezept, sie zu erlangen!
Alle Presseagenturen in Athen haben Kopien!
Du wirst ungeheuer viel Honorar kassieren.

MANUSSIS *bitter:* Fein gemacht! Wissen Sie, wer auch kommt
Deshalb bin ich beordert ins Ministerium:
die Russen! Eine Archäologendelegation
aus Leningrad ... verkleidete Militärs, natürlich.

LYSISTRATE *mit wachsender Wut:*
Warum sollten die Russen keine Beobachter schicken,
da uns die USA sogar Atomwaffen schicken?
Ihr gottverdammtes Vorhaben, unsre Insel,
die dreitausend Jahre kein Soldat betrat,
mit Raketen zu bestücken: muß dazu führen,
daß wir im nächsten Krieg verbrannt werden
deshalb, deshalb allein, weil Ihresgleichen,
griechische Mitbürger,
hier Stellungen für eine fremde Großmacht errichten!
TINA *einlenkend:* Trotzdem tut uns leid,
daß ihr persönlich haften sollt:
kann denn eure Dienststelle beweisen,
daß der Film – von euch war?
SOPHIA *begreift sofort und ergänzt ganz rasch:*
Ja – wozu das Gequassel, daß er geklaut wurde?
Mensch, ruft doch einfach an – und meldet,
ihr hättet nichts zu tun damit.
TINA: Du kannst beschwören,
daß du keinem Menschen einen Film ausgehändigt hast.
LYSISTRATE: Basta. Fahrt zum Minister;
er kann beschwören wie ich,
daß Sie uns Zivilisten
um strengste Diskretion gebeten haben!
Während sie mit den Offizieren über die Treppe abgeht:
Ich melde euch gleich an, in Villa Tusculum. *Ab.*
TINA *ruft den Offizieren nach:*
Gebt acht: Tusculum ist nur sein Tarnwort:
Koitusculum müßte es heißen!
MANUSSIS *von der Treppe, herablassend:*
Ist denn dieser alte Herr noch koitabel?
TINA *ebenso:* Was du mit fünfzig endlich gelernt hast,
wird ja wohl der mit sechzig schon können!
MANUSSIS *während Ariadne eintritt:*
Woher hast du den Maßstab?

TINA *wirft ihm eine Kußhand zu:*
«Maßstab»? – Gar kein schlechtes Wort für den!
ARIADNE *ruft den beiden Offizieren nach:*
Bleibt ja nicht dort die ganze Nacht, sonst –
NOTARAS: Sonst was, Ariadne?
MANUSSIS *ein Seufzer – und ab:*
Ja, ja, ihr habt uns ganz schön in der Hand.
ARIADNE: Ihr uns denn nicht?
SOPHIA: Macht einmal keine lange Nacht,
wir müssen um sieben an den Webstuhl.
ARIADNE *nun allein mit Sophia und Tina, zieht ihren Postlerinnenrock über der Bluse aus, schürzt ihren Rock hoch, spült ihre Füße ab, knipst wie immer automatisch ihr Radio an, das sie mitbrachte, holt einen Maiskolben – gegen ihren ewigen Hunger, aber sie leckt nur an ihm – aus der Rocktasche und klettert in Sophias Bottich, während sie begeistert ruft:*
Habt ihr gehört, die Aphrodite in der Tagesschau!
Ein Gehetze heute mit Telefonen, Telegrammen –
mehr als sonst in fünf Jahren!
Und alles wegen Aphrodite.
TINA: Dein Post-Amt möcht ich haben,
Neugier ist das halbe Leben.
SOPHIA: Bitte stellt die Musikmühle ab!
ARIADNE *stolz, tut bescheiden:*
Denkst du, ich höre alle Telefone ab?
Sie hat den Transistor abgestellt und läßt ihn – gut sichtbar – auf dem Tisch stehen.
SOPHIA: Wie reden die denn so?
ARIADNE: Wie überall: die meisten lügen.
Unsre Offiziere, alle viere,
telefonieren täglich mit zu Hause...
SOPHIA *während sie stampft:*
Ist jeder verheiratet?
ARIADNE: Verheiratet auch, ja.

TINA: Auch? – Soll das heißen:
die haben auch Freundinnen?

ARIADNE: Heuchlerin!

TINA: Ich meinte doch, auch in Athen!

ARIADNE *wichtig und mit Genuß:* Amtsgeheimnis!

TINA: Ach – du weißt,
ich will das nur von einem wissen.

Schweigen. Stampfen. Da jetzt drei – Sophia, Tina, Ariadne – in den Bottichen heftig arbeiten, so bildet sich ein Rhythmus, der an Bilder und Tonfall jenes letzten altgriechischen Epos ‹Dionysiaka› erinnert, dessen strengen, monotonen Hexametern Wilamowitz, der sie noch laut zu lesen vermochte, nachsagt, daß sie «wie das dionysische Tamburin klingen, das die Mänade zu ihrem ekstatischen Tanze schlägt...»

Es ist Bacchus, der «den männerfeindlichen Sinn verkehrt zur Männerliebe und der Enthaltsamkeit ein Ende macht», wie Bachofen betrübt in der ‹Gräbersymbolik der Alten› festhält: «Aus kriegerischen, männerfeindlichen Mädchen werden zeugungslustige Bacchen. Dem Gotte erst feindlich... treten sie nunmehr in sein Gefolge... Frauenkollegia sind es, die seinem Kult vorstehen... Was das Mädchen floh, das sucht es jetzt. Was seine Abscheu erregte, das steigert jetzt die erwachte Lust zum höchsten sinnlichen Taumel. Das ganze Leben nimmt eine andere Gestalt an... Was früher verhüllt war, wird jetzt überall in sinnlicher Nacktheit der Verehrung aufgestellt.» Aber selbst das vergleichsweise «gesittete» Fest zu Ehren der Flora – die Gottheit des Pflanzen- und Getreideblühens – erinnerte daran, daß diese Göttin eine Hetäre gewesen ist, die das Volk zum Erben ihres Vermögens eingesetzt hatte – eines so gewaltigen, daß von den Zinsen jährlich das Floralienfest eine Woche lang finanziert werden konnte, an dem «besonders Mimen auftraten und sich die Tänzerinnen auf Verlangen des Publikums entblößen mußten».

KALONIKE *ist oben auf der Treppe, hat wild die Tür aufgerissen, schreit von der Galerie herunter:*
Es hat euch wer verpetzt beim Popen!
ARIADNE *gelassen:* Bring Trauben, Mädchen.
Kalonike kommt die Treppe herunter, zieht die Sandalen aus und den Rock hoch.
TINA: Wird sechsfach widerlegt, alles, was er petzt!
ARIADNE: Jede von uns hat fünf Zeugen, der Lügner, der!
TINA: Kann ja niemand nichts gesehen haben!
KALONIKE *war hinter dem Kelim kurz verschwunden, schleppt jetzt schon einen Traubenkorb heran:*
Der Stavros spricht, wir würden alle
totgemacht in den Betten der Athener –
Für jede, spricht er, hier von euch Ehefrauen
kommt das Ende in der Bratpfanne!
ARIADNE *verächtlich:* Bratpfanne? Der Blödian!
Diese Idylle wird von regem Fleiß untermalt: Ariadne, Tina und Sophia treten Trauben, Kalonike füllt die Bottiche, die unten Hähne haben, ab und trägt den Saft in Kupferkannen zu dem großen Faß; dann räumt sie Reste weg, Stengel, Schalen – Traubenschlamm.
KALONIKE *rapportiert sehr rasch, man spürt, daß sie die Situation verschärft findet, gefährlich:*
Der Petros kam doch überraschend heim.
SOPHIA: Welcher Petros?
KALONIKE: Was dem Stavros sein Vetter ist, in Saloniki.
Kommt heim, nach dreizehn Monaten in Deutschland,
und sieht, wie er die Tür aufschließt,
steht da ein schlangennackter Mann
und guckt der Frau des Vetters zu,
die in der Küche seht, so nackt wie er,
und eine Pfanne Spiegeleier,
die hat die auf dem Feuer.
Da hebt der Vetter seine Frau,
und setzt die arschnackt in die Pfanne!

TINA *ein Aufschrei:* Vieh, der Vetter!
SOPHIA: Die konnte sterben!
ARIADNE: Tut mir weh.
Was hat der mit dem Mann gemacht?
KALONIKE: Gar nichts – nur packt ihn im Genicke
und stößt ihn weg ins Treppenhaus
und brüllt ihm hinterher:
«Du kannst auf deinen Augenwimpern kriechen,
bis wer dir eine Hose schenkt!»
Vier Monate –
ARIADNE *rasch:* Recht, Dreckskerl der –
KALONIKE: Was denn? – Sie denken wohl: Gefängnis?
Haha – Krankenhaus! Und immer auf dem Bauch.
Sie haben müssen ihrem Hintern
noch Haut von einem andern
aufkleben gemußt oder – nähen, weiß nicht.
ARIADNE *die Geizige:*
Quatsch – wer gibt schon Haut von seinem Hintern her!
KALONIKE *ganz ernst:*
War teuer – die Frau hat eine Ikone müssen verkaufen.
TINA: Warum auch nicht, besser Haut auf dem Hintern
als einen Heiligen an der Wand.
ARIADNE *um abzulenken:*
Leben die etwa noch zusammen?
KALONIKE: Klar. Sie haben, spricht der Stavros,
dann einen Kumpomiß geschlossen,
er hat ihr nicht verstoßen
und sie ihm nicht verklagt.
Ich bade.
SOPHIA: Wenn unsere Offiziere nicht
mit dem nächsten Schiff heimdampfern, Freitag
– dann gibt es eine Katastrophe.
Dampf quillt wieder aus der Tür zum Schwitzbad.
TINA: Irgendwann nachts
stoßen unsre Gehörnten – die Hörner da... durchs Tor!

Kalonike, lachend, verschwindet im Schwitzbad, nachdem sie merken ließ, daß sie sehr wohl wußte, was sie sagte. Sie wirft die Schwitzbadtür zu; Schweigen, Seufzen, Einanderansehen.

ARIADNE: Bettelarm vom Hof jagen die uns –

TINA: Wenn die uns nicht töten –

SOPHIA: Mein Mann ist nach wie vor verkaufsbereit,
der Esel.

Ein Ausruf, erschrocken, denn Tina weint, wischt ihre Tränen, aber das hilft nichts.

Tina! – um Gottes willen…

ARIADNE: Tina, was –

TINA: Ach, wenn ihr so redet –
als sei das gar nichts, wieder heim zu müssen!

SOPHIA *die Mütterliche, nimmt sie in die Arme:*
Aber das hast du gewußt!

TINA *heftig:* Der soll sich nicht länger in der Einbildung
rekeln, er sei der einzige, den ich hatte.
Leise, entschlossen:
Ich tue ihm die Wahrheit an, ich mach ihn stumm damit!

ARIADNE: Wahnsinnig bist du – wenn's deiner weiß,
dann fragen alle! Fragen kosten Nerven.

TINA *fällt sie fast an:*
Wozu dann der ganze Streik, wenn –

SOPHIA: Wozu? – Das Militär wird abgeschlagen!

TINA: Ach – was ist schon Militär, gemessen an der Ehe!

SOPHIA: Du denkst zu schlecht von deinem Mann!

ARIADNE: Eben, es ist nur jeder anders albern.
Wenn ich mir denke, daß sie jetzt allein sind…

TINA: So dumm kannst du nicht sein!

ARIADNE: Ich seh sie alle vor mir,
wie ich mal in Athen im Zoo einen Schimpansen sah.
Der hat so fraulos vor sich hin gewichst,
daß ich nun immer denke:
so ein armer Affe ist auch nur ein Mann!

SOPHIA: Glaub nur nicht, Tina, daß dich Notaras mitnimmt.

TINA *gereizt, aggressiv wie eine Großkatze:*
Wer denkt das denn, verrückt – der hat doch Kinder.
Und doch – fährt heim, als hätt's mich nie gegeben,
so ein herrlicher Meißel von einem Mann!

ARIADNE: Tina! Hat man nicht, wen man liebt,
muß man lieben, wen man hat: Ehe...
Monotonie als Gegensatz zur Polygamie.

LYSISTRATE, *ein Schrei, oben auf der Treppe:*
Männer rücken an!
Der Stavros läßt sie durch die Gaststube nicht rein.
Jetzt versuchen sie's hier durchs Tor.

TINA: Welche?

ARIADNE: Auch meiner?

LYSISTRATE: Eure, ja und der Pope!
Die drei Frauen arbeiten in den Bottichen weiter.

SOPHIA: Laß sie vor, Lysis, besser, sie stören jetzt...
als nachts.

TINA: Ach, sein Gesicht –
jetzt, wo ich so schön gebadet habe:
nein, sagt, ich wohnte gar nicht hier!

LYSISTRATE: Gut, schiebt den Riegel zurück!
Tina rennt, ihre Sandalen vor dem Bottich aufgreifend, ohne die Zipfel des Rocks loszubinden, barfuß die Treppe hoch; Lysistrate kommt die andere hinab. Indessen schieben die Eindringlinge das Tor auf. Bevor noch der Ehrwürdige Vater «anheben» kann zu zetern, schreit –

KOUMANTAROS: Wie lange sollen wir noch warten!

TSIFRAS: Wann schickt ihr uns die Frauen heim?

LYSISTRATE: Eure Frauen sind keine Pakete –
die kommen heim, sobald sie wollen.
So: was wollt Ihr?
Vermittler ist der Minister, habe ich gesagt!

TSIFRAS *zu Ariadne, indem er auf sie zeigt:*
Los – heim, sofort kommst du mit heim.

ARIADNE: Keine Lust.

TSIFRAS: Mit wem bringst du die Lust denn durch?

KOUMANTAROS, *niemand antwortet ihm:*
Wo ist denn meine Tina?
Er guckt in die Badestube, Dampf quillt heraus.

KALONIKE *schreit:* Raus!
Sie läuft ihm nach, fast nackt, und schlägt ihn mit einem nassen Handtuch.

POPE: Es sind, Frau Abgeordnete, aus Ihres Vaters Hause
Nachrichten zu mir gedrungen,
daß ich als Mann, als Ehemann, als Diener Gottes
nur noch die Hände vors Gesicht zu schlagen weiß!

SOPHIA: Dann sehen Sie ja noch weniger!
Sie muß lachen, sie trägt beim Stampfen keinen Büstenhalter, hat sicherlich gar keinen; ihre Brüste, fest wie Boxhandschuhe, die sich durch die Bluse durchgeschwitzt haben, machen dem Popen, weil der nicht aufhören kann, sie anzusehen, vor allem auch ihre schweren, nackten Schenkel, den «bösen Blick». Da sie ihrem Mann treu war, heitert es sie in aller Unschuld auf, daß der Pope, den sie wegen seiner Grabrede haßt, bei ihrem Anblick leidet...

TSIFRAS: Dir vergeht's auch, das Lachen, Alte,
wenn wir hier nachts mit Messern kommen!
Ariadne tippt an ihre Stirn, wendet sich ab, geht aus dem Bottich heraus.

KOUMANTAROS: Wo ist denn meine Tina?
Euer Schweigen sagt alles.

ARIADNE: Dann brauchst du ja nichts mehr zu fragen.

LYSISTRATE: Wohnt Tina hier, Sophia?

SOPHIA: Tina? – Weiß nicht.

KOUMANTAROS: Wie denn? – Wohnt nicht mal hier!

LYSISTRATE: Was denkt ihr, wieviel Gäste uns Aphrodite
schon gebracht hat? Hier ist doch jedes Bett belegt!

KOUMANTAROS: Mehrfach belegt, nach allem,
was man hört.

ARIADNE: Hören? – Euer Hof ist drei Kilometer von hier: jetzt überschätzt Ihr sogar uns, Nachbar!

TSIFRAS: Ja, sieht man auch, muß ja nur gucken,
die Offiziere, die haben keinen Arsch mehr in der Hose,
so habt ihr die gemolken!

POPE: Man hat mich zuverlässig informiert
– und ich will keine Namen nennen! –,
heidnische Unzucht,
vorchristliche Schamlosigkeit wüten –
wüten hier im Verein mit Ehebruch!

LYSISTRATE *nimmt rasch Eimer und Schrubber. Links am Wasserhahn füllt sie den Eimer:*
Geht mich – geht euch nichts an!
Die Insel hat Mädchen genug
und Frauen – mich zum Beispiel –,
die keine Ehemänner haben…
oder deren Männer im Ausland schuften.
Nur weiß ich nicht, was euch das angeht!

SOPHIA *barsch:* Wir wissen noch immer nicht,
was ihr jetzt wollt!

KOUMANTAROS: Weil alle außer Eurem Mann
das Angebot der Liechtensteiner Firma,
das der Minister vermittelt hat,
bereit sind anzunehmen…

TSIFRAS: Somit ist das Ziel eures Streiks erreicht!
Kommt jetzt nach Hause!
Sophia war, den Kelim beiseite schiebend, in den Nebenraum gegangen und kommt mit Schrubber und Eimer zurück und läßt den Eimer voll Wasser laufen.

LYSISTRATE *lakonisch:*
Wir müssen erst die Kommission vertreiben –

TSIFRAS *erregt und laut:*
Was! – Wie? Das war nicht abgemacht!

KOUMANTAROS: Ihr habt gesagt, der Ehe-Streik ist aus,
wenn wir bereit sind zum Verzicht,

dem Militär die Höfe zu verkaufen.
Wir sind bereit – und trotzdem hältst du unsre Weiber fest?

ARIADNE: Wir halten selbst hier aus, ganz frei und lustig.

TSIFRAS: Soso: «ganz lustig, frei», soso!

ARIADNE: Die haben kein Gefühl,
wie sie uns bei der Arbeit stören, faule Rammler!
Verächtlich: Noch als Rammler faul!
Lysistrate nimmt Schrubber und Eimer und beginnt links – daraufhin beginnt Sophia rechts die Kelterstube zu säubern. Die ungebetenen Besucher stehen im Wege. Sie machen Schritte beiseite, um Lysistrate und Sophia auszuweichen, aber das Gespräch ist heftig wie ein Geschrei – so achten die Männer nie rechtzeitig auf die Putzenden und kriegen den Schrubber, zuweilen auch Wasser an die Füße, was sie durch Hochhüpfen oder Beiseitespringen versuchen abzuwehren. Ariadne leert die Bottiche aus in das große Faß.

POPE: Ein ernstes Wort noch, Frau Lysistrate!

LYSISTRATE *hält ihm den Schrubber hin:*
Was? – Wollen Sie mich ablösen? Hier –

POPE *entsetzt:*
Ich habe selbst daheim für dreizehn Personen zu wirken.

LYSISTRATE: Dann gehen Sie heim – dahin!
Er springt beiseite, denn sie hat einen halben Eimer Wasser ausgegossen.

POPE: Retten Sie die Ehen der Bauern!

LYSISTRATE *während sie schrubbt, immer noch mit hochgeschürztem Rock und barfuß:*
Da geht es um ein halbes Dutzend.
Was tun Sie zur Rettung der Ehen
von beinah vierzig Fremdarbeitern?

SOPHIA: Ja, hat man nie gelesen,
daß die sich mal zusammenrotten mit Popen an der Spitze
– sind doch Zehntausende –
und das Parlament in Fetzen hauen,
das ihnen keine Arbeit im eigenen Lande gibt!

KOUMANTAROS: Schiebt nur nicht alles Elend
auf uns Männer,
ich habe nie gelesen, daß Frauen sich zusammentun,
um die Regierung anzuklagen!
TSIFRAS: Richtig, so faul ist keine Frau,
um nicht mit Fleiß noch ihrem Mann
die Schuld für die Faulheit aufzuhalsen! Kommt heim!
Frauen ohne Männer – Reben ohne Stock.
ARIADNE: Männer ohne Frauen:
Haus und Land versauen.
LYSISTRATE: Hat eine von euch gehört, daß der Pope –
geantwortet hat? War doch eine einfache Frage, Vater:
Was tut Ihr, um unsern Kulis im Ausland
Arbeit auf dieser Insel zu geben? Was?
POPE *Schulterzucken:* Ich bete für die.
SOPHIA: Ein originelles Arbeitsbeschaffungsprogramm!
POPE *böse:* Ich tue, was ich kann.
SOPHIA: Aber könnt nicht, was Ihr tut,
Ihr versprecht Hilfe von Gott,
der Euch niemals welche zugesagt hat – packt ein,
blamiert Euch nicht und den dazu, da oben den,
der nicht verhindert,
daß man Kinder totfährt!
POPE *drohend wie ein angreifender Pfau:*
Frau Bürgermeister, noch eine solche Gotteslästerung
und Euer Mann erfährt…
SOPHIA *gelassen, absolut unschuldig:*
Wenn Eure Angaben über mich so präzise sind
wie über das Jenseits,
gibt's wenigens diesseits was zu lachen!
POPE *wutblind:* Nun sag ich Eurem Mann,
was mir zu Ohren…
ARIADNE *ein ganz lauter Schrei:* Vorsicht!
Aber der Schrei kam zu spät: der Pope hat einen vollen Eimer Wasser, den Ariadne erst eben aufgefüllt hatte, fron-

tal über seine Schuhe und den Talar, gürtelabwärts, bekommen – weil er in bebender Erregung mitten hineinlief. Ariadne hatte keineswegs beabsichtigt, gegen den Popen als Wasserwerfer vorzugehen: sie stand im Hintergrund ganz links und wollte den Boden längs der Rückwand voll Wasser schütten, um ihn zu schrubben. Der Pope aber sprang fast die zwei letzten Treppenstufen hinab, auf die er sich wegen Lysistrates Wassergüsse hüpfend hochgerettet hatte – und lief in Ariadnes Wasserwurf.

Verzeiht!

Der Pope stürzt hinaus, ist kaum stehengeblieben – hat jedenfalls nichts sagen können; das Tor bleibt halb offen.

LYSISTRATE *tadelnd:* Kind, das Wasser ist doch knapp.

SOPHIA *nach einer kleinen Pause, lakonisch:*
Das also war die Kirche:
außer Beten – nichts als Reden!

LYSISTRATE *als sei der Wasserwurf nicht passiert – mit demagogischer Kraft:*
Herr Koumantaros – wär's nicht fair gewesen,
Ihr hättet dem Popen den Scheck gezeigt,
der Liechtensteiner Hotel-Ketten-AG?

KOUMANTAROS: Ihr zeigt mir nicht mal meine Frau!

ARIADNE: Tina will dich ja gar nicht sehen, Zitterarsch!

TSIFRAS: Frau, laß das Stänkern, ist ja wahr, der Scheck da,
der hat uns überzeugt. Jetzt aber heim, sofort!
Sophia kann ja bleiben,
solange noch Dimitrios sich querlegt.

KOUMANTAROS *zu Sophia:*
Nachbarin, red doch deinem Mann zu,
wir schaffen's nicht – vor uns spielt er den Bürgermeister!

LYSISTRATE: Gut, Sophia, geh heim, versuch's!

SOPHIA *indem sie beginnt, sich ausgehfertig zu machen, wäscht ihre Beine und zieht zuletzt die Stola an:*
Versuchen will ich's, doch er spricht,
heute kann er den Preis noch machen;

wenn ihm das Militär erst Land enteignet,
dann wird der Preis diktiert.
Lysistrate: Daher genügt's nicht mehr,
versteht ihr, Bauern,
daß nur ihr nein sagt.
Wir müssen auch die Offiziere zwingen,
in Athen zu melden,
unsre Insel sei ungeeignet für Militär.
Tsifras *sehr erregt:*
Wie denn? Wie denn Offiziere zwingen?!
Koumantaros *fast gleichzeitig:*
Die verleiten, daß sie falsch aussagen, wie?
Lysistrate *mit lächelnder Tücke:*
Das – ergibt sich über Nacht.
Tsifras *schreit:* Wie denn?
Lysistrate *hinterlistig:*
Das will ich mit denen erst besprechen,
die dabei mitzuspielen haben, euren Frauen.
Koumantaros *rasch:*
Über Nacht – Frauen! – Zwingen, Offiziere?
Tsifras *ebenso:* Spielen? – Mitzuspielen?
Koumantaros *ebenso:* Frauen – über Nacht?
Um Offiziere ... zu falschen Gutachten zu zwingen?
Lysistrate *schiebt sie ab samt Sophia und schließt das Tor:*
Stimmt ihr Dimitrios erst um ... los, geht!
Lysistrate hat das halbe Tor hinter ihnen zugeworfen, im gleichen Moment tritt unten Kalonike aus dem Schwitzbad und ruft oben auf der Treppe die wiederauftauchende –
Tina: Wie willst du denn die Offiziere zwingen, Lysis?
Gewalt? – Das ist doch primitiv, ist Männersache.
Wir wollen denen wie bisher
die Brust auf die Pistole setzen –
nicht die Pistole auf die Brust.
Ariadne hat aus dem Nebengelaß hinter dem Kelim eine

Korbflasche geholt, Wein des Vorjahres. Die Flasche war schon offen, Ariadne setzt sie an und trinkt und reicht sie herum, aber alle winken ab, so trinkt sie allein.

ARIADNE: Kalonike, schreib die Flasche
auf meine Rechnung.

MIRANDA *reißt oben hinter Tina die Tür auf, wirft Tina fast um, als sie hereinwirbelt, die Treppe herunter, schreiend:*
Ich habe meinen Mann ertappt mit der Megilla!
Ihre Worte und Sätze verschnellern sich, zuletzt sich überschlagend:
Die zweie, hätt ich nie gedacht.

ARIADNE: Hatten sie nicht abgeschlossen?

MIRANDA: Weil seine Schwester doch im Hause ist,
da machten sie's im Ziegenstall –
als wären sie zwei Köter,
die nicht mehr auseinander können.
Ich nahm den ersten besten Futtereimer,
der da mit Wasser stand,
und goß den über seinen Hintern –
und warf den Eimer selbst noch drauf!
Wie furchtbar komisch sieht das aus,
wenn man's nicht selber tut.
Jetzt hoffe ich, ich werd hier schwanger.

LYSISTRATE: Sei nicht verrückt, man liefert sich nicht aus.

ARIADNE: Unsre Ehedeppen müßten dem Popen
eine Kuh stiften,
hätten sie mal ein Kind dazwischen,
das von einem anderen Vater den Verstand hat.

KALONIKE *giftig:*
Offiziere sind auch nicht gescheiter als Bauern,
Frau Tsifras.

TINA: Zur Sache, Lysis!

LYSISTRATE: Der Plan ist einfach wie die Wahrheit.

TINA: Wie konntest du zugeben, daß die Athener
hier Ehebruch begehen?

LYSISTRATE: Doch nicht mit euch!
MIRANDA: Natürlich nicht.
ARIADNE *zugleich:*
Natürlich nicht – aber überhaupt:
Wozu davon sprechen?
LYSISTRATE: Die halbe Wahrheit lenkt am besten –
von der ganzen ab.
Ich habe zugegeben,
daß die Athener nicht alleine schlafen:
damit die Bauern sie anklagen, mit euch –
TINA *leiser:* Wenn das aber doch – gewissermaßen...
nicht... in jedem Fall... so völlig... aus der Luft...
Man sieht sich an, man sagt nichts, man könnte nur zugeben – worüber nicht gesprochen wird.
LYSISTRATE: Begreift ihr?
ARIADNE: Zu gefährlich, mache da nicht mit –
LYSISTRATE *leidenschaftlich:* Gar nicht gefährlich!
Wieso denn:
Weil es stimmt – müssen die Athener es zugeben
und abreisen, türmen – um nicht ermordet zu werden!
MIRANDA: Aber dann erschlagen uns – unsre Bauern,
sobald die Offiziere fort sind!
LYSISTRATE: Nein, wieso – den Bauern wiederholen wir,
was ich ihnen schon eben sagte:
nur solche Frauen waren bei den Fremden,
die keinem Ehemann die Treue schulden!
Sie wartet ab, sphinx-still.
ARIADNE: So geht's! Nein, geht nicht!
Geht keineswegs: die Offiziere streiten ab,
daß sie's mit uns, mit Ehefrauen –
dann müssen sie nicht türmen!
TINA: Eben, Lysis, dein Plan ist unausführbar:
die Offiziere werfen unsre Eheklötze raus,
wenn die das nur behaupten –
ARIADNE: Beweise müßten her, und das – das geht nicht!

Es geht nur – jaa, dann geht's,
wenn die uns in flagranti –

MIRANDA: Auf nackter Tat – müssen hier
die Bauern fünf Frauen bei fünf Athenern
aus den Betten holen!

TINA: Ich mache mit!

ARIADNE *trinkt beängstigend viel:*
Ich nicht, ich will zurück.
Jetzt, wo ich mich gerächt habe.

MIRANDA: Mein schmutziger Eber auf Megillas Arsch;
wenn ich das je vergessen soll,
dann muß er mich beim Leutnant finden.
Wie lahm als Rache ein Geständnis wäre,
doch die Entdeckung?
Die wirft ihn um.

ARIADNE *neidisch:* Ja – ihr Mann kann ihr nichts tun!
Vergreift der sich an ihr,
ermordet ihn Megillas Mann,
wenn der aus Schweden heimkommt.

TINA: Wenn er mich bei Notaras findet, dann...
dann weiß er mindestens, was er hat – oder: hatte!
Auch egal!
Melancholisch: Oh, doch, ich will's! –
Wenn er ein Messer vor sich hat,
kann ich erst wissen, ob ich ihm mehr bin als eine...
Reisegelegenheit.

LYSISTRATE *sie beruhigend:* Der leidet auch.
Tina, die auf halber Treppe stand, geht ab. Entgegen kommt ihr, stark angetrunken, aber tadellos uniformiert, der Luftwaffenleutnant und Ingenieur Kolokotronis; er trägt eine Schnapsflasche und fünf oder sechs Gläser, ohne Tablett. Seine Stimme zeigt, daß diese angebrochene Flasche nicht die erste ist, der er heute zufiel.

KOLOKOTRONIS: Miranda! –
Zu Tina, die sich aber nicht aufhalten läßt, während unten

Lysistrate und Kalonike das Aufputzen des Fußbodens abschließen:
Wohin so eilig, Frau... ah, die Namen,
sto-stoßen Sie auch mit an...

TINA: Danke, Leutnant – morgen!
Sie ist weg.

KOLOKOTRONIS *zeigt der weglaufenden Tina nach:*
Hahalt sie doch auf, wir wollwollen doch alle anstoßen.

MIRANDA *die sich für ihn geniert, reagiert deshalb jetzt ehelich sauer:*
Auf was denn schon wieder! Geh schlafen!
Stockbesoffen!
Sie läuft ihm entgegen, die Treppe hinauf, weil man damit rechnen muß, daß er oder wenigstens die Gläser die Treppe herunterfallen; die Gläser nimmt sie ihm ab und trägt sie nach unten und stellt sie auf den Tisch. Der Dialog pausiert nicht.

KOLOKOTRONIS: Möchte doch mit euch allen – allen mamal anstoßen, hab vor einer Stunde Anruf bekommen
– bin –

LYSISTRATE: Befördert worden?

KOLOKOTRONIS *sieht sie so an, daß man merkt, er muß erst nachdenken:*
Befördert, nein, nicht gerade, nein.

ARIADNE: Sind Sie Vater geworden?
Kolokotronis sagt nichts, zeigt nur mit ausgestrecktem Finger auf Ariadne, will lachen, aber das geht nicht. Miranda guckt, seinem Finger nach, Ariadne an.

MIRANDA *derart gereizt, daß keiner mehr daran zweifeln kann, wer hier zu wem gehört:*
Davon hast du mir ja kein Wort gesagt!

LYSISTRATE *laut:* Gratuliere! Junge oder Mädchen?

KOLOKOTRONIS *zu Miranda, als bitte er um Entschuldigung:*
Weiß es ja – ha, auch erst seit zwanzig Minuten. Wie?

LYSISTRATE *während sie alle Gläser heben, selbst das Einschenken mußte Miranda ihm abnehmen, es sah zu bedrohlich aus, als er das versuchte:*
Junge oder Mädchen?

KOLOKOTRONIS *nickt, lacht jetzt nervös auf und zeigt die Länge des Babys:*
Sechs Pfund a-achthundert Gramm!

KALONIKE *brüllt:* Ob's ein Junge ist?

KOLOKOTRONIS *ganz ernst:* Natürlich.

LYSISTRATE: Und wie geht's Ihrer Frau?

KOLOKOTRONIS: Ah – meine Frau?
Die weiß es noch gar nicht!
Pause, dann –

ARIADNE: Na, denn Prost!
Alle trinken, außer Miranda, die schroff ihr Glas hinstellt.

MIRANDA: Dann lebst du also – in Scheidung?

KOLOKOTRONIS: Das wei-weiß nun ich wieder nicht.
Will's auch nicht wissen, bin sowieso schon zweimal vorbestraft!

MIRANDA, *geschockt, knallt mit ihren Sandalen weglaufend die Treppe hoch, bleibt stehen:*
Vorbestraft – wie?

KOLOKOTRONIS: Schwer – erst drei Jahre, dann sieben!

MIRANDA, *ein Schrei:* Gesessen?

KOLOKOTRONIS: Nein – verheiratet.

MIRANDA, *und ab:* Nacht!

KOLOKOTRONIS: Miranda? – Wart doch – ich... Miranda!
Ab.

KALONIKE: Ist das nicht schweinisch,
daß wir jetzt unsre Freunde –
hier von den Bauern überfallen lassen?

LYSISTRATE: Wir warnen sie doch, Kalonike!
Wir flehen sie an, die Insel vorher zu verlassen –

KALONIKE *hat sich an der Tür umgedreht, sagt rasch:*
Offiziere!

MANUSSIS *voll uniformiert, ruft herein mit südlicher Emphase:*
Die Aphrodite hat verziehen – und keine Untersuchung...
Der Minister – ein kurzer Anruf bei seinem Nachfolger und die Versicherung, daß der Film nicht von uns kam, und schon sagt er – ha: der König werde uns empfangen!
Er hat Lysistrate umarmt, respektvoll, keineswegs vertraulich.

LYSISTRATE *während die anderen Frauen sich ihr zugesellen:*
Dann meldet, die Insel sei untauglich!
Nicht einen Meter Bauernland für – USA.

MANUSSIS: Wieso? Dimitrios verkauft!

ARIADNE: Schämen solltet ihr euch:
habt hier die Venus gefunden...

KALONIKE: Mehr als eine!

ARIADNE: Und – weigert euch,
die Wahrheit in euren Gutachten zu schreiben!

MANUSSIS: Wahrheit? – Was ist Wahrheit?

ARIADNE *betrunken:*
Was der Nüchterne denkt – der Betrunkene sagt.
Mein Herr Vermessungsingenieur,
wenn Sie den Behörden melden,
bei allen Bohrungen hier
auf nachgiebigen, feuchten,
unauslotbaren Quellenboden – aber nie
auf Grund gestoßen zu sein:
könnt ihr das nicht beeiden?

LYSISTRATE: Alle – ja. Laßt den Oberst mit mir allein!

KALONIKE *folgt Ariadne, die sich abwendet und geht:*
Wir hielten euch für Freunde, für Griechen –
nun tut ihr alles,
daß wir im nächsten Krieg vernichtet werden!
Vergast: durch Giftgas,
das Amerika auf unsrer Insel lagern will.
Manussis faßt sie unterm Kinn, als sie an ihm vorbeigeht.

LYSISTRATE *mit einem Blick auf die Türen, die sich hinter Ariadne und Kalonike geschlossen haben:*
So, jetzt in vier Ohren:
Sie und ich sind ein wenig haftbar, wie...
wenn Ihre Männer nachts hier bei den Frauen
von den Bauern gefunden werden sollten,
Sie wissen wie ich, dann gibt es Tote!

MANUSSIS *anspielungsreich:* Was denken Sie
von meinen Männern!

LYSISTRATE *ebenso:* Das gleiche wie von uns Frauen!
Nur, mein Lieber, ich kenne unsre Insulaner,
sollten die nachts hier einen Überfall machen,
dann wird es kaum zu solchen...
dummen Reden kommen wie jetzt
zwischen Ihnen und mir –

MANUSSIS: Diese Frauen hier
sind derart furchtsam, daß wir ganz sicher sind:
Ihr wacht schon selber über unsern Schlaf!

LYSISTRATE *wendet sich ab, um zu zeigen, das Gespräch sei zu Ende; sie wollte ja nur ihrer Pflicht genügen und gewarnt haben – wünscht aber, daß die Warnung* n i c h t *ernst genommen wird:*
Militärs müssen sehr arrogant sein,
wenn sie nur nackte Gewalt verstehen!

MANUSSIS *nicht überheblich:* Von Bauern? – Ho!

Lysistrate greift den Eimer und den Schrubber und will die ins Nebengelaß tragen – bleibt plötzlich stehen und sagt –

LYSISTRATE: Apropos – kennen Sie
Generalmajor Stephanopoulos?

MANUSSIS: Seit dreißig Jahren, Kriegsschule gemeinsam –
warum?

LYSISTRATE: Wenn Sie ihn anrufen
und eine andere Auskunft kriegen
als die: er sei auf Dienstreise,
stifte ich Champagner...

MANUSSIS: Warum interessiert Sie, wo er ist?
LYSISTRATE: Weil er der letzte Demokrat
in der Generalität war,
der die Verhaftung der «Aspida»-Offiziere frei überstand:
seit Samstag auf «Dienstreise» – wie alle, die sitzen.

Manussis schweigt betroffen. Sie auch – aber sie nicht nur aus «politischen» Gründen, sondern weil der Anblick seiner nonchalanten Schönheit ihr wieder – schon wieder – einen Schlag versetzt hat, daß ihr schlecht wird. Man muß sie s e h r *genau kennen, um ihr etwas anzumerken, genauer als sie selber sich kennt, denn wie alle stolzen Naturen ist sie unaufrichtig, was die Analyse ihrer eigenen «Schwächen» betrifft – sie hätte Männer und besonders diesen gern «hinter sich», mindestens aber möchte* s i e *führen, wenn denn hier schon zu verführen ist. Aber sie kann ihn in diesem Moment nicht einmal mehr frontal ansehen, ohne daß ihr Gesicht sich verzerrt, als schaue sie plötzlich in hellstes Licht; sagen wir, was ihr da zugestoßen ist, mit den Worten ihrer gleichalterigen Gesinnungsgenossin Melina Mercouri: «Pyros war schön, und körperliche Schönheit ist den Griechen wichtig. Er war ein Sonnenmensch. Das Heidentum Griechenlands, das unter den Jahrhunderten des Christentums verborgen weiterlebte, trat in Pyros zutage, in seiner Lebensfreude, seinem Optimismus, seiner Sinnlichkeit... Er lehrte mich, was Lust ist.» Da selbst der theorievernagelte Brecht eines Tages zugeben mußte: «Es wird sich herausstellen, daß wir nicht ohne den Begriff Schönheit auskommen» – als müsse er das bedauern in unsrer schmutzigen Umwelt und Inwelt –, so kann erst recht diese Frau und Griechin sich nicht länger verhehlen, daß einfach die Schönheit dieses Mannes eine Waffe ist, die sie «stumpf» machen muß, wenn sie ihre Überlegenheit gegenüber diesem Eindringling nicht verlieren will – aber noch ergeht es ihr mit Manussis, wie es der Mercouri mit diesem Seeoffizier erging: «Ich konnte es einfach nicht hinnehmen, daß dieser in allen anderen Dingen so fortschrittlich gesinnte Mann Frauen gegenüber die typische reaktionäre Einstellung der Griechen hatte... Pyros konnte mit einer Selbstverständlichkeit, die ich als feige Naivität bezeichnete, zu einer Frau sagen: ‹Ich liebe dich. Werde meine Geliebte! Aber ich sage dir gleich, daß ich dich, obwohl ich dich liebe, ein bißchen verachten werde, weil du meine Mätresse bist.› Es war zum Rasendwerden. Aber... seine Unwiderstehlichkeit war stärker als meine Widerstandskraft.» Zwar nicht zu Frauen nimmt Manussis diese reaktionäre Haltung ein, wohl aber – und das befremdet Lysistrate viel elementarer, da man es nicht lachend überspielen kann – als NATO-Offizier und Hiwi einer Großmacht, die insofern eine feindliche ist, als jede Großmacht, die sich auf dieser bisher so friedlichen Insel installieren will, ihr potentieller Vernichter ist...*

MANUSSIS *hat seiner Uniformtasche den Schlüsselbund entnommen, er löst einen Schlüssel vom Ring, während er zu sprechen beginnt, sehr zögernd:*
Bis jetzt hielt ich das alles für Gerüchte,
Ehrenwort: ich nehme das noch jetzt nicht ernst.
Griechenland hat höchsten Stellenwert in der NATO:
und da sollten die Amerikaner zusehen,
wie unsre Republik liquidiert wird?

LYSISTRATE *das einzige Mal im Stück, daß sie hoffnungslos ist:*
Da sie doch schon fast tot ist –

MANUSSIS *in Wut:*
Tot? – wagen Sie zuzugeben?
Wer ist denn schuld, wenn sie stirbt,
unsre Demokratie?
Ich bin es leid, das Märchen anzuhören,
daß es allerorts die bösen Soldaten seien,
die Diktatoren machen:

die Schuldigen seid ihr Politiker,
die das Amt nicht verteidigen,
das euch die Wähler anvertrauten!
Sie ist sprachlos, weil er – recht hat. Er ist auch derart in Feuer, daß sie ihn nicht unterbrechen könnte.
Wer hat in unserem Jahrhundert
die schlimmste Diktatur errichtet?
Das Militär war republiktreu –
das Parlament ist es gewesen,
das seinen Hitler «ermächtigt» hat!
Fangen Sie bei sich an, Madame:
Warum sind Sie auf dieser lächerlichen Insel
und keltern Trauben –
statt in Athen das abzuwenden,
was Sie kommen sehen?
Weil Parlamentsferien sind?
Er lacht herausfordernd.

LYSISTRATE: Leider keineswegs zum Lachen:
gegen Reaktionäre – helfen nur Gewehre;
Abgeordnete haben keine.

MANUSSIS *mitreißend:* Ausrede! –
Jeder Schafhirt hat eins, hierzulande.
Bewaffnet eure Wähler – vom Tagelöhner
bis zum Redakteur.
Und wer der Generalität nicht traut,
der muß den Generalstreik vorbereiten,
den bewaffneten, natürlich.
Wendet sich kurz ab, verächtlich dann:
Als wüßten Sie das selbst nicht besser.
Aber Sie wissen auch, Madame:
Ihr im Parlament seid gar nicht das Volk,
ihr schwimmt nur obenauf:
das Fett auf der Suppe,
und seid deshalb vom Volk abzutrennen,
durch ein paar Handgriffe.

LYSISTRATE: Sie haben recht in der Sache
– aber nicht das Recht,
daraus einen Vorwurf zu machen.
Wenn Volksbewaffnung nötig wird – gegen euch:
liegt dann die Schuld beim Parlament?
Nun stimmt sie zu:
Ja, Manussis, ich bin nicht in Athen,
weil ich dort vom Umsturz
schon morgens um drei unterrichtet würde –
durch die Banditen, die mich verhaften.
Hier kann mich keiner überraschen.

MANUSSIS *lächelt, geht auf sie zu, sichert jetzt nach oben zu den Türen ab, gibt ihr den Schlüssel, sagt gelassen:*
Auch in Athen soll keiner Sie erwischen:
hier mein Schlüssel, Adresse im Telefonbuch,
gehen Sie in meine Wohnung...

LYSISTRATE: Ihre Frau wird sich –

MANUSSIS: Die wohnt woanders, wir leben getrennt.
Und ich bin oft weg, aber nie anrufen!
Sollte ich nicht verreist sein,
wenn Sie da aufschließen: so freue ich mich um so mehr.

LYSISTRATE *hat aufgeschaut, als er sagte, seine Frau lebe von ihm getrennt; es hat sie gefreut, sie hat sich geärgert bei dem Gedanken, diese Freude sei ihr anzumerken, jetzt sagt sie kurz – und dann küßt sie ihn auf die Stirn, da er so nahe vor ihr steht:*
Sehr lieb... bei Ihnen sucht man mich bestimmt nicht.
Manussis, Hand in der Luft, das ist seine Redegewohnheit, wenn er begeistert ist – will sie in den Arm schließen, doch kommt es nicht dazu, weil er den durch das Holztor eingetretenen Minister entdeckt.

MINISTER *im Mantel, schwenkt seinen Hut, süffisant:*
Störe?

MANUSSIS *ist herumgeschreckt, verlegen, verstört, geht die Treppe hoch:*

Nein, fragte nur, wann die Badestube frei ist.
Er geht ab.
Hole meinen Bademantel.

MINISTER *der noch nicht spricht, weil er hinter Manussis die Treppe hochging, um nachzusehen, ob beide Türen oben geschlossen sind:*
Ich hab gezahlt.
Die Bauern brauchen kein Geld vom Militär,
um für Touristen hier Bungalows zu bauen!
Nehmen Sie endlich meinen Heiratsantrag an?
Sie können nicht unterstellen,
ich machte ihn, um Geld zu sparen...

LYSISTRATE *ebenso ironisch:*
Sie wollen bezahlt haben?
Köstlich, mich für so dumm zu halten:
Sie haben nur die Angst, die ich Ihnen einjagte,
auf Ihre Partner abgeleitet!
Aus Ihrer Privatschatulle kam keine Drachme!

MINISTER *strahlend – denn häufig schmeichelt es einem Gauner, wenn man ihn durchschaut:*
Ein Grund mehr, mich zu heiraten:
ich bin der reiche Mann geblieben!

LYSISTRATE *amüsiert:* Warum so eilig?

MINISTER *deutet dorthin, wo Manussis abging:*
Nun, bei der Konkurrenz!
Und wenn wir diese Woche heiraten,
haben wir vielleicht das Glück,
in die gleiche Zelle gesperrt zu werden.
Das hat er derart ernst gesagt wie früher nur seine Morddrohung. So daß ebenso –

LYSISTRATE *fragt:* Diese Woche! – Was Neues?

MINISTER *trostlos:* Reicht Ihnen das Alte nicht?

LYSISTRATE: Sprechen Sie den Offizieren hier
von dem Putsch wie –
wie mindestens ein Halbinformierter!

MINISTER *setzt sich einen Moment und sagt, während er eine königliche Zigarre aus der Glasröhre genommen und beschnitten und entzündet hat:*

Manchmal glückt das; man sagt, was man nur ahnt,
und erfährt, was man nicht weiß.
Aber diese Burschen hier sind nicht einmal Mitmacher,
die sind nur Abwarter –
Beamte! – die stört doch sowieso nicht,
daß in ihren Büros und Kasernen
nur die Briefkästen die Klappe aufmachen dürfen.

LYSISTRATE: Stört Sie das?

MINISTER *nachdenklich, zögernd:*

Manche haben ein so dickes Fell,
daß sie kein Rückgrat brauchen.

LYSISTRATE *leidenschaftlich:*

Aber einen Mund hat doch jeder –
wie soll man leben in einem Staat,
der uns die Zähne durch die Nase zieht,
weil niemand mehr den Mund aufmachen darf?!

MINISTER *unzynisch, achselzuckend, resigniert:*

Dann kann man eben nur Luft schnappen,
wenn man die Nationalhymne mitsingt.

KOLOKOTRONIS *hat oben rasch aufgemacht, hat gemerkt, daß er stört, hat:*

Verzeihung!
gerufen und sich sofort zurückgezogen.

MINISTER: Der machte aber ein dummes Gesicht!

LYSISTRATE: Das macht der nicht, das hat der.

MINISTER *mit großer Gebärde des Sichabfindens:*

Und ist Leutnant!...
Soll der Putschisten erschießen?
Den Putsch machen ohnehin Amerikaner,
und ausbeuten können die uns erst,
wenn sie Dollars ins Land gepumpt haben!
An denen muß man eben mit verdienen.

Wissen Sie, der Handel öffnet immer Grenzen –
notfalls für die eigene Person:
dann heiraten wir im Ausland!
Jedes Ding hat zwei Seiten,
doch das beste nur zwei – Rückseiten.
Er rieb, als er das sagte, die Handflächen – sie waagerecht haltend – gegeneinander; jetzt nähert er sich, sie läßt sich seine Berührung gefallen.

LYSISTRATE *so deprimiert, daß sie einen Scherz versucht:*
Kürzlich wollten Sie mich doch ermorden,
Herr Minister!

MINISTER *auch deprimiert, daher gezwungen witzig:*
Das kann man spurenlos nur als Ehemann.

LYSISTRATE *lächelnd:* Sie Heuchler: die Damen,
die man sonst
in Ihrem schwimmbeckengroßen Auto sieht,
könnten stets meine Töchter sein.

MINISTER *im Ernst, ja empört:*
Halten Sie mich für so närrisch, eine Junge zu heiraten?
Ich kannte ein gutes Dutzend Männer meines Alters,
die sich Zwanzigjährige ehelich zugezogen haben:
sie sind ausnahmslos daran gestorben!

LYSISTRATE: Logisch, wenn ein Twen
einen Altbau auf Abbruch stürmt!

MINISTER *demütig jetzt, sympatisch:* Ab sechzig weiß man,
wie gering nur unser «Verkehrs»-Wert als Mann noch ist.
Bei Ihnen aber taucht die Frage, wie alt, so wenig auf wie bei einem Grundstück: Sie sind mit der Zeit immer besser geworden.
auch im Parlament.
Sie sind eine wundervolle Liegenschaft!

LYSISTRATE: Aber ich heirate keinen Mann ohne Beruf!

MINISTER *lakonisch, sachlich, lächelnd:*
Beruf? – kann ich mir nicht leisten;
denn wer arbeitet, hat ja keine Zeit,

Geld zu verdienen.
Hat Sophia ihren Mann umgestimmt?

LYSISTRATE: Der fällt auch noch um wie alle anderen.
Frauen müssen einem Mann nur die Einbildung lassen,
er tue den ersten Schritt
– dann haben sie das letzte Wort!
Unsre Männer geben nach.

MINISTER: Die Bauern, ja! – Aber die Offiziere?

LYSISTRATE *mit klassischer Gelassenheit:*
Auch die. Alle.
Immer geben Männer erst an und dann – nach.

Vorhang

Vierter Akt

The Pen is Mightier than the Sword

Der Bürgermeister von Fontainebleau hat der französischen Regierung am Dienstag die Verluste vorgerechnet, die seine Stadt durch den Auszug des NATO-Hauptquartiers Europa Mitte erleiden wird. Er fordert Hilfsmaßnahmen für Fontainebleau.

Etwa 11000 Menschen werden die Umgebung der Stadt und 4000 Fontainebleau selbst verlassen, das ist ein Fünftel der Gesamtbevölkerung. Handel und Gewerbe rechneten mit einem Rückgang der Einnahmen um 15 bis 30 Prozent, sagte Deramy.

Die Stadtverwaltung wird 1,2 Mill. Francs an Steuern verlieren und deshalb gezwungen sein, die Steuern für die in der Stadt bleibenden Bürger zu erhöhen. Etwa 1200 Franzosen werden durch den NATO-Auszug ihre Arbeitsplätze verlieren.

«Die Welt» vom 28. September 1966

Hunderte von empörten und aufgebrachten französischen Bauern aus den Cevennen ziehen auf ihren Traktoren Richtung Paris. Große Teile ihrer landwirtschaftlichen Güter sollen durch den Staat enteignet werden, um der Armee einen Waffenplatz einzurichten. Die Gegend von Larzac ist berühmt für ihren Roquefort-Käse!

«National-Zeitung» (Basel) vom 10. Januar 1973

Die 25 Jahre alte Schauspielerin Julia Peña, die vor zehn Tagen im Zusammenhang mit dem Bauarbeiterstreik in Madrid verhaftet wurde, ist gegen eine Kaution von 20000 Peseten wieder auf freien Fuß gesetzt worden. In ihrer Wohnung war ein Streikkomitee von Bauarbeitern ausgehoben worden, während sie als Lysistrata auf der Bühne stand. Zusammen mit vierzehn Streikführern wird sich Julia Peña noch vor Gericht verantworten müssen.

«Die Welt» vom 5. Mai 1972

Greenpeace-Lied

KALONIKE *sagt und singt bei noch geschlossenem Vorhang:*

Abrüsten ist Heimarbeit:
in die Scheiden – Schwerter!

Insel-Frauen: Seid bereit,
Kriegslust nach bewährter

frommer Mütter Brauch zu brechen
– steigt Besatzern in die Betten –

STAVROS *ergänzt, singend:*

die, hier unerwünscht, «versprechen»,
durch Raketen uns zu «retten».

Vor wem?
Vor «Feinden», die uns erst wahrgenommen

– nachdem
«Freunde» mit Giftgas zur Insel gekommen!

KALONIKE: Wir Frauen bearbeiten die in Schichten
– das wird diese «Herren» so entnerven,

auf die Insel zu verzichten,
auch wenn die Bauern sie nicht rauswerfen.

STAVROS: Ja, macht's
– jede Frau nehme jeden,
und nicht nur nachts:
dann bleibt kein Fleisch auf seinen Gräten!

KALONIKE: Hatten wir vor: Alle Frauen auf einen
– daß die sterben, wenn sie bleiben!

Stehen können – nur auf den Beinen –
müssen sie noch: wie sonst sie vertreiben?

Aphrodite, Schirmherrin der Zykladen:
befreie die Insel von Besatzungssoldaten!

STAVROS: Wenn die Frauen der Bauern
die Fremden nicht schwächen,
können sie an den Ehemännern nicht rächen,

daß sie ihren Mitbesitz, auch den von Kindern,
der fremden Armee verhökern wollten:

So faul jeder Bauer wie sein Hintern!

KALONIKE: Ja, die werden bestreikt: Ehe-Revolten,

bis auch jeder Bauer den Fremden verwehrt
– Fremde dürfen hier nur baden –,

zu bedrohen die Insel, die unversehrt
seit Homer durch fremde Soldaten!

STAVROS: Nur so rettet ihr euch und Kinder und Herd,
Frauen, indem ihr zur Sicherheit

in die Scheide steckt das Schwert:
Abrüsten ist Heimarbeit.

Ob auch der Geist einer Epoche zuweilen das Verhalten solcher Individuen bestimmt, die selber in einer viel späteren leben, ist fraglich; daß aber Sitten [oder Unsitten] beinahe jeder Zeit und Zone irgendwann einmal auch in den Angehörigen solcher Jahrhunderte durchbrechen, in denen andere Götter und Moden herrschen, das ist sicher. Diese streikenden Frauen etwa zweitausend Jahre nach Christo sind unmöglich auf Wegen des Geistes zu den heidnisch-urantiken Auffassungen ihrer Vormütter zurückzuführen, aber unter natürlicher Leitung durchaus, also nach den Bedürfnissen ihres Körpers und ihrer Seele, die festlegen, was jeweils – und vorübergehend – als Sitte zu gelten hat. Bachofen hat dem tief mißtraut, hat das schmerzerfüllt bestätigt – und sich sogar dafür entschuldigt, daß er das erkennen mußte: «Die folgende Untersuchung hat die unerfreuliche Aufgabe, diese traurige Wahrheit... über allen Zweifel zu erheben. Die Geschichte bestätigt vielfach die Beobachtung, daß die frühesten Zustände der Völker am Schlusse ihrer Entwicklung wiederum an die Oberfläche drängen...» Er ist entsetzt, daß ausgerechnet Frauen dem «Rückfall» in die «volle Spontaneität des Naturlebens» erliegen; er fürchtet das als Mann, denn instinktiv und aus historischer Erfahrung weiß er, daß einem solchen «Rückfall» – der in Wahrheit ein Akt der Befreiung vom «Gebieter» und dessen Gesetzen ist – jene sogenannte «Ordnung des Lebens», wie der Mann seine frauenfeindliche Zivilisation bezeichnet, nicht standzuhalten vermag. Auch hier soll angedeutet werden, wie Frauen erfolgreich Sabotage an männlich-militärischen Vorhaben praktizieren. Und daß Revolutionsstrategie die Anwendung der jeweils gefährlichsten Waffe erfordert, sofern es eine Waffe ist, die kein Blutvergießen bewirkt – um Blut zu vergießen, brauchte es ja nur die Männer und ihren einfallslosen Stumpfsinn –, so können diese

Frauen mit nichts als ihrem Körper kämpfen, sei es durch dessen Verweigerung, sei es durch dessen Einsatz. Das jedoch bedingt jene Haltung und sittliche Weltauffassung, die Bachofen einmal mit derartigem Abscheu wie folgt charakterisiert, daß genau sie für dieses Bild zweckentsprechend und vorbildlich sind: «Dieser Fortschritt der Versinnlichung des Daseins fällt überall mit der Auflösung der politischen Organisation und dem Verfall des staatlichen Lebens zusammen... das Gesetz der Demokratie und jene... Freiheit und Gleichheit machen sich geltend, welche das natürliche Leben vor dem zivil-geordneten auszeichnet.»
Das fand Bachofen «erschütternd» – war er auch nicht Offizier von Beruf, so doch Kriminalrichter und Kirchenvorsteher! Daher wir fröhlich auch unser letztes Bild wieder in der Kelterei spielen lassen, denn für die vollzogene Verbindung mit «Aphrodite und anderen Naturgöttern», die Bachofen an den Frauen so sehr verabscheut, da sie «natürlich» die «Strenge und Zucht des demetrischen Matronentums mehr und mehr untergraben und zuletzt das Dasein wieder zu jenem aphroditischen Hetärismus zurückführen» – für diese «Region des tiefsten Tellurismus» ist es ihm bezeichnend, daß «die Symbole der cerealen geregelten Maternität, die Ähre und das Brot, vor der bacchischen Traube weichen, der üppigen Frucht des zeugungskräftigen Gottes; Milch, Honig und Wasser, die keuschen Opfer der alten Zeit, weichen dem begeisternden, den Taumel sinnlicher Lust erregenden Weine...»
Wenn diese Insulanerinnen den Sieg über ihre Gegner dadurch suchen, daß sie zu ihnen ins Bett gehen, so handeln sie instinktiv, wie noch stets in Momenten höchster Gefahr Frauen gehandelt haben; aber Männer wissen das nicht oder nur indirekt – daher sie nicht darauf gefaßt sind – aus der historischen Überlieferung, die wiederum diesen Frauen gänzlich unbekannt oder uninteressant ist. Wir lesen in Bachofens Sage von Tanaquil, der hetärischen Königsfrau, daß religiös nur mühsam verbrämt wurde, was eine landläufige ir-

disch-praktische Erfahrung war: Frauen siegten, wo sie den Mann schwächten – und das kann nur auf e i n e Weise geschehen; es gibt offenbar schwerer zu bringende «Opfer» als diese, die auch die Frauen im Alten Testament bringen. Das sind zeitlose Waffenübungen: auch in der Neuzeit haben die Polen dem ersten Napoleon die Gräfin Walewska und die Italiener dem dritten Napoleon die Gräfin Castiglione als staatserhaltende Mätressen zugeführt, so wie der Habsburger seine Tochter Marie-Louise dem verachteten Korsen als Ehefrau so lange überließ, wie der mächtig war; noch eindrucksvoller war die Heiratspolitik jenes Dänen, dem Wilhelm I. Schleswig-Holstein geraubt hatte: er verheiratete eine seiner Töchter mit dem König von England und die andere mit dem vorletzten Zaren, ein Bündnis, das die familiäre Keimzelle jener britisch-russischen Allianz wurde, die im Weltkrieg den Enkel des Landräubers, den zweiten und letzten deutschen Wilhelm, von Thron und Reich verstieß... Und 1943 – eine Judith-Saga – brachten die Russen den Satrapen Hitlers in Minsk durch seine ukrainische Geliebte um... Die Insulanerinnen wissen, daß Aphrodite ihnen nur beisteht, wenn sie «die volle, durch keine menschliche Satzung beeinträchtigte Freiheit des Naturlebens» anerkennen: «Alle staatlichen und geselligen Verhältnisse, welche die Reinheit des ius naturale [des Rechts jeder Frau auf jeden begehrten Mann und umgekehrt] stören, werden aufgehoben... Gebrochen sind während dieser Zeit die Bande der Knechtschaft, weil sie der großen Mutter mißfallen, aufgehoben alle Unterschiede, welche die Naturordnung durch eine künstliche gesellige Gliederung ersetzen. Die Sakaien» – denn so heißen diese Festtage der Göttin – «tragen den Charakter eines allgemeinen Freiheits- und Gleichheitsfestes... Die dienenden Stände nehmen das ihnen von den Menschen geraubte Recht aus der Hand der Göttin zurück und überlassen sich dem freiesten Ausdruck ihres Wonnegefühls...»

Wir könnten nahezu jedes Geschehnis dieses Aktes zurück-

führen auf Bräuche, die in Orient und Antike selbst in jenen späteren Zeiten, als der Mann schon die Frau aus der Herrschaft verdrängt hatte, noch daran erinnerten, daß einst die Frauen und Mütter die Mächtigeren waren. Je höher der Rang – nur um einen letzten Aspekt zu streifen –, je stärker die Verpflichtung zum Hetärismus. Jene Frau, die in Gewand und Schmuck der Göttin erschien, um diese darzustellen, hatte als «anmutige, zauberkundige Hure, beschattet von hohem Gezelt» den Akt öffentlich zu vollziehen. «Mit endlosem Jubel betrachtet das Volk das ihm gebotene Schauspiel. In glänzender Verwirklichung tritt ihm sein religiöser Glaube vor Augen. Gelagert in Zelten, überläßt es sich jeder Mylittenfreude» – so heißt die allgemeine Prostitution... «Der aphroditische Putz der Frauen, die Hervorhebung der vom Fackelschein erleuchteten Nachtzeit, der übermäßige Weingenuß mit den geschlechtlichen Orgien, die ihm folgen: alle diese Erscheinungen sind den Sakaien eigentümlich... Hier wie dort sehen wir die freien Frauen – zunächst Jungfrauen und Witwen – zu der Hingabe verpflichtet.» Jedoch, so versichern uns die Chronisten, in Zeiten sehr ernster Bedrängnis durch fremde Heere – und welche Angst könnte größer sein als die, daß unsre Heimat zur Abschußrampe von Atomwaffen mißbraucht wird –, in solchen Stunden der Gefahr gab es überhaupt keine Frau, die sich der Forderung der Göttin – welche die Ehe haßte – entzog: «Schien doch die Überlassung der Frauen an fremde Besucher dem Geiste der Sakaien am meisten zu entsprechen... Von Männern läßt sie [Aphrodite] nur die Fremden, von Weibern nur die Römerinnen an den Orgien sich beteiligen...» Die eigenen Männer werden nicht einmal, so lesen wir, «am Festschmaus» beteiligt... So ist das auch hier: die Ehemänner kriegen weder etwas zu essen noch etwas zu lachen, ja, sie müssen gar, wie Konstantinos vermutet, auf das Mitbringsel ihrer heimkehrenden Frauen «neun Monate warten».

Wer kürzt, zerstöre nicht die Komposition, die dahin zielt, jede Person im letzten Akt noch einmal zu Wort kommen zu lassen…

Die zwei Frauen, die, militärisch gesagt, heute nicht «im Einsatz» sind, kommen aus ihren Betten: Sophia und Ariadne. (Ariadne trägt wieder ihr Radio…)

Beim Öffnen des Vorhangs ist die Bühne kellerdunkel – dann wird die Kelterstube durch eine Kerze erhellt, die Sophia in der Hand hält. Die Frauen kommen oben auf der Treppe leise und langsam zum Vorschein; sie sprechen erst, wenn sie hinter sich die Tür, die hinauf zur Gaststube führt, geschlossen haben. Sie tragen ihre Sandalen in der Hand.

SOPHIA: Du stolperst – warte, mache Licht!

ARIADNE *flucht zischend:* Verdammt – ich schlafe noch!
Schraub du die Sicherungen raus!
Sophia geht mit ihrer Kerze zum Sicherungskasten unterhalb der Treppe. Man sieht, wie sie mindestens sechs Sicherungen ausschraubt.
Wie wird's den Männern erst die Sicherungen raushauen,
wenn die auch zwei Verheiratete oben finden.

SOPHIA: Zum Finden ist es nun zu dunkel.

ARIADNE: Ich will nicht, daß mein Mann
die Kalonike nackt sieht!

SOPHIA: Ach, nackt ist auch nicht mehr, was es mal war!

ARIADNE: Daß die beiden da oben keine Angst haben!

SOPHIA: Wer hat vor Tinas Mann schon Angst!
Aber Miranda müssen wir schützen –
Männer sind n o c h gefährlicher,
wenn sie ein schlechtes Gewissen haben!

ARIADNE: Stimmt nicht!
Erst ein schlechtes Gewissen macht ehezahm.

SOPHIA: Mich nicht

ARIADNE: Ja, weil du keins hast!

SOPHIA: Erlaube mal: kein Gewissen?

ARIADNE: Kein schlechtes!

SOPHIA: Doch. Hat jemand überhaupt Gewissen,
muß es ja schlecht sein!
Sophia hat das Kerzenlicht verstärkt durch Anzünden einer großen Schiffspetroleumlampe, die auf dem Tisch steht.
Es ist auch nachts noch warm auf der Insel. So kamen die zwei, die Stola auf dem Arm, in Schlafanzügen oder Hemden mit Morgenmänteln und strumpflos und mit offenem Haar in die Kelter- und Badestube, die anders aussieht als im dritten Akt: die Traubentreterei ist abgeschlossen, die mächtigen Bottiche stehen übereinandergetürmt an der Wand.
Noch gähnen die Frauen, noch können sie kaum gucken, sie frösteln. Und doch geht schon von den beiden – das hat das Gruppenleben bewirkt – eine fall- und überfallustige Verschwörererheiterung aus. Automatisch hat – wie stets – Ariadne ihren Transistor vor sich hingestellt und fingert zunächst ergebnislos an ihm herum.
Sophia hat aus einer großen Thermosflasche Kaffee eingeschenkt.
Ungeduldig: Was suchst du denn im Radio – um fünfe!
Kommt doch gar nichts.
ARIADNE: Bin gar nicht mehr der Meinung, daß die Athener
besser als unsere eigenen Männer sind –
SOPHIA: Mach dir nichts vor!
ARIADNE *abfällig:* Kaffee – will Wein...
hier, nimm dir:
Pralinenschachteln von solcher Größe
kriegt man nur zum Abschied – traurig!
Tatsächlich hat sie eine fast gitarrengroße Schachtel mitgebracht und geöffnet. Sie selbst stand auf, um aus einem Faß vom frischen Saft, der noch kein Wein ist, aber viel gefährlicher, abzufüllen.
Kriegt man was Gutes zugesteckt,
kann man sich vorsehen,
daß man davon nicht dick wird; bei Konfekt aber nicht.

Ariadne spielt weiterhin am Radio, noch immer ergebnislos:
Hast recht, Notaras – dem tu ich nicht an,
ihn zu vergleichen mit meinem Mann:
bauchlos, gut riechend,
nie Knoblauch – und keiner, der einfach umfällt
und schnarcht wie eine Mühle, wenn er's gehabt hat.
Aber warum sitzen wir hier allein –
und keiner – keiner
guckt mal nach uns, entbehrt uns, stellt uns nach...
Die sind belegt und – schon zufrieden!
Meine Enttäuschung wird allmählich Rachsucht.

SOPHIA: Alle – wenn sie erst wieder im Joch daheim
den Eheacker pflügen,
kehren in Gedanken zu euch zurück.

ARIADNE: In Gedanken, da hat man was davon!
Aufschreien würden sie vor Angst,
wenn wir sie in Athen besuchten!
Sie schüttet ein großes Glas Wein in einem Zug hinab. In diesem Augenblick ist sie an ihrem Radio «fündig» geworden – und gradezu brüllend laut schlägt es den beiden einen Fetzen der griechischen Nationalhymne um die Ohren, bis Sophia wütend abstellt, da Ariadne schreckgelähmt war.

SOPHIA: Verrückt – willst du die wecken?

ARIADNE: Du sagtest doch, jetzt käme nichts.

SOPHIA: Warum drehst du dann?
War ja die Nationalhymne – jetzt?
Morgens um fünfe – komisch!
Während sie den Kaffee einschenkt:
Es kann viel mehr passieren,
als Miranda und Tina sich vorstellen! Die dürfen
von ihren eigenen Männern nicht gesehen werden!

ARIADNE: Sobald die Männer da sind, verarschen wir
Mirandas Mann dermaßen, daß er weggeekelt wird –

Und Tinas Mann führen wir dorthin, wo Lysis ist.
SOPHIA: Weißt du denn, bei wem die heute ist?
ARIADNE *anspielungsreich:* Ich ja, ich weiß es...
SOPHIA: Nicht, wo sie sonst war?
ARIADNE: Meine Wut, ich merke, wie die steigt,
auf die Athener – ist jetzt schon größer
als die auf meinen Mann!
SOPHIA: Ja, so sucht man einen, unbewußt,
der schuld ist, daß man schuldig wurde!
ARIADNE: «Schuldig»? – Wieso?
Wer brachte die Athener auf die Insel?
Die Faulheit und die Geldgier unsrer Männer!
Nun... wir haben ihnen mitgespielt,
so furchtbar, daß sie das nur verkraften können,
mit Ächzen und Krächzen, weil sie's nicht wissen!
Und doch – daß einem nichts bleibt, nichts...
als Fotos, die niemand sehen darf!
SOPHIA: Wußte gar nicht, daß es so Apparate gibt...
ARIADNE: Unten rausziehen – glitschig,
aber perfekt wie ein Baby.
Ich habe dadurch erst erfahren,
was ich für einen Rücken habe –
Meinem Klotz in allen Ehejahren ist nie aufgefallen,
daß ich hinten so handlich bin.
Weil wir nur miteinander schlafen,
doch nicht intim sind –
SOPHIA: Horch – sie kommen!
Sie tritt zu dem Guckloch in der Balkentür.
ARIADNE *giftig:*
Daß heute keiner unsrer Freunde nach mir fragt,
das läßt mich eine Prügelei erhoffen;
wenigstens zum Zahnarzt zu müssen,
hätten die Athener verdient für soviel Herzensroheit!
SOPHIA *empört:*
Aber Ariadne – die können doch gar nicht ahnen,

daß dies ihre letzte Nacht ist!
Die sind heute nicht roher als du,
wenn du gewechselt hast.
Sie blickt zurück, sagt heftig: Still!
Und schiebt jetzt den schweren Balken zurück, der das mächtige, schwarzgebeizte Tor geschlossen hielt: ein Flügel öffnet sich, man blickt in den käsegelben Tagesanbruch, der verregnet ist. Daher treten die Bauern mit eselgrauen Schäferhüten und Umhängen ein; nur Babalis trägt eine grüne Zipfelmütze, was ihm das Aussehen eines eingeschüchterten Idioten gibt. Der von Miranda in flagranti Erwischte schämt sich über Gebühr; er weiß, daß auf dieser Insel, wo jeder jeden kennt, kein Rülpser unbemerkt bleibt. Instinkt hat er noch immer: weiß er auch nichts, so ahnt er doch, wo Miranda heute nacht ist, billigt es im Grunde, daß sie sich rächt, will sie nicht verlieren. Was die anderen Bauern wissen – denn die Frauen wurden nur beim Popen denunziert, und der «nennt keine Namen» –, ist schwer zu sagen. Gogol meinte: «Du kennst nicht den zehnten Teil von dem, was deine Seele weiß.»

DIMITRIOS *ruft leise:* Kaffee? – Das ist gut, Kaffee!
Wie Sophia das Tor bereits wieder schließen will, kommt noch jemand zum Vorschein: der Pope! Sie fährt ihn wütend an, aber auch leise, zischend – und ist sogar im Begriff, ihn hinauszudrängen.

SOPHIA: Sie! – Das war nicht vereinbart!

ARIADNE *ist inzwischen, breit «flügelschlagend» mit ihrer Stola, auf Koumantaros losgeprescht – und reißt dem aggressiven Wicht einen Knüppel, der fast so hoch ist wie er, aus der Hand:*
Was bringen denn Sie da? Verrückt!

POPE *winselnd; und schiebt sich ins Tor, das zwei der Männer jetzt wieder zumachen, ohne den Balken vorzuschieben:*
Als Zeuge, bitte, hier…

SOPHIA: «Zeuge»? – Hat uns grad gefehlt!

ARIADNE: Wollt ihr Schlafende prügeln?

Die Gruppierung in der nur flackernd beleuchteten Kelterstube bleibt nicht dem Zufall überlassen, sondern untersteht dem unsichtbaren, aber gleichwohl strengsten aller Regisseure: den Regungen der Sympathie und Antipathie, die nach den Gesetzen der menschlichen Hack-«Ordnung» der einzelne erstens als einzelner, zweitens als Zugehöriger zu einer Gruppe für die Anwesenden verspürt. Der Pope verharrt an der Tür, froh, grade noch eingelassen worden zu sein; der Bürgermeister Dimitrios, schon durch seine überhäuptende Länge als Galionsfigur für dieses Narrenschiff geeignet, steht ungefähr in der Mitte des Raums an der Wand, seine Frau gab ihm ihre Tasse, aus der er Kaffee schlürft; er bleibt zunächst unbeteiligt an den Reden und Widerreden, die zwar leise und zischend, um die Schlafenden nicht zu wecken, aber dennoch erbittert und heftig-feindlich vorgebracht werden – und zwar so rasch, daß sie nur bruchfetzenhaft verstanden werden: nicht w a s, sondern w i e sie reden, schimpfen, lästern, höhnen, argumentieren, charakterisiert ihre «Geistes»-verfassung und diese morgendämmerliche Invasion. Die Entdeckung, daß die Bauern bewaffnet sind – hat die Frauen in ihrem Revierstolz treppewärts gescheucht: entschlossen, eher die Gastfreunde aufzuwecken als den Männern zu erlauben, sich an denen bewaffnet zu vergreifen. So beginnt die Szene mit einer Demutsgeste, aber einer zerknirschten, erzwungenen: die Gebieter müssen ihre Waffen ablegen. Sie stehen, außer Dimitrios, wie Angeklagte gedrängt beieinander.

Da wenig krakeelt wird, was nicht längst schon gesagt wurde, so sollen die sich dauernd verschnellernden, zuletzt überstürzenden Wörterlawinen kaum mehr alle verstanden werden; sie haben an sich keinen Aussagewert, sondern verdeutlichen die Geladenheit, das Gespanntsein und das Gereizte der Beteiligten, denen keineswegs wohl ist bei dieser tumultuösen Aktion …

Ariadne steht schon oben auf der Galerie, einen Türgriff in der Hand, entschlossen, zu schreien, um die Freunde zu warnen; Sophia steht auf der anderen Treppe. Die Bauern (nur Tsifras hat sich in ihrer Mitte an den Tisch gesetzt, schnaufend wie ein verdauender Keiler) stehen zusammen wie solche, die sich bei einem Wolkenbruch um den einzigen Baum weit und breit versammelt haben.

KOUMANTAROS *hat Ariadne, die mit Furienkraft auf ihn losging, den Knüppel überlassen müssen und zetert:*
Die schlagen doch um sich, da in den Betten!
Wann kommt Tina?

BABALIS *mit Gesichtstick:*
Ohne Drohung kriegen wir die nicht aus dem Hause!

DIMITRIOS: Geschweige denn an Bord.

POPE: Wenn die Pistolen haben – haben die doch!

BABALIS: Wo ist Miranda?

TSIFRAS: Ariadne, gib ihm den Prügel zurück.

DIMITRIOS: War nicht abgemacht, ohne Waffen.

SOPHIA: Dann machen wir das jetzt ab.

DIMITRIOS: Du schweigst stille, Frau.

SOPHIA: Hab lange genug geschwiegen – deine Schuld,
Querkopp, daß die Athener noch hier sind...
wärste nicht bis gestern verkaufsbereit geblieben!

DIMITRIOS: Sei still. – Warum macht ihr kein Licht?

SOPHIA: Die Sicherungen sind ausgeschraubt –
Ihr sollt die Frauen nicht sehen, die sich heut opfern.

KOUMANTAROS: Wo Tina ist, hab ich gefragt.

ARIADNE *abgefeimt:* Vorsicht: wie beim Anwalt,
die Frage kostet nichts,
aber die Antwort... die kann teuer kommen.

KOUMANTAROS: Was wollt Ihr damit sprechen?

Keiner kommt dazu, Tinas Mann zu antworten, überhaupt werden alle diese Sätze mit maschineller Schnelle hervorgestoßen; Fragen sind gar nicht als Fragen gemeint, Antworten werden beziehungslos; wenn dem auch nicht so ist, der

Eindruck soll immerhin entstehen, als sprächen wenigstens zwei stets gleichzeitig.

ARIADNE: Den Popen da – den schickt mal heim,
der hat hier nichts zu suchen...
kuppelt das alles erst ein mit der Lysis –

POPE: Frau Tsifras!

ARIADNE: Verbindet ihm wenigstens die Augen –
wie beim Militär, da nennt man das Parlamentarier, wenn –

DIMITRIOS: Parlamentäre!

ARIADNE: Egal, wenn die ein sauberes Taschentuch haben,
dann verbindet man ihnen die Augen,
eh' sie zum Feind gehen und sich übergeben müssen!

Ariadne spricht jetzt, ohne zu wissen, was sie damit will, einfach aus Laune und Quälsucht; diese Quälsucht darf nicht individuell ihr angelastet werden, denn sie ist in allen und vermutlich besonders ausgeprägt in der ganzen Gattung Weib. Ihre Herkunft ist schwer zu ergründen; noch gestern nacht, als sie bemannt waren, sind sie vollkommen frei davon gewesen, keiner wäre es da eingefallen, ihren Freund «depotenzieren» zu wollen, wie Tiefenpsychologen diese Neigung nennen, ohne sie aber bis heute mit der obligaten Urgeschichte – der Vater habe das kleine Mädchen enttäuscht – aufhellen zu können. Erstaunlich (und beängstigend), daß sogar jene Frau, die heute mehr als andere zur Befreiung ihrer Geschlechtsgenossinnen beigetragen hat, daß Simone de Beauvoir die Warnung hinschrieb: «Wehe den Männern, die sich einmal vor weiblichen Gerichten verantworten müssen!»

Warum? Nicht nur zu simpel, sondern unsachlich wäre es, diese Befürchtung einer Frau nur ableiten zu wollen aus der Unterdrückung so vieler Frauen zu allen Zeiten durch die Männer – denn die vermutlich ebenso große Zahl jener Männer, die geduckt und verstummt durchs Leben schlichen, weil sie einer zänkischen Gebieterin leibeigen oder finanziell hörig waren oder Kinder als Geiseln in deren

Hand wußten, entzieht sich schon deshalb dem Statistiker, weil kein Befragter das eingestände. Nein, Quälsucht ist auch eine Lust an sich, die keineswegs voraussetzt, daß der Quäler zuvor von seinem Opfer oder von anderen gequält wurde: Warum sonst verstümmelten Kinder kleine Tiere oder Erwachsene kleine Kinder oder Tiere überhaupt? Bismarcks düstere Feststellung, als sein Sohn (und Liebling) ein Pferd zuschanden geritten hatte: «Herbert ist ein Tier- und Menschenquäler» – ist ein ernster Hinweis, daß es zu simpel wäre, Quälsucht als das Ergebnis von Unterdrückung entschuldigen zu wollen: dieser Herbert, mit sechsunddreißig Chef des Auswärtigen Amtes, verwöhnt von schönsten Frauen, wild aufgewachsen, weil sein Vater sich auch nicht hatte erziehen lassen, umschmeichelt von allen, die der Macht zuschwärmten wie die Fliegen den Exkrementen – dieser hochfahrende Flegel, vor dem das ganze Ministerium zitterte, ist selbst niemals gequält worden, so daß die heute höchst unpopuläre Frage sich aufzwingt: Wurde er ein solcher Quäler deshalb?

Auch Schadenfreude setzt nicht voraus, daß der Geschädigte dem darob Erfreuten je Schaden zugefügt hat; sie ist eine menschliche – und das heißt zumeist: eine schweinische – Empfindung an sich. Wie Neid! Daß die Kuh des Nachbarn stets das vollere Euter habe – ist eine Einbildung, die zur Befriedigung von Neidlust gepflegt werden muß, obgleich sie weh tut. Die Intellektuellen haben ihre eigenen sinnlosen Glasperlenspielchen zur Pflege des Quältriebs. Benjamin Constant notierte, als Frau von Staël mit August Schlegel über «dessen Art zu scherzen gestritten hatte» – erstaunlich, worüber Intellektuelle streiten können –, daß die Staël «nicht begreift, daß ein Mann, der bei seiner Art zu scherzen angegriffen wird, aufs empfindlichste in seiner Eigenliebe sowie in seiner persönlichen wie gesellschaftlichen Eitelkeit verletzt wird». In Wahrheit hatte Constant nicht begriffen, was hundert Jahre später Shaw durch-

schaute: «Für eine Frau gibt es kein größeres Vergnügen, als die Selbstgefälligkeit des Mannes zu verletzen, obwohl es für den Mann kein größeres Vergnügen gibt, als der weiblichen Selbstgefälligkeit zu schmeicheln.» Warum? – Das weiß auch Shaw nicht oder ist zu rücksichtsvoll (er war verheiratet), es zu sagen.

Daß Frauen sogar einen Despoten durch diesen Trieb verunsichert haben, ist freilich ihr Ruhm. Stendhal, der zwar auch festhält, daß praktisch jede Dame bei Hof auf Pfiff Napoleons sich für drei Minuten auf seinem Ruhebett breitmachte, bescheinigt nur jenen Autoren, die bösartige Chansons dichteten, und den Frauen, daß der Kaiser sie fürchtete – sonst niemandem! Und die Frauen «haßte er, weil er in seiner Souveränität das im Grunde Lächerliche verabscheute, das sie dem Manne zugleich mit ihrer Huld anhängen».

Dominierend in dieser Szene wird die Quälsucht zuweilen deshalb, weil die Genugtuung, ihren Männerdespoten die Waffen wegnehmen und ihnen das Verhalten sogar vor einer Schlägerei vorschreiben zu dürfen, für diese Insulanerinnen eine erstmalige ist.

Verbindet ihm die Augen!

SOPHIA: Der Pope geht heim – sonst geht hier gar nichts!

POPE *herrscht die Bauern an:*

Was erlaubt ihr euren Frauen für Reden!

ARIADNE *aggressionstoll:*

«Erlauben» – ein Pope – ist sehr ... ein großer Mann.
Doch niemand ist mehr als ein Mensch.
Auch Ihr solltet nicht reden, als dürftet Ihr
den Herrgott persönlich an die Hoden fassen.

Pope hat eine Hand vor die Augen gehalten, sinkt auf einen Stuhl.

DIMITRIOS: Der bleibt. Er muß doch hier ...
den Respekt machen, der Pope, wer sonst ...
soll sonst hier den Respekt machen!

SOPHIA *zum Popen:* Wenn oben die Frauen Sie entdecken,
dann wollen die sich rechtfertigen...
dann hören die Offiziere, daß alles eingefädelt war.
ARIADNE: Und daß sie gar nicht, meistens, heute
bei Ehefrauen liegen, sondern –
KOUMANTAROS *entsetzt:* «Meistens»? –
Was wollt Ihr damit sprechen?
BABALIS: «Heute» – hat sie auch gesagt.
TSIFRAS: Ja, waren denn sonst andere als heute?
Er sieht prüfend Ariadne an.
SOPHIA *rasch:* Mann – sag's doch mal, was abgemacht war!
DIMITRIOS: Also ja, Tsifras: keine – da oben
wird von uns auch nur dem Namen nach aufgedeckt –
BABALIS: Du hast gut reden, deine Frau steht hier!
KOUMANTAROS: Wir werden ja doch erkennen,
so duster ist es nicht –
SOPHIA: Gar nichts erkennt ihr!
POPE *flehend:*
Wenn aber doch alle – keiner, meine ich,
die Frauen oben sehen kann,
dann darf auch ich doch, bitte – bitte sehr,
bei denen, die nichts sehen – sein!
ARIADNE *mußte lachen über seine ängstlichen Gesten und floskulös verkorksten Sätze – ruft heiter:*
Laßt ihn doch zusehen – wo er nichts sieht!
Seit dreizehn Jahren sieht er nur, der Gute,
die immer schwangere Popadia...
das muß die stärksten Nerven ruinieren.
POPE: Pfui! – Betrunken...
ARIADNE *fröhlich:*
Im Schnaps ist mehr Wahrheit
als im Weihwasser!
SOPHIA *tritt in die Mitte des Tischs und schafft sich Gehör – denn alles, was bisher palavert wurde, um die Gefährlichkeit des bevorstehenden Überfalls zu banalisieren, ist wie*

durch einen Wörtermixer mit rasenden Umdrehungen zu – gerade noch verstehbarem – Sprachbrei verquasselt worden: Gerede, Wortabfälle, um Entschlußstockungen zu tarnen. Entschlossen sagt die natürliche Anführerin unter den Streikenden:
Männer legt eure Waffen ab!

BABALIS *aggressiv zu Dimitrios; seine Erregung motorisiert seinen Tick:*
Da sprecht Ihr nichts dazu, Bürgermeister,
daß wir als Männer... durch Eure Frau entwaffnet... wie?

DIMITRIOS, *während er den Anfang macht, alle anderen folgen ihm:*
Also – auf dieser Insel... einmalig ist das:
Männer – entwaffnet von Weibern... macht schon,
nichts zu machen, macht schon!

TSIFRAS *während er unter seinem Mantel eine Pistole, Rest des Zweiten Weltkriegs, aus der Tasche nimmt, die an seinem Leibriemen hängt:*
...und wissen nicht mal, ne, ob ihr nicht auch da oben...
gevögelt habt mit denen!

ARIADNE *zieht selbst den tiefsten Genuß aus ihrer Ironie, die kaum mehr etwas verbergen soll:*
Ja, Mann: das wißt ihr nicht.
Doch frag den Popen: Wissen stört nur den Glauben.

SOPHIA *wie eine Glucke:*
Guck! Guckt, nun guckt mal den an!
Sie hat mit einem Zugriff wie ein gelernter Sheriff den Bauern Babalis unter den Mantel gefaßt und ihm eine Axt entrissen! Niemand kann etwas sagen, bis der Bürgermeister –

DIMITRIOS *erklärt:* Immerhin, ne: haben Offiziere
schließlich Pistolen!

SOPHIA, *seine Frau, will ihm ins Gesicht schlagen, aber er weicht aus, oder ihr Schlag rutscht ab, jedenfalls wirft's ihm nur den Hut vom Kopf:*
Und das hast du gewußt?

ARIADNE: Da seht ihr mal, was unsre Esel
für Politiker sind!

SOPHIA: Esel, die sehr große Esel sind, halten sich für Pferde.
Tsifras, offensichtlich mit Respekt vor Sophia, wirft einen kurzen Militärspaten des Zweiten Weltkriegs auf den Tisch, mit dem sich bekanntlich im Nahkampf viele erschlagen lassen mußten.
Sophia, als mache sie einen dummen Witz:
Ehrwürdiger Vater – tragt Ihr auch Pistolen?

POPE: Ihr werdet staunen, Frau Bürgermeister: ja!

ARIADNE *ein Schrei:* Was? – mich laust der Pope,
der Affe wollt ich sagen –
ein Pope mit Pistole!
Sie lacht böse und hält sich dann selbst den Mund zu.

POPE *zieht einen Revolver aus der Tasche:*
So wahr die Stimme Gottes aus mir spricht,
ich werde diese Waffe niemals
auf einen Menschen griechischen Geblütes richten!
Nur: seit meine liebe Popadia wieder
gesegneten Leibes ist...

ARIADNE: O Herr, meine Fresse:
das zwölfte Kind!

POPE *ein Seufzer:*
...träumt ihr zuweilen, daß ich... von Türken hier
als griechisch-orthodoxer Nationaler gekidnappt werde.

KOUMANTAROS *muß sogar lachen, weil er so maßlso traurig ist, seine Tina oben zu vermuten:*
Kidnappen – Euch?

SOPHIA: Mäntel weg! – Zieht sie aus, sonst ziehen oben
die sich an!
Sie zeigt zur Decke, die Bauern legen ihre Mäntel ab, es kommen ein Schlagring und zwei Klappmesser zum Vorschein – und werden auf Fingerzeig der Frauen widerwillig auf den Tisch geworfen. Plötzlich wollen Dimitrios und Koumantaros noch etwas ihren auf dem Tisch liegenden

Mänteln entnehmen – tun es auch: zwei lange Stabtaschenlampen.
Die Lampen bleiben auch hier unten...

DIMITRIOS *drohend:*
Frau, genug mit deinen Anordnungen!

SOPHIA: Es geht euch einen Dreck an,
wer die Frauen sind... bei wem!
Dimitrios pariert.

KOUMANTAROS *der wie Dimitrios seinen Mantel hinlegt; entwaffnet ist er ja längst:*
Daß Tina – sonst ist die immer vorneweg –,
daß die nicht hier ist!

BABALIS *zu Koumantaros:*
Auch meine ist nicht hier, ich frage –
Ariadne und Sophia sehen sich an wie zwei Musiker, die auf ihren Einsatz gewartet haben – und legen los.

SOPHIA: Passen Sie auf, daß wir nicht fragen!

ARIADNE: Sie sollten den Göttern danken, wenn Miranda bei einem der Athener läge!

BABALIS: Was? Dreckschletten du!

ARIADNE *setzt oben auf der Treppe wie eine Großkatze zum Sprung an:*
Sie! Wir wissen alle, mit wem Sie Ihre Frau
im Ziegenstall betrogen haben!

SOPHIA: Noch dazu beim Glockenläuten!
Der würde Sie ermorden,
wenn er aus Schweden heimkommt.

ARIADNE *meckert, dann:*
Wollte der Bock da nicht mitmachen?

BABALIS *erst sprachlos vor Verlegenheit, jetzt:*
Stopp ihr die schmutzige Schnauze, Tsifras,
sonst kriegt se was zu hören über dich –
daß ihr das Trommelfell zerreißt.

ARIADNE *höhnisch borniert:*
Soo – da bin ich aber neugierig, Nachbar!

BABALIS, *letzte Warnung:* Lieber nicht.
TSIFRAS *in Schweiß:* Frau, laß das Stänkern.
POPE: Ihr schreit die Offiziere wach.
ARIADNE *selbstsicher:*
Wieder trocken, Herr Babalis – Miranda
konnte Sie doch nur mit einem Eimer Wasser
vom Arsch der Freundin runterholen.
Hatten Sie denn keine Angst, da bei den Ziegen,
Sie würden selber oder Ihre Freundin
beim Meckern an zu ficken fangen –
ah, nein: umgekehrt.
SOPHIA *fühlt, der I-Punkt fehlt noch; Babalis ist noch nicht hinausgestänkert:*
Gut, daß jetzt keine Osterzicken da sind:
die Kleinen hättet Ihr verdorben.
ARIADNE: Laß, Sophia, sonst haut er uns noch ab;
der hat doch seine Freundin da im Stall
nur abgesucht nach Hämorrhoiden.
BABALIS *schreit [der Pope hält sich die Augen zu] und ist dann mit einem Sprung auf der Mitte der Treppe, während Ariadne mit einem grellen Lachschrei so grade seinem Zugriff noch entwischt:*
Totschlag!
Der Schwartenmagen Tsifras konnte so rasch zur Rettung seiner Frau nicht nachkommen; Dimitrios, der da stand, hält zuerst den Rasenden zurück, aber es gelingt dann nur mit Hilfe des Popen, während Koumantaros beiseite sprang, um keinen Schlag abzukriegen – es ist weniger eine Schlägerei als eine Würgerei, die da entstand, stöhnendes, ächzendes Ringen. Man schafft ihn gewaltsam wieder die Treppe hinab, Tsifras steht jetzt an deren Fuß, nimmt Babalis unten in Empfang und schmeißt ihn beiseite, daß der an den Tisch torkelt; da Tsifras faßrund und faßgroß ist, so käme niemand an ihm vorbei auf die Treppe.
POPE *flüsternd, zeternd:*

Gott und ich wollen das alles nicht gehört haben.

BABALIS *ausgepumpt, sobald er überhaupt wieder sprechen kann, zu Tsifras:*
Ich bringe deine Schlampe um –
muß die mir denn ... fortwährend an die Ehre greifen?
Und jeder weiß, bevor sie dich nahm,
hat schon das ganze Dorf auf ihr gelernt!

TSIFRAS *widerwillig, muß notgedrungen seine Frau verteidigen, aber Babalis hat vorsichtshalber ein Faß und den Popen zwischen sich und dem wütend tuenden Keiler stehen:*
Das kostet dich ein Auge, Küchenschabe!

BABALIS *ziemlich uneingeschüchtert, im Schutz der Drohung, die er anzubringen hat:*
Ein Schlag, Schwartenmagen – und Stavros
macht dir Rührei im Gehänge,
weil du sein Mädchen unter dich gebracht hast,
was alle wissen hier,
nur deine häßliche Kropftaube nicht.
Er hat auf

ARIADNE *gezeigt, die jetzt wieder drei Stufen herabkommt und sagt:*
Oho – was hör ich da, mein Liebling?

DIMITRIOS *rasch:*
Quatsch, die Kalonike hat mancher unter sich gebracht.

ARIADNE *zu ihm:*
Und meiner also auch, Bürgermeister, wie?

DIMITRIOS: Quatsch, hab ich nicht gesagt.

POPE: Ihr treibt es dahin, ihr Verrotteten,
daß Gott der Insel seinen Schutz entzieht!

ARIADNE: Ist das wahr, Dicker – Sophia, ist das wahr?

SOPHIA: Babalis wird nur einen finden wollen,
der auch die Pfoten in der Falle hat.

TSIFRAS *denn Angriff ist die beste Verteidigung, zu Ariadne:*
Du hast es auch, ich sehe das,
knietief hinter beiden Ohren.

ARIADNE *lakonisch:* Du leider nicht.
TSIFRAS *gekränkt:*
Mit dir bin ich noch immer fertig geworden.
ARIADNE *infam jetzt, einfach aus Spaß am «Depotenzieren»:*
Jajaja, Geschwindigkeitsrekordler:
zweieinhalb Zentner –
trotzdem am Ziel in zweieinhalb Minuten.
TSIFRAS *wutblau:*
Und hier... bei den Athenern – und bei Stavros,
da war das anders, wie?
Ariadne hat sich abgewendet und lutscht, in schöne Gedanken vertieft, an ihrem Maiskolben, bis plötzlich Tsifras schreit:
Du widersprichst nicht mal!
ARIADNE *hat durch sein Ablenkungsmanöver vergessen, daß auch er nicht widersprochen hat:*
Widersprechen führt zu Widersprüchen.
BABALIS – *noch ist seine Rachsucht nicht gestillt, infam bringt er an:*
Keine Beleidigungen mehr, Tsifras,
wir sind dir ja alle dankbar,
daß du damals auf uns gehört
und Ariadne geheiratet hast:
Da hatten wir schließlich alle was davon,
weil du immer auf Reisen warst
als Schweine-Grossist... gönnt ihm jetzt
Kalonike, wenn er's noch kann!
TSIFRAS: Du stirbst an deiner Schnauze,
beim Grab meiner Mutter schwöre ich's,
sobald Megillas Mann aus Schweden heimkommt!
KOUMANTAROS, *der so still und bleich wie nie zuvor an der Wand stand, erledigt:*
Wer sagt mir denn, daß meine Tina nicht doch...
da oben bei den Offizieren –

ARIADNE *grausam und sachlich:*
Das sagt Ihnen doch niemand!
KOUMANTAROS *tut einem leid:*
Da ist doch was dahinter, daß ihr's nicht sprecht!
SOPHIA *ebenso grausam:*
Nachbar – was regt Ihr Euch auf:
wenn Tina oben wäre, wie Lysis und die anderen,
die keinem Ehemann... Rechenschaft schulden wie wir,
dann brauchte Sie das nicht zu kränken,
weil Sie's ja nie erfahren würden!
Denn Licht, ist abgemacht, wird keins gemacht.
DIMITRIOS *ungeduldig:*
In welches Zimmer, Frau, dringen wir zuerst ein?
SOPHIA *sieht die anderen an, ehe sie antwortet, begreift ihren Mann zunächst nicht:*
In welches...?
Ihr müßt natürlich gleichzeitig
in allen vier Zimmern sein;
denn brecht ihr nur in eines ein,
dann sind die anderen wachgeschrien.
ARIADNE *belustigt:*
Ja, ihr habt gedacht,
viere von euch kämen auf einen von denen! Neee...
Sie lacht, freut sich in Erwartung der Prügelei. Die Männer, schockiert, schweigen.
TSIFRAS: Dann gebt uns unsre Waffen wieder.
ARIADNE: Habt eure Fäuste – wie die Offiziere.
Und schweres Schuhwerk auch – die kämpfen barfuß.
SOPHIA: Die kämpfen gar nicht, froh für freien Abzug.
Nun, worauf wartet ihr!
ARIADNE: Auf Mut, siehst du das nicht?
DIMITRIOS *hat den Schlapphut gezogen und Schweiß von der Stirn gewischt:*
Wo haben denn die Fremden, wenn sie schlafen,
die Waffen?

TSIFRAS *lacht:* Gut versteckt.

ARIADNE: Unverschämtheit, diese Frage –
glaubt ihr, wir wüßten,
wie's nachts bei einem Fremden oben im Zimmer aussieht?
Wenn ich euch sehe, bin ich sicher:
ihr könnt die vier zu gar nichts zwingen;
ich wecke euch den Stavros, dann haben die Athener
wenigstens einen Mann zu fürchten.

TSIFRAS *überspielt seine Angst durch Geschrei:*
Du wirst doch keinem Knecht auf Stube steigen!
Untersteh dich!

ARIADNE *hoheitsvoll:*
Ich wecke Stavros. Wenn's wahr ist,
daß du Kalonike fickst,
dann haut er dich in den Sarg.
Ist es gelogen – ihn!
Sie zeigt auf Babalis. Während sie – ihr Radio stehenlassend – die Treppe hochgeht, am Maiskolben lutschend, ruft ihr der

POPE *nach:*
So bleiben Sie doch hier, Frau Tsifras;
Stavros kann ohnehin nicht wissen, ob das stimmt.

ARIADNE *lacht:*
Ho – wird schon stimmen, freue mich,
wenn Stavros sich auf mir die Hörner abstößt,
die ihm mein Scheißkerl aufgesetzt hat.
Soviel ich's besser kann als Kalonike,
soviel kann Stavros mehr als der da!

TSIFRAS *jetzt erleichtert, daß sie sich rächt, weil damit seine Aussichten steigen, am Leben zu bleiben, schreit ihr nach:*
Hau ab, leck mich am Ständer!

KOUMANTAROS *kläglich:*
Und guck mal oben, ob du Tina findest!

DIMITRIOS *während sich lautlos hinter Ariadne die Tür schloß:*

Gebt nicht so an, ihr Frauen: seid auch längst Hagebutten und keine Rosen mehr.

SOPHIA *hat ihren beiden Taschen im Morgenrock die Pässe entnommen, die man den Athenern entwendet hat. Sie zögert, zeigt sie vor – dann:*
Lysistrate hat die Pässe der Athener geklaut.
Sie sieht ihren Mann an, der danach greift – aber sie gibt sie nicht ihm, sondern dem Popen:
Vater, Sie sollten die aufbewahren.
Gib ihm auch den Brief, Mann,
den die Athener unterzeichnen sollen
– denn dir wird der zerfetzt:
Das geschieht. Dimitrios entnimmt seiner großen Rocktasche einen Brief, DIN-A-5-Kuvert, offen, und gibt es dem Popen, der ihn wie die Pässe in seinen unauslotbaren Talartaschen verstaut.

POPE: Mir ist da durch den Kopf gehuscht... die Einsicht:
Wir brauchen doch den Athenern
nicht mit Gewalt zu drohen –
wir appellieren nur an ihre Mannesehre!

SOPHIA *spuckt aus, verächtlich:*
«Mannesehre» – schwarzer Schimmel.

DIMITRIOS: Und eure? Bedenkt man, wo die sitzt,
dann ist's schon besser, man hat keine.

KOUMANTAROS: Der Schöpfer wollte auch mal lachen,
da hat er das gemacht.

POPE *laut, autoritär:* Der Schöpfer lacht nicht!

BABALIS: In Japan kostet eine neue Unschuld
nur einen Dollar –
nicht mal ein Arzt, jeder Fußbodenleger
kann eine Deflorierte da neu florieren.

TSIFRAS: Hab ich auch gelesen, aber nicht Fußbodenleger
können das, sondern Fußpfleger...

SOPHIA: Wollt ihr die Zeit totreden,
bis die Athener selbst aufwachen!

DIMITRIOS: Weil ihr Gewaltverzicht verlangt!
Was bringt die vier an Bord
wenn nicht Gewalt?
KOUMANTAROS *der am meisten Angst hat:*
Ja, wir müssen allen Ernstes meinen,
daß wir zur Wahrung unsrer Ehre
die Fremden erschlagen!
BABALIS: Wir kriegten alle nur Zuchthaus auf Bewährung!
KOUMANTAROS: Wo bleibt nur meine Tina?
TSIFRAS: Wir binden jedem von den vieren
die Frau auf das Gewissen,
die wir in seinem Bett erwischen, und sagen,
daß die brotlos, nackt und arm
vertrieben wird von unsrer Insel...
BABALIS: Wir müssen mordbereit sein –
KOUMANTAROS *nickt:* Mordbereit!
Pope und Sophia sprechen gleichzeitig, chaotisch, wutsprühend, auch laut, durcheinander.
POPE: «Mordbereit»? – dann werde ich
die Fremden warnen!
SOPHIA: Schweine ihr – nicht eine von uns Frauen
hätte das Tor geöffnet, hättet ihr von Mord geschwätzt!
Ich wecke die Athener, glaubt mir das.
Ihr habt auch nicht geglaubt, wir würden streiken.
Wir sind jetzt freie Bäuerinnen –
die Höfe sind zur Hälfte unsre.
Wir haben sie gerettet.
DIMITRIOS *packt roh seine Sophia am Arm und will sie auf die Treppe ducken:*
Weib, du bist stille jetzt, du schreist die wach!
SOPHIA *schlägt ihm gekonnt ins Gesicht, nachdem sie sich von ihm losgerissen hat:*
Au! – Wie redest du mit deiner Frau?
Wir sind nicht mehr die Hühner, die wir waren.
Ariadne kommt oben mit Stavros – der sehr wenig anhat,

auch barfuß ist – zur Tür herein, beide leuchten im Gesicht zufrieden wie runde, frisch erhitzte Weihnachtsäpfel.

BABALIS *zeigt auf sie, sein Gesichtszucken ist jetzt erdbebenstark, er höhnt, dem Tsifras zugewendet:*
Verdammt lange hat deine Frau gebraucht,
den Knecht zu wecken!

ARIADNE *stolz und ebenso höhnisch:*
O nein, der war sofort wach – und wie: der «Knecht»!
Sie lacht böse:
Aber es brennt ja kein Licht im ganzen Haus –
Sie hält die Kerze noch in der Hand, Tsifras schlägt ihr drauf und brüllt –

TSIFRAS: Hure – deshalb warst du so lange...
Hure, Knechthure!
Stavros ist längst die Treppe heruntergekommen, wie immer mit Gesten rascher als mit Worten.
Der Pope kann nichts mehr sagen, sondern nur einen Schrei machen und die Hände über den Popenhut hochwerfen – denn wie einen Sack voll Kleie hat Stavros den Tsifras sich mit einem Griff aufgeschultert, da Tsifras den Popen angeblickt und Stavros den Rücken zugekehrt hatte, und hat den Torflügel geöffnet und sagt gelassen, während Tsifras nur stammelt:
Runter – runter, laß mich.

STAVROS: Nennt Eure Frau noch einmal Hure –
dann bleibt kein Fettfleck von Euch... restlich –
Er dreht sich wieder dem Raum, der Kelterstube zu, verzichtet darauf, den Gehörnten in die Hafengasse zu werfen, sondern legt ihn nicht ohne Sorgfalt – der geschulte Masseur – auf den Tisch, der Länge nach. Es dauert einen Moment, bis der sich aufzurichten wagt. Alles ging sehr rasch.

TSIFRAS *stammelt:*
Ehre – wir Bauern, jeder, behält den Hof...
aber verliert seine Ehre.

Ariadne *auftrumpfend:*
Ehre? – Du trägst von allen Männern
die Hauptschuld, daß die Fremden hier sind!
Du hast als Bodenspekulant gerafft, gekauft, gehofft,
daß jeder Acker Land, daß Boden, wo kein Gras wächst,
daß blanker Felsen, ja daß Flugsand
noch Geld bringt, Dollars,
weil Militär kommt...
Du hast gehetzt, geschwätzt, geträumt...
hast dich verschuldet, mich dazu, die Kinder
mit Hypotheken vollgeladen für Land, für Land, für Land –
«Was gar nichts wert ist», hast du geprahlt,
«verkauf ich noch als Truppenübungsplatz» – und jetzt:
wo dir Tourismus noch mehr bringen wird,
da willst du die erschlagen, die Soldaten,
die du selbst hergeholt hast:
Ehrlose Wanderhode, du!

Pope *fingert hektisch in die Höhe, diesmal aber nicht zu Gott, sondern zu den Beischlafenden und zetert flüsternd:*
Sie schreien die wach!

Sophia *nicht zu halten:*
Soll sie! Morddrohungen gegen Gäste – komm, Ariadne,
holen wir die Pistolen,
damit hier die Idioten kein Unheil damit machen.
Die Frauen, nachdem sie die Sandalen wieder abgezogen haben, gehen leise ab.

Dimitrios: Zieht eure Stiefel aus!

Pope *noch einmal zu den Männern, die sich entstiefeln:*
Also Gewaltanwendung findet nicht statt!

Koumantaros: Ja, schlimmer als eine Mordandrohung ist,
wenn wir sagen, behalt die Frau,
die du hier umgelegt hast,
als Mitbringsel für deine.

Tsifras: Wenn das nicht Beine macht,
dann tut's auch kein Revolver!

Pope *während er sieht, wie alle Männer ihre Stiefel ausziehen:*
Ach, ist doch schicklicher,
wenn ich nicht an die Betten trete,
in denen – jaa, behüte Gott!
Er setzt sich an den Tisch und entschädigt sich mit einem Schluck Wein. Stavros trinkt auch.

Tsifras *zu Stavros:* Gehst du nicht mit?
Er zündet wie jeder der drei Bauern, die noch da sind, eine Kerze an, nachdem er seine Schuhe ausgezogen hat.

Stavros *lacht aufsässig, tippt sogar an seine Stirn:*
Ich mich schlagen – ein Knecht für Bauern?
Vorbei, die Zeiten!

Dimitrios: Nun, nun, deine Kalonike ist ja auch da oben!

Stavros: Sollse! Ich habe mich nicht müssen jucken,
weil sie bei den Athenern lag... nun geht,
laßt euch die Bauernschnauzen aufpolieren!

Pope *flüstert ihnen nach, hebt sogar die Hände:*
Gott segne euch –
in zwanzig Minuten geht das Schiff!
Jetzt allein mit Stavros. Der schüttet provokativ den zweiten Becher Wein hinab, dreht dem Popen den Hintern zu, kramt am Tisch aus dem Inhalt beider Hosentaschen hervor, was da zwischen Taschentuch, Schlüsselbund, Papieren, Präservativen, Geld verstaut war: elektrische Sicherungen – tut alles wieder hinein, außer den Sicherungen, die jetzt der Pope sieht, der ausruft:
Sicherungen – was macht Ihr jetzt, Kellner?!

Stavros *greift die auf mit zwei raschen Handbewegungen, damit nicht der Ehrwürdige Vater sie ihm wegnimmt, grinst böse und ruft und springt zum Sicherungskasten:*
Licht! Im ganzen Hause Licht!
Wenn die Bauern schon Kalonike sehen,
sollen die alle sehen!
Lacht schadenfroh und schraubt die Sicherungen ein.

Pope *schlägt noch einmal die Hände über den Hut, dann eilt er dem Tor zu, öffnet einen Flügel und blickt in den jetzt makrelengrau geschuppten Himmel:*
O Herr... daß es nicht Tote gibt!
Er verharrt einen Moment am halboffenen Tor, geht dann eine Treppe hinauf zur Galerie, lauscht hinein ins Hotel, macht eine Gebärde der Angst und des Nichthelfenkönnens – und geht die andere Treppe wieder hinab; als er auf halber Treppe ist, hastet oben –

Konstantinos *herein, sonntäglich angezogen, mit Fes, Cape, Stock. Den Mund weit offen (die Zähne vollzählig), wie er es immer tut, um besser zu hören und auch zu sehen bei zugekniffenen Augen, starrt er auf den Rücken des Ehrwürdigen Vaters – kann aber nichts Genaues erkennen, weil nicht einmal mehr die Schiffslampe den Raum erleuchtet, die Sophia mit hinaufgenommen hat. Um so lauter, weil er nichts sieht, ist sein Schrei:*
Licht, darum kein Licht im ganzen Haus!
Diebe, halt, Einbrecher –
Er kommt erstaunlich gelenkig die Treppe herunter und ist schon über dem Popen, der sich entsetzt umgedreht hat und kleiner ist als er, und packt den – und sieht ihn erst, als er ihn würgt:
Was machst du – hier, du!... ach: der Pope!
Er lacht aus vollem Halse und schubst den Priester komplicenhaft die restlichen Stufen hinab.

Pope *in höchster Angst, deutet nach oben:*
Leise, lacht doch nicht – oben – nicht lachen!

Konstantinos *ein bißchen leiser, aber keineswegs leise:*
Licht machen? – Ja, will ich ja.
Kann denn ich vermuten, daß Ihr fremdgeht!

Pope: Um Gottes willen – ich erkläre alles!

Konstantinos *rasch, hört sowieso nicht, was der verschreckte Gottesbeamte einwenden will:*
Ihr seid ein Mensch, und das erklärt schon alles!

Er lacht.

POPE *das erste Mal, daß er schreit:* Ich geh nicht fremd!

KONSTANTINOS *mit einem Altershohn, der das ganze Universum als lächerlich taxiert:*
Nein, nein, natürlich nicht: Ihr geht spazieren!
Ihr schleicht des Morgens früh um fünfe
zur Hintertür aus einem Wirtshaus weg,
in dem ein Dutzend Weiber schlafen,
die ihre Männer haben sitzenlassen –
Er hat das ganz rasch heruntergeredet, ohne daß der Pope mit einer Erklärung dazwischenkam, obgleich der ständig und mit wilden Gesten, die der Talar malerischer machte, «anheben» wollte zu sprechen.

POPE: Es ist ganz anders!

KONSTANTINOS *winkt ab:*
«Anders»? – Nein: das ist ja nun das einzige,
was sich nicht ändert... wär auch schade!
Er macht das Tor ganz auf, drängt den Popen dorthin.
Nun schleicht, 's wird hell,
ich gönne Eurer fetten Legehenne nicht,
daß die Euch noch erwischt.

POPE: Pfui: nennt mich Ehebrecher,
damit ich Euch nicht frage:
Wo kommt Ihr her um fünf,
schon angezogen und mit Zähnen?

KONSTANTINOS *barsch:* Woher ich will, bin Witwer.

POPE: Doch vierundachtzig!
Oben ist barfuß, noch fast schlafend, schlampig, aber reizvoll, mit Hemd und kurzem Höschen, Kalonike eingetreten; die beiden sehen sie nicht, und sie unterbricht nicht, sondern versucht mühsam, wach zu werden, während der Pope sehr laut ruft:
Nun glaubt, ich habe nur die Bauern hergebracht!

KONSTANTINOS *erschreckt:* Bei ihren Frauen
– ho, die Bauern!

In diesem Moment gehen die zwei elektrischen Birnen im Raum an; er ist sehr hell.
Stavros, hast du die Bauern eingelassen?
Das gibt Tote.

STAVROS: Nö, tut mir leid genug, daß es vorbei ist;
bei soviel Eifersüchteleien
fiel eine immer auch für mich ab.

POPE *flüsternd:* Tote – warum?

KONSTANTINOS *lacht, aber nicht mehr wie bisher bestgelaunt, sondern wie bei einer schauerlichen Nachricht:*
Nun, wenn's die Bauern endlich selber merken!

POPE: Merken? – Warum habt Ihr dann unsre Bauern
nicht früher unterrichtet?

KONSTANTINOS *mit Würde:* Weil ich ein Wirt
– kein Denunziant bin.
Und weil ich's unsren Deppen gönne.
Ich bin seit 60 Jahren Inselwirt,
da wagen unsre Bauern,
als Ihr die beiden Jungen beerdigt hattet,
mein Haus zu boykottieren...
Oh, fragt die Kalonike, was, Mädchen?
Die haben jede Nacht gebüßt,
hoho, da ist nicht eine, die es nicht mit allen
... wird keine Kuh
zu ihrem Ochsen ohne Kalb heimkommen!

KALONIKE *hat sich inzwischen wach gekratzt, hält es für gut, die Ahnungslose zu heucheln:*
Was ist denn los – so früh!
Ich weiß von allem nichts!
Ist wer gestorben?

POPE: Noch nicht!

KONSTANTINOS *wieder an die größte «Schändung» seines Hauses erinnert, kann von dem Thema nicht loskommen:*
Fragt Kalonike, was die Frauen hier
mit den Fremden und beim Fremdgehen

gefressen und versoffen haben,
das setz ich sonst in einem Jahr nicht um...
Und trotzdem... guckt die Offiziere an,
sieht jeder wie ein Kriegsgefangener aus!
Flitterwochen mit einem ganzen Dreckkorb
voll Flitterchen – hoho! Das steht kein Deubel durch.
Los, kommt – Stavros, Mädchen, Pope:
wir müssen unsre Gäste schützen,
sonst machen unsre Deppen Dote.

Er ächzt die Treppe hoch, langsam. Stavros und Kalonike eilen ihm voraus. Der Pope wendet sich dem ausbleichenden Morgenhimmel zu, die Hände zum Gebet erhoben. Wie Konstantinos auf halber Treppe ist, hört man aus dem Haus den durchdringenden Schrei der dicken Miranda, die einen Brustkorb hat wie eine Operndiva; sie schreit noch einmal, man weiß nicht warum. In diesem Moment – Kalonike und Stavros sind schon durch die Tür ins Haus verschwunden – betreten Lysistrate und Manussis, «geführt» von Dimitrios, die Treppe. Lysistrates Haar ist offen, wie man es bisher nicht sah, sie trägt Nachthemd und Morgenmantel. Der Kommissionschef Oberst Manussis trägt nur eine rote Dreieckshose, wirkt verstört, vielleicht aus Angst, vielleicht, weil er noch nicht ganz wach ist; sein Haar sieht wüst aus, er hat offensichtlich bis eben fest geschlafen. Sein Koppel mit der mächtigen Pistolentasche trägt Dimitrios als Beute in der Hand.

Der Pope bekreuzigt sich, als er den Oberst fast nackt sieht. Konstantinos steht nun den dreien im Weg, das schüchtert sogar seine Tochter ein, doch findet sie, stehengeblieben auf der Treppe, das erste Wort.

LYSISTRATE: Du! Wer hat denn dich geweckt?
Ich hatte ausdrücklich angeordnet,
dir nichts zu sagen!

Pope will antworten, kann nur mit den Armen «zetern» – denn der schlagrasche Atmosphärenwechsel ist nahezu greifbar: die Turbulenz des Ungeplanten, so nicht Gewollten, Bedrohung aller durch alle. Als habe jemand auf einer Kirmes ein Messer gezogen, um damit zu fuchteln – und plötzlich einen erstochen: da zählt nicht mehr, daß er das nicht gewollt hat.

KONSTANTINOS *vorwurfshart:*
So mußte es ja kommen ... wenn's Tote gibt,
dann seid ihr zweie: du und der da –
er zeigt auf Lysistrate und Manussis –
die Hauptverantwortlichen ...
Wieder redet er Manussis an; sein Ernst bestürzt den Dimitrios, der überhaupt an der Angst des Konstantinos erst merkt, welche Maßnahmen der hier für berechtigt hält – woraus er schließt, daß hier viel mehr passiert ist, als er weiß ...
Seid froh, Offiziere, wenn ihr heut früh davonkommt.
Wenn ihr noch wartet – werdet ihr getragen: die Füße voran.
Das Gesicht des Obersten wirkt wie leergeblutet, er sagt laut, aber mühsam, schreit zuletzt –

MANUSSIS: Niemand von uns hat dem Bürgermeister hier
irgend etwas zugefügt. Unmöglich, daß seine Frau
von einem meiner Offiziere –

DIMITRIOS: Halt's Maul, es geht nicht um meine Frau:
Ich bin als Vertreter der Insel mitgegangen,
die insgesamt beleidigt wurde.
Während Konstantinos keine Ahnung hat, daß hier eine zwischen den Frauen und den Bauern eingefädelte Sache abspult – ahnt das möglicherweise der Oberst; aber auch dann weiß er nicht, ob ihm und seinen Männern das hilft ...
Mit Dimitrios ist eine Verwandlung vor sich gegangen: war er zuvor ein wortarmer Bauer, der seine Insulaner nur an Länge überragte, so ist er jetzt als Amtsperson «gewachsen» an Würde – was freilich schon dadurch bewirkt wird, daß er im Gegensatz zu seinem Gefangenen angezogen ist und nicht schlief.
Was den Ermahnungen des Wirtes den letzten Ernst gibt,

der sich allen mitteilt, ist seine Annahme, die Bauern hätten tatsächlich in dieser Nacht i h r e *Frauen dort gefunden, wo sie – mit Ausnahme von Sophia, aber Konstantinos weiß nicht einmal, daß Sophia nie bei einem Fremden war – meist geschlafen haben: in den Betten der Offiziere.*

KONSTANTINOS *sagt zu Dimitrios:*

Dir sag ich, Bürgermeister ... in meinem Haus
wird keiner totgemacht.
Sonst schieß ich dich wie einen Hund.

Tsifras erscheint oben in der Tür, verharrt dort, bis der junge Korvettenkapitän Notaras, der nichts als eine weiße Unterhose anhat, aber Kleider samt Stiefeln über dem Arm trägt, eingekrümmt vor Verschlafenheit und Furcht, an ihm vorbei auf der Treppe erscheint. Auch Tsifras trägt das Koppel seines Gefangenen samt der Pistole.

Lysistrate, Manussis und Dimitrios gehen die Treppe hinab, auch Tsifras und vor ihm Notaras gehen an Konstantinos vorbei hinunter; Konstantinos steht noch auf der Galerie.

Sobald Tsifras den Notaras nach unten geführt hat, erscheinen oben im Türrahmen der Bauer Babalis mit Hauptmann Polizoides, Heer, der seine Uniformjacke zu kurzer Unterhose ohne Strümpfe und Stiefel trägt; die Stiefel hat er in der Hand, so wie sein Rausschmeißer das Koppel mit der Pistole in der Hand hat.

Konstantinos winkt ihnen mit dem Kopf, wortlos, sie sollen sich nach unten begeben. Das geschieht, während er sagt:

Schwartenmagen – und Babalis,
überlegt's, ob's eure Frauen wert sind!
Wenn ihr Gäste totmacht,
spricht man in hundert Jahren noch mit Abscheu
von unsrer Insel.
Der Grund ist bald vergessen, doch Blut und Tat,
die bleiben kleben.

MANUSSIS *schroff jetzt, man merkt, nur der alte Mann konnte ihn zum Schweigen bringen:*

Ich verlange jetzt eine Erklärung, Bürgermeister –
und meine Kleider.

DIMITRIOS, *Gefahr und Verantwortung haben ihm Überlegenheit gegeben:*
Sie sprechen, wenn ich frage.

MANUSSIS *ein Versuch der Auflehnung:*
Wir lassen uns nur schikanieren,
damit ihr eure Frauen nicht quält.

BABALIS, *nie wieder kann er so zu einem Offizier sprechen, daher mit großem Genuß:*
Halt's Maul, was würdest du Sauhund tun,
wenn deine Frau mit mir geschlafen hätte?

MANUSSIS: Nichts, die schliefe nicht mit dir.
Bei seinem letzten Wort packt ihn Dimitrios an der Kehle und würgt ihn, bis der auf einem Stuhl sitzt und schweigt.

POPE: Nicht, nein, nicht, Herrgott – nein!
Er hat sogar eingegriffen, aber schon läßt Dimitrios den Oberst los.

LYSISTRATE *sagt, während sie Dimitrios beschwichtigend am Arm faßt:*
Genug gedroht, was wollt ihr Bauern?

BABALIS: Der vierte fehlt noch – der, den Zitterarsch
hat sollen aus den Federn holen.

TSIFRAS: Glaubst du, der hat einen können
aus 'em Schlafe reißen?

DIMITRIOS *winkt dem Tsifras zu:* Los, guck nach!

KONSTANTINOS *ruft:* Schütz den Fremden!

DIMITRIOS *ruft ihm nach:*
Und schmeiß den Lumpen –
ihre Lumpen runter!
Während Tsifras die Treppe hochschnellt, sagt, erschrocken über sein Aussehen, zu ihrem Vater –

LYSISTRATE: Vater – du siehst ja krank aus; leg dich hin.

KONSTANTINOS *spöttisch und vergrämt:*
Liege bald lange genug – einen Stuhl!

Lysistrate bringt ihm einen, während er die Treppe heruntertastet.

Konstantinos ernst: Mach Frieden!

Einer alleine glaubt das ja gar nicht!

Den drei Überfallenen stehen nur zwei Bauern und der Pope gegenüber: daher Dimitrios und Babalis die Pistolen ihrer Gefangenen aus den Taschen genommen haben.

POLIZOIDES: Vergreift ihr euch an euren Frauen,
so bleibt ihr nicht auf euren Höfen.

Sehr entfernt das sehr langgezogene Tuten des näher kommenden Schiffes.

DIMITRIOS: Schweigt – sonst wird der Weg zum Hafen
eine Spießrutengasse.

NOTARAS *schreit:* Eine abgekartete Sache –
Wer hat denn ausgerechnet heute den Bauern aufgemacht –

POLIZOIDES: Helden, man schläft, und plötzlich...
hat man ein Klappmesser vor Augen.

MANUSSIS: Nie haben wir nach Namen gefragt –

DIMITRIOS: Ihr Schiff geht um sechs.
Ihre dummen Reden von Ahnungslosigkeit halten auf.
Ehrwürdiger Vater – der Brief!

Notaras ist ziemlich fertig angezogen, er hatte als einziger seine Uniform mitbringen dürfen. Der Pope will sprechen, den großen Brief vor der Nase, als –

NOTARAS *schreit:* Da seht ihr's: alles vorbereitet.

DIMITRIOS: Wir entehrten Insulaner
haben uns dem Prominenten anvertraut.
Der Minister... hat uns in Kenntnis genau der Behörden,
die unsre Insel durch Sie prüfen lassen,
dieses Untersuchungsergebnis aufgesetzt,
das jeder von Ihnen unterschreiben wird –

POLIZOIDES *lacht verächtlich:*
Unterschreiben, denke nicht daran...

DIMITRIOS *gelassen:*
Sie haben mich nicht zu Ende angehört, Herr Hauptmann:

… das jeder von Ihnen unterschreiben wird,
der lebend an Bord kommen will.

POPE *beschwörend:* Unterschreiben Sie – sonst fließt Blut.

MANUSSIS *eingeschüchtert:*
Glauben Sie, daß eine so erzwungene Unterschrift …

DIMITRIOS *lächelnd:* – verbindlich ist? Ja, allerdings!

MANUSSIS: Wieso?

Er grinste knapp, es verging ihm schnell.

LYSISTRATE: Weil die Bauern entschlossen sind,
die Frauen nach altem Brauch zu verstoßen –
Ihnen nachzuschicken, sollten Sie auf die Idee kommen,
diesen Brief in Athen abzuleugnen.

Manussis sieht erschlagen aus – und blickt seine zwei Mittäter an, die auch nicht belustigt dreinschauen.

Stavros ist oben erschienen, schwer bepackt mit drei Koffern, die offen sind oder beim Runterfallen aufgehen, mit Kleidern und Uniformen und Schuhen und Rasierapparaten.

STAVROS: Wohin?

DIMITRIOS: Schmeiß es runter.

Das geschieht. Das gesamte Gepäck von zwei Offizieren segelt, wirbelt, poltert – je nach spezifischem Gewicht – auf den Fußboden.

MANUSSIS *schreit:* Ich protestiere, ich –

DIMITRIOS *hat ihm dessen eigene Pistole vor die Nase gehalten:* Lieber nicht! – Wenn man dir's Maul stopft,
dann brauchst du keinen Arzt mehr, um zu sterben.

Manussis sucht mühsam seine Kleider, die Schiffssirene ertönt leise.

BABALIS: Das Schiff.

Manussis, besorgt, denn auch Babalis mit Pistole und zukkendem Mördergesicht «steht ihm ziemlich nahe»; während schon der Pope angefangen hat, Brief und Brille hervorzuholen.

DIMITRIOS *mit Hohn:* Komm endlich in die Hose!

BABALIS: Paßt mir nicht, daß du mit Zähnen wegkommst!
MANUSSIS: Sie haben mich nicht zu duzen!
BABALIS: Einen Lochbruder siezen?
LYSISTRATE *ungeduldig zum Popen:*
Lesen Sie jetzt den Brief ans Verteidigungsministerium!
POPE *liest schnell vor:* Hochzuverehrender Herr Minister, bevor wir morgen früh diese Insel verlassen, der, wie ich mit Stolz konstatiere, eine Untersuchungskommission der Armee durch den sensationellen Fund der Aphrodite zu internationaler Beachtung verholfen hat, fasse ich unser Arbeitsergebnis knapp zusammen, ehe wir in Athen das eigentliche Gutachten detailliert ausgearbeitet haben.
Von ihrer geographischen Lage abgesehen, die ideal wäre als Flottenstützpunkt, bringt die Insel leider keine weitere Voraussetzung dafür mit, weil die Küsten, durchweg vulkanischer Boden wie auf Santorin, die Anlegung eines Hafens für Schiffe über fünftausend Bruttoregistertonnen nicht gestatten. Aushebungsarbeiten in See könnten nur zu Ergebnissen führen, die binnen eines Jahres wieder durch Versandung liquidiert wären.
Die Schiffssirene lauter.
Stavros kommt wieder mit Koffern und Kleiderhaufen.
STAVROS *vergnügt, wirft sie hinterher:*
Zimmer elf und dreizehn.
POPE *liest weiter:* Bleibt die Frage einer Verwendbarkeit als Luftstützpunkt. Auch hier kam die Kommission
zu negativem Ergebnis aus folgenden Gründen:
römisch I. a): Die geologische Grundstruktur der vorwiegend ..
DIMITRIOS *nimmt dem Popen das Papier aus der Hand:*
Genügt – kommt nicht darauf an, w a s,
sondern d a ß die unterschreiben.
MANUSSIS *ziemlich, nicht ganz bekleidet, nimmt das Blatt, das Dimitrios ihm hinhielt, und sagt böse, aber wehrlos:*
Unterschreibe nichts, was ich nicht lesen konnte.
KONSTANTINOS *ruft Stavros zu:*

Wo bleibt der vierte – mit Zitterarsch?

STAVROS *lacht, wie kleine Leute lachen, wenn «höhergestellte» verunglücken; Offiziere sind ihm nicht sympathischer als Bauern:*

Das war so 'n Ding – die werden erst verbunden,
von den Frauen.

MANUSSIS *hat den Brief sinken lassen:*

Ist Kolokotronis etwas zugestoßen?

KONSTANTINOS *teilt dessen Erregung, schreit:*

Einer alleine glaubt das ja gar nicht!

und eilt, so rasch er kann, die Treppe hoch und ab.

LYSISTRATE *alles sehr rasch:* Was passiert?

STAVROS *kommt erzählend, behaglich, die Treppe herunter:*

Den haben wir verpackt, den Leutnant,
war nicht so einfach, weil der schießen wollte.

DIMITRIOS *schreit – so aufgebracht wie noch nie:*

Schießen? – Und habt den nicht umgebracht?

STAVROS *tippt an seine Stirn:*

Für euch ins Zuchthaus?
Die Frauen haben ihn uns weggenommen,
jetzt flennen sie an seinem Bett.

MANUSSIS *ultimativ – aber wehrlos:*

Lassen Sie mich zu ihm.

LYSISTRATE *ruft, ihn zu beruhigen:*

Ich seh nach ihm!

Sie tritt hinter Dimitrios und nimmt ihm sanft, aber zwingend die Pistole des Obersten ab, die sie in ihre Bademanteltasche steckt. Dann rasch ab.

DIMITRIOS *sieht auch so noch bedrohlich genug aus, mit seinem langen Klappmesser, das er hervorholt und öffnet; er knurrt leise:*

Schießen, der wollte schießen!

POPE *in Panik:* Unterschreibt!

DIMITRIOS *wie ein großer Hund, der selten bellt, so leise knurrt er:*

Unterschreiben – sonst werden Sie ermordet:
dafür kriegt jeder entehrte Ehemann
fünf Jahre auf Bewährung.

MANUSSIS *in berechtigter Angst:*
Los – steht nichts Dummes drin.

Er hat unterschrieben, reicht den Brief den beiden anderen. Während sie halbfertig angezogen an den Tisch treten (oder an das umgestülpte Faß), auf dem sie unterschreiben, «verpassen» Stavros und Babalis ihnen die vorletzte Demütigung: sie halten die Uniformröcke jeweils zurück, die sie beschlagnahmt hatten, bis der Betreffende unterzeichnet hat.

POLIZOIDES *schreit:* Und unsre Pässe?

DIMITRIOS *mit Hohn:* Brauchen Sie nicht für Athen.
Wir aber müssen sie behalten, damit unsre Frauen
Ihre genauen Anschriften haben.

BABALIS: «Ehren»männer, würden ja gewiß Sie viere
für die Verstoßenen in Ihren Familien Platz reservieren.

Tsifras erscheint oben. Neben ihm, man sieht ihn kaum, der humpelnd gehende Herr Koumantaros, der von Kolokotronis erheblich geschlagen wurde: sein Kopf – zum erstenmal trägt er den Hut in der Hand – ist verbunden mit einem bunten Bauernschal, ein Auge ist blaurot verschwollen, und den linken Fuß zieht er nach. Vor der Treppe hat er Angst.

TSIFRAS *schreit – und trägt jetzt Zitterarsch die Treppe herunter:* Den hat der Luftwaffenfritze so zugerichtet!

DIMITRIOS: Hättest den erschlagen sollen.

MANUSSIS *der Treppe zu, an deren Fuß jetzt Tsifras und Koumantaros angekommen sind:*
Lassen Sie mich zu meinem Ingenieur.

Dimitrios packt ihn rauh, daß er taumelt, hält ihn zurück.

BABALIS: Der muß noch unterschreiben.

DIMITRIOS *reicht Stavros den Brief:*
Sonst kriegt keiner freien Abzug.
Sie dürfen einen Offizier mitschicken.

MANUSSIS *eine Kopfbewegung zu Notaras hin:*
Kapitän, holen Sie seine Unterschrift.

TSIFRAS *ruft den zweien, die schon auf der Treppe sind, noch nach:*
Und eilt euch, denn wenn – ne, hier –
die Offiziere das Schiff verpassen –
dann weiß ich nicht, was unsre Gemeinde
anstellt mit denen.
Ab.

MANUSSIS: Wie sollen wir in Athen erklären,
was ihm passiert ist?

DIMITRIOS: Tun Sie etwas völlig Ungewohntes:
Sagen Sie die Wahrheit; der Zusammengeschlagene
beschlief hier eine Ehefrau...

BABALIS *ein Schrei:* Eine?

SOPHIA, *die oben erschienen ist, sagt rasch – und ist rasch wieder weg:*
Der Leutnant fährt nicht mit.
Melde doch, er habe sich verletzt,
als er die Aphrodite bergen wollte.

BABALIS *frech:* «Verbergen» mußt du melden,
dann stimmt's!

KOUMANTAROS: Genau – der wollte nicht, daß ich die sähe,
die er im Bette hatte, die Miranda.

ARIADNE *schroff:* Halt's Maul, bei Nacht gibt's keine Namen.
Denn auch sie ist soeben oben erschienen – und nun folgen ihr und verschwinden wieder in größter Eile Miranda, Kalonike, Sophia. Die beiden Türen da oben, übereck, und die aus ihnen eintretenden und in ihnen ebenso rasch wieder verschwindenden Frauen erinnern jetzt an ein Wetterhäuschen, dessen Mechanismus übergeschnappt ist. Denn immer gleichzeitig zwei statt nur eine Person treten hervor auf die Galerie – und wieder zurück ins Dunkle; so schnell wie die Zahlen bei einem Börsensturz herausgeschrien werden.

Ariadne fast gleichzeitig – und schon ist sie verschwunden, durch die andere Tür:
Wir wollen ihn eine Woche pflegen.
DIMITRIOS: Und wer garantiert ihm's Leben?
TSIFRAS *setzt sofort hinzu:*
Wollt ihr den Tag und Nacht bewachen?
ARIADNE: Und ob!
MIRANDA *während schon Ariadne weg ist, und sie folgt ihr sofort, durch die andere Tür:*
Er hat die Ehre einer Frau verteidigt.
Nicht eine Woche, vierzehn Tage meldet ihn krank.
Wir wechseln uns als Pflegerinnen ab.
BABALIS *schreit:* Du – pflegen den? Was geht der dich an?
MIRANDA *und weg ist sie:*
Mehr als dich und mehr als du.
Die Schiffssirene tutet wieder, ein langgezogenes Röhren.
KALONIKE *tritt aus der linken Tür; sie schreit:*
Der bleibt, damit's die Alte in Athen nicht merkt.
TSIFRAS *mit dreckigem Lachen, während schon Kalonike wieder weg ist:*
Wieso – ist das denn auch beschädigt?
KALONIKE *mit Würde, aber rasch – und ab:*
Der – meinen Sie? Oh, bestimmt nicht.
KOUMANTAROS *ein Schrei hinterher, den niemand beachtet:*
Wo bleibt nur meine Tina?
STAVROS *erscheint oben ohne Notaras, aber mit Konstantinos, den Brief schwenkend:*
Hat unterschrieben!
Er kommt die Treppe herab, gibt Dimitrios den Brief.
KONSTANTINOS *gebieterisch; er erscheint nur, um das anzuordnen:*
Bürgermeister, du erlaubst jetzt dem Oberst,
zu seinem Ingenieur zu gehen.
Einer alleine glaubt das ja gar nicht!
Damit geht er ab, für immer.

Pope: Der Herr segne Euren Abgang!

Polizoides: Das war in Griechenland das letzte Mal, daß Bauern Offizieren die Ehre abschneiden konnten.

Babalis: Abgeschnitten hat'n dir doch keiner.

Und er reicht ihm mit ironischer Lässigkeit – wie Dimitrios dem Manussis – das Koppel mit der leeren Pistolentasche, nachdem er selbst die Pistole des Polizoides endlich eingesteckt hat.

Polizoides: Wir gehen nicht ohne unsre Pistolen.

Stavros, Tsifras und Babalis packen wie rasend Polizoides und Manussis und werfen sie hinaus aus dem Tor, dann deren Gepäck, während

Manussis *schreit:* Protestiere! – Ich protestiere!

Pope rennt, Schlimmstes befürchtend, aus dem Tor, den zwei Offizieren und ihren Rausschmeißern nach. Manussis ist wieder im Tor erschienen. Auch Stavros kommt wieder herein.

Sie kriegen mich nur tot an Bord,
wenn Sie mir verbieten, meinen verwundeten Offizier zu sehen.

Dimitrios: Wo ist der vierte Offizier –
der mit euch oben war?

Stavros *zwinkernd:* Nimmt Abschied –

Dimitrios *indem er den anderen zum Hafen folgt, zu Manussis:*

Meinetwegen, gehen Sie rauf!
Jetzt – wo Sie alle unterschrieben haben.

Er ruft Stavros zu:

Paßt auf, daß der nicht an eine Pistole kommt.

Manussis rennt wie «geschossen» die Treppe hoch, Stavros ihm nach und ab.

Dimitrios geht aus dem Tor.

Koumantaros, doch einigermaßen beschädigt und sich die Stirn mit einem Tuch kühlend, das er naß machte am Wasserhahn, sitzt unter einem der Treppenbogen, so daß man ihn auf der Galerie nicht sehen kann. Er setzt jetzt den Hut auf, um der kalten Kompresse Halt zu geben.

KOUMANTAROS *ruft Dimitrios nach:*

Kommt Ihr zurück vom Hafen? –
Wir nehmen doch unsre Frauen mit heim?
Trostlos: ... wenn wir sie finden!

Schon bei seinen letzten Worten ist oben die königliche Tina in langem weißem Nachthemd mit schwarzer Stola erschienen, neben ihr Korvettenkapitän Notaras, ein melancholischer Wilderer. Sie ist schön, in sich ruhend, unangreifbar. Sie sehen Koumantaros sowenig, wie er sie sieht. Er hört sie auch nicht, sie sagen ja nichts – unbekümmert um das offene Tor stehen sie da oben abschiedskrank, er küßt ihren nackten Hals und ihre Schultern – und dann reißt er sich los, sie kann nichts sagen, aufgewühlt, Tränen in den Augen; er ruft laut –

NOTARAS: Ich schreib dir bestimmt!

und ist rasch unten, verbeugt sich, grüßt militärisch (und dankbar) Herrn Koumantaros, rennt zum Tor, sieht hinauf zu Tina und ist ab.

Erst als er hinaufsah – sieht auch Koumantaros dorthin, obgleich er schon vom Stuhl aufgestanden war, als Notaras gerufen hat, er werde ihr schreiben... er hatte dann dessen Gruß erwidert und sogar den Hut gezogen, beeindruckt vom Gruß des Abfahrenden. Jetzt sieht er seine Frau, die kaum merklich weint – so daß nichts als Zorn ihr helfen kann und Ironie. Sie erschrickt überhaupt nicht, ihn zu sehen, nur lästig ist er ihr; sie antwortet sachlich, ohne die Absicht zu verletzen – als sei das möglich, wenn man zu stolz ist zu lügen.

KOUMANTAROS: Du?

TINA: Ja.

KOUMANTAROS, *und daß sie oben steht, er unten: betont gleichsam, wer von beiden «drübersteht»:*

Wo...? Du warst ja gar nicht...

bei denen, die uns aufgemacht haben?

TINA *zeigt zum Tor:* Bei ihm!

KOUMANTAROS: Bei dem Offizier?

Tina nickt.

Koumantaros ungeduldig: Heute nacht, meine ich.

TINA: Ich auch.

KOUMANTAROS *sanft:* Die sagten alle,
du hättest in der Nachbarschaft gewohnt.

TINA *die eheliche Verachtung befällt sie – und sie will das nicht:*
Ja, bei Frau Peisistratos.
Dort kannst du meinen Koffer holen, danke!

KOUMANTAROS, *einen Moment steht ihm der Mund auf, aber da er nicht hören will, was ihn als Ahnung anfällt, schnabuliert er drauflos: eigene Worte verhindern am längsten, fremde hören zu müssen; während er redet, geht er ihr entgegen die Treppe hoch:*
Was – wenn du da drüben wohnst –
hast du dann hier gemacht, heut nacht?

TINA *brutal:* Ich schlief mit ihm.

KOUMANTAROS, *wieder geht er ihr einige Stufen entgegen:*
Wie denn, willst du...
Du willst doch nicht sagen, du hast mich betrogen?

TINA: Betrogen? – Nein!
Ich sage doch, ich hab
mit einem Athener geschlafen.

KOUMANTAROS: Dann laß ich mich scheiden!

TINA: Ach, tätest du das nur.

KOUMANTAROS: Mit welchem?

TINA *gereizt:* Zuletzt immer mit Notaras, früher –

Er faßt sie – die sich ihm entzieht – mit beiden Händen an ihre vollen, schönen Oberarme, die nackt sind.

KOUMANTAROS: Ein Glück, daß du noch hinzufügst:
«zuletzt immer»...
Ich hätte sonst wirklich... womöglich geglaubt,

du sagst das alles im Ernst –
also, ich hole deinen Koffer.
Sie gehen die Treppe hinunter, torwärts, Tina läßt ihren Gepäckträger vorausbumpeln; sie folgt ihm zögernd.

POPADIA *hysterisch, vor Entsetzen laut wie eine Heulboje, rennt aus dem Haus auf die Kellertreppe und schreit:*
Der Pope? – Helft, die haben ihn gekidnappt!
Ich wache auf, das Bett ist leer, noch nie,
noch nie in dreizehn Ehejahren:
der ist entführt!

TINA: Aber nein!

POPADIA *schreiend:* Aber ja! – Die Türken haben ihn,
weil er optiert –

TINA *packt sie:* Er war bei uns, Euer Mann –
seid nicht hysterisch!

KOUMANTAROS: Er war heut nacht hier!

POPADIA *noch schriller aufkreischend:*
Bei euch – hier, der Pope?
In diesem Haus, das ein Bordell ist – nachts?

TINA: Er hat hier nur –
Sie weint jetzt, daß man eine Frühgeburt fürchtet: sie hat ihre Hände vor ihr schwabbeliges Joghurtgesicht gedrückt und geht herzerweichend weinend ab. Das Ehepaar Koumantaros blickt sich an; er humpelt zum Tor hinaus; wie Tina ihm folgen will, wird sie aufmerksam auf Ariadne, die mit einer Eile, einem Ernst und einer Freude, als sei sie königliche Zofe und habe jetzt dem Leibarzt die Nachricht zu bringen, daß Ihrer Majestät Wehen begonnen haben, die Treppe hinabläuft und im Schwitzbad verschwindet, so rasch sie ein Tablett mit Döschen, Parfum, Salben und offenem Necessaire balancieren kann; die Tür zum Bad bleibt offen, Dampf entwickelt sich …

ARIADNE *hat Tina zugerufen:* Wir wollen ihn baden!
Sie ist noch nicht im Schwitzbad, das jetzt mächtig «unter Dampf» steht, als eine Pietà die Treppe herabkommt: Held

Kolokotronis, am Kopf, der Wunden wegen, so stark «bekleidet» wie sonst kaum am ganzen schönen Leib, wird in einem Laken von Miranda (zu seinen Füßen) und von Sophia und Kalonike fast getragen – obgleich sich der Verdacht aufdrängt, daß seine Glieder nicht stärker beschädigt sind als sein Glied …

TINA *ruft belustigt, dann geht sie aus dem Tor:*
Nachts war immer nur e i n e nötig,
um den zu tragen – Wiedersehen!

KOLOKOTRONIS *jetzt doch immerhin auf seinen Füßen, geht mehr schleppend als geschleppt ab ins Bad mit seinen drei «Marien»:*
Aber bald, Tina!

Manussis kommt oben in Eile zum Vorschein, Lysistrate, städtisch angezogen und frisiert, folgt ihm sofort; sie sehen noch Kolokotronis ins Bad abgehen. Ariadne ist wieder aus dem Schwitzbad gekommen, um ihr Radio, das die ganze Zeit sichtbar dastand, zu holen. Ehe sie die Schwitzbadtür hinter allen schließt, ruft sie zur Treppe hinauf –

ARIADNE: Wir wollen ihn baden.

MANUSSIS *kommentiert – aber mehr zu Lysistrate:*
Man kann einen Mann bis zur Auszehrung bemuttern.
Schick mir den Leutnant mit dem nächsten Schiff.
Grüß deinen alten Herrn, er soll verzeihen.

LYSISTRATE, *sie sind jetzt allein:*
Oh, Euch liebt er, Militär.
Ach, warum haben so viele der brauchbarsten Männer
diesen mißbrauchbarsten Beruf!
Wolltet hier Raketen anbauen wie Bauern Rüben!

MANUSSIS *nimmt ihre Hand, sie sind am Fuß der Treppe:*
Sollte Raketen bringen und behielt –
nicht mal meine Pistole:
Du hast uns zur totalen Kapitulation gezwungen!
Lysi-Strategie nenne ich das.
Doch ein Rückzug ist keine Niederlage,

wenn man dich gewonnen hat.
LYSISTRATE *traurig, vorwurfsvoll:*
Aber du läßt deine Beute am Strand zurück!
MANUSSIS *fest:* Keineswegs! Was ist natürlicher,
als daß ein Oberst
in Athen eine verwitwete Abgeordnete ausführt?
LYSISTRATE: Abführt – willst du sagen?
MANUSSIS *schroff, verletzt:*
Warum diese Kränkung!
Ich glaube nicht an Putscher!
LYSISTRATE: Deshalb siegen die,
weil anständige Bürger wie du
immer denken, ein Putsch, das sei Krawall, Unordnung.
Aber Zuchthäuser sind ordentlicher als Spielplätze.
MANUSSIS *empört, er zeigt an sich herunter, er trägt den Battledress der NATO:*
Und diese NATO-Uniform –
schützt die uns nicht?
Glaubst du, die Amerikaner stehen Gewehr bei Fuß,
wenn hier Banditen die Demokratie abschaffen?
LYSISTRATE *traurig:* Nein, die geben den Banditen
die Gewehre.
Gerade du solltest auch nicht unbewaffnet sein – hier!
Sie gibt ihm seine Pistole zurück. Die Schiffssirene sehr laut.
Dein Schiff!
Da der Kuß beide vollauf beschäftigt – geht der im Tor gestoppte Minister rückwärts wieder hinaus; er war sehr rasch eingetreten, nahm noch im Schritt den Hut ab, hält den nun im Rückwärtsgang vor sein Gesicht, ist schon im Tor, da ruft Lysistrate, die Augen öffnend:
Sie!
Und macht sich los. Sehr sarkastisch, sagt der
MINISTER: Wünsche, wohl geruht zu haben!
MANUSSIS, *seine Hand flog zum Mützenschirm, verbeugt sich, sagt ebenso:*

Ruhen können wir auf dem Schiff.
MINISTER: Die See ist rauh heute früh!
MANUSSIS, *wieder hört man die Sirene:*
Nicht nur die See.
LYSISTRATE: Was treibt denn Sie so früh aus dem Bett?
MINISTER, *nur eine Ausrede:*
Ich hatte Eilbriefe an Bord zu bringen.
Oberst...
– und das hält Manussis zurück, der schon abging –
behalten Sie Ihren Hauptmann Polizoides im Blick;
wenn wir beide sitzen, wir dreie, vermut ich,
der steht draußen.
MANUSSIS – *und ist weg:* Ich weiß.
LYSISTRATE *sehr erschrocken:*
Was ist los? Briefe bringt Ihr Chauffeur an Bord –
also weshalb so früh?
MINISTER *hat sich, umblickend, abgesichert – jetzt, sehr rasch:*
Telefon blockiert seit ein Uhr.
Panzer in Athen auf allen Plätzen war das letzte,
was man mir durchsagte.
LYSISTRATE *setzt sich, muß sich setzen – steht wieder auf, sagt tonlos:*
Also der Putsch –
Und das Radio?
MINISTER: Nur blöde Marschmusik. Sie müssen weg!
LYSISTRATE: Ich bleibe!
MINISTER: Der nächste, der Sie auffordert mitzukommen,
der sagt das weniger freundlich –
LYSISTRATE: Ich lasse doch die Frauen nicht allein.
DIMITRIOS *kommt so aufgeregt, wie man ihn bisher nie erlebt hat, zum Tor hereingestürzt, schreit:*
In Athen eine neue Regierung!
Er sieht die beiden an, leiser:
Sie wissen schon?

LYSISTRATE: Was haben Sie gehört?
DIMITRIOS: Ausnahmezustand!
Im Radio Aufruf des Königs.
Der Sauhund hat die Putscher schon vereidigt.
MINISTER: Dann werden Sie, Bürgermeister,
noch heute Anweisung erhalten,
uns beide...
– er zeigt auf Lysistrate und sich –
unter Hausarrest zu stellen,
bis man uns holt.
DIMITRIOS *kurzes Auflachen, dann mehr zu Lysistrate als zum Minister:*
Ich nicht – bin leider – für Weisungen aus Athen
bis morgen früh nicht aufzufinden,
ich muß zum Berg, zu meinen Herden.
Er hat Lysistrate ermutigend am Oberarm berührt, aus dem Schwitzbad hörte man eine mächtige Lachsalve.
MINISTER *ultimativ:*
Also weg, noch heute.
TINA, *die mit Stavros ins Tor hineinlief, schreit mitten in den Satz des Ministers, bricht dann ab:*
Schon gehört...?
MINISTER *hat sich nicht unterbrechen lassen:*
Allein wegen Ihres Versuchs mit der Weberei
sind Sie für die neuen Herren eine Kommunistin!
LYSISTRATE: Und? Vierzig Webereibesitzerinnen,
die ich dazu gemacht habe, geben mir Versteck.
DIMITRIOS *lacht auf:*
Versteck? – Für Sie? Auf dieser Insel,
wo jedes Huhn Sie kennt? Sie müssen weg!
MINISTER: In einer Stunde!
Nicht am Hafen – am Kliff.
Mein Boot bringt Sie bis Lemnos.
LYSISTRATE: Und die Frauen – die Weberei?
TINA: Für uns können wir jetzt selber einstehen,

aber nicht für dich.
H i e r kannst du nicht helfen,
wenn du versteckt bist oder verhaftet.

MINISTER *suggestiv und läuft dann hinaus:*
In einer Stunde!
Ich muß zu meinem Telefon.
Wieder großes Gelächter aus dem Schwitzbad – dann hört man den wegfahrenden schweren Wagen des Ministers.

TINA *sehr gereizt, geht ins Bad ab mit dem Satz:*
Die wissen es noch nicht!

STAVROS *während Tina von innen die Schwitzbadtür schließt – läuft die Treppe hoch, nachdem er gesagt hat:*
Ich packe und gehe mit.

LYSISTRATE: Nein, bleib bei meinem Vater.

STAVROS: Dem tut doch keiner was.
Sie laß ich nicht allein gehen.

DIMITRIOS *während Stavros abgeht und Lysistrate einen Moment unfähig ist zu sprechen:*
Um Euren Vater kümmere i c h mich.
Sehr vertraulich, absichernd zum Tor hin, fragt er:
Wo gehen Sie hin? –
Ich komme noch zum Kliff.

LYSISTRATE *wieder gefaßt:*
Heut nur, so weit sein Boot mich bringt.
Dann angeblich nach Frankreich.

DIMITRIOS *schon am Tor:*
Und in Wahrheit?

LYSISTRATE *lächelt, weiß, daß er es errät:*
Dorthin, wo noch nie eine Tyrannei über die Berge siegte.

DIMITRIOS *ruft zustimmend, ja erleichtert:*
Nach Kreta!

LYSISTRATE *nickt:* Da hat selbst Hitler
uns Partisanen nie gefunden.
Dimitrios berührte sie am Oberarm, ist weg – und nun, eine endgültige, melancholische Handhabung, verschließt sie

von innen das Tor, vielleicht zum letztenmal. Als sie den Balken vorgeschoben hat, umgreift sie für drei Lidschläge den Raum, während ihre Hand an der Linken den Ring dreht. Dann reißt sie sich los von der Frage, ob sie jemals wieder hier stehen wird in ihrem Vaterhaus, und sie eilt entschieden die Treppe hoch. Sie ist auf halber Höhe, als unten die Schwitzbadtür auffliegt und Ariadne, ihr Radio hochhaltend, aus dem sehr laut die Nationalhymne ertönt, heraustritt, tief betroffen wie die ihr folgenden Sophia, Tina, Miranda und Kalonike.

ARIADNE *hat mit dem Ausruf:*

Jetzt!

– den Apparat auf den Tisch gestellt, die fünf gruppieren sich um ihn. Nun sieht Sophia Lysistrate auf der Treppe stehen. In Erwartung der Nachricht aus Athen sehen die sechs einander an. Während die Nationalhymne ihrem Fortissimo entgegenlärmt, fällt der Vorhang.

Frauen und Mütter, Bachofen und Germaine Greer

Studie zu einer neuen Lysistrate

I.

Ist es boshaft, am Ende einer «Lysistrate» zu fragen, warum ein *Mann* es sein mußte, der dieses Weiber-Rezept erfand? Die vielgehörte Ausrede, «die gesellschaftlichen Bedingtheiten», jahrtausendelange Unterdrückung durch die Männer-Tyrannen habe es den Frauen verwehrt, Autorinnen zu sein, ist unzutreffend. Es gab eine, vielleicht mehr als eine, sehr große Dichterin schon lange vor Aristophanes; es gab «Sokrates zu Diotimas Füßen... bekennend, daß ihm des Weibes Lehre unentbehrlich sei»; es gab Höchstgebildete unter den Frauen, die zugleich Machthabende waren, so die Freundin des Perikles. (Von Humoristinnen allerdings hat man niemals gehört – seit Erschaffung des Planeten! Auch Selbstironie ist offenbar keine weibliche Eigenart.)

Wenn Germaine Greer vorwurfsvoll ausruft: «Freud ist der Vater der Psychoanalyse, eine Mutter hatte sie nicht» – so hat sie sachlich recht, aber kein Recht, aus dieser Sache einen Vorwurf gegen die Männer abzuleiten. Denn welcher Mann hätte bedeutende Frauen zu Beginn des Jahrhunderts, Marie Curie, Lise Meitner, Lou Andreas-Salomé, Virginia Woolf, Ricarda Huch und andere, daran gehindert, den «unangemessen phallozentrischen Blickwinkel männlicher Analytiker» (Ernst Jones) zu korrigieren und aus der Kenntnis des eigenen Körpers zu versachlichen? Zweifellos ist ja John Stuart Mills Ablehnung aller sogenannten «Wissenschaft» begründet, die sich die Männer über die Frauen einbildeten erworben zu haben; er verwarf sie als nur oberflächlich – solange «nicht die Frauen selber alles gesagt haben, was sie zu sagen haben».

Wer hinderte Frauen daran? Es gibt doch seit drei Generationen Medizinerinnen genug – bereits 1877 promovierte in Florenz zuerst eine Italienerin als Chirurgin –, und nicht wenige waren dank der Berufsarbeit ihrer Männer von der Fron befreit, Geld verdienen zu müssen, und hatten vollkommene Muße, zu forschen? Die Überlegung, warum erforschten sie diese Grundfragen nicht, ist aufregend. Männer sind nicht zuletzt dazu benutzbar, die faule Ausrede der Frauen – exakter: die Ausrede fauler Frauen – entgegenzunehmen wie der Blitzableiter den Blitz, daß sie ihre Gefährtinnen um deren geistige Autonomie geprellt hätten...

Warum forschten nicht wenigstens oder schrieben jene Frauen, die wir aus Biographien oder Kulturgeschichten kennen? Denn Frauen von Geist und Einfluß gab es stets – möglicherweise ebenso viele wie Männer. (Es wird ja in ausnahmslos allen Erörterungen heute unterschlagen, daß keineswegs nur die Mehrzahl der Frauen, sondern auch die der Männer unterdrückt wurde: ein armer Junge konnte tausendfünfhundert Jahre lang allenfalls durch das Priesterseminar hinaufgelangen, selbst durch das Militär nicht, während Mädchen aus ungebildeten weil armen Ständen wenigstens zuweilen «von Natur» begabt waren, Karriere zu machen; es mußte keine so steile sein wie die der Pompadour, die allerdings aus dem Bagatelle-Adel stammte. Und ein zweiter Denkfehler, der heute herrscht, ist zu korrigieren: die kurzschlüssige Vorstellung, Tyrannei *verhindere* den Freiheitskampf – während doch sie ihn oft entscheidend motorisiert. Warum konnte der Historiker der Französischen Revolution, Jules Michelet, bei seiner Analyse der Rolle, die 1789 die Frauen als Auslöserinnen des Umsturzes gespielt haben, resümieren: «Les femmes furent à l'avantgarde de notre révolution: il ne faut pas s'étonner, elles souffraient davantage»?)

Daß man zuerst *Frauen* in Frieden und Krieg vor Augen hat, wenn man zurückdenkt an die exemplarischen Leitfiguren des Alten Testaments; daß überhaupt die zwei berühmtesten aller Konflikte, der zwischen Gott und den Menschen und der trojanische durch Frauen, durch Eva und Helena, ausgelöst wurden, wie auch der Untergang der Nibelungen, daraus soll hier eine Folgerung deshalb nicht gezogen werden, weil Beispiele aus der Ur-Vergangenheit ja noch durch Bachofen genug zur Sprache kommen; auch ließen sich gute, wenn kaum auch zwingende, Gründe für die Behauptung anführen, Frauen so fern liegender Zeiten schieden aus als Beispiele für die Rolle der Frau in der Geschichte. Diese Rolle wird jedoch seit Friedrich Engels – obgleich er der erste war, der Bachofen als Genie feierte – unsachlich unterschätzt, weil er lediglich die wirtschaftliche Bedeutung auch der Frau im Blick hatte; es könnte aber sein, daß es ausgerechnet die Lebens- und Herrschaftsbereiche der *Frau* sind, auf die am wenigsten die marxistische Verallgemeinerung von der Wirtschaft als dem allesbestimmenden Schicksal zutrifft. Die «weltgeschichtliche Niederlage des weiblichen Geschlechts» mit dem Aufkommen des Privateigentums datieren heißt die unerhörte Zähigkeit übersehen – und einiges andere –, mit der auch Frauen für das Zusammenraffen und Erhalten von Privatbesitz sich verschleißen; heißt auch übersehen, daß Frauen ebenso wie Männer ihre Macht über Privateigentum und über davon Abhängige mißbrauchen – zuweilen. «Gib einem Macht, dann lernst du ihn kennen!» – dies Sprichwort bezieht sich nur deshalb auf Männer, weil denen in der Regel die Macht erst gegeben wird, während die Frauen sie von Natur haben. Die unzitierbar bösartige Behandlung der Frauen im Volksmund, also in den Sprichwörtern aller Kulturen, ist nur ein Beleg mehr, daß es die Männer sind, die sich als das unterlegene, das schwächere, das weniger intelligente Geschlecht fühlen – denn wer seiner sicher ist, wer in sich ruht, der reflektiert nicht, der formuliert nicht. Und es gibt – außer dem Richard – eine Tragödie ersten Ranges von Shakespeare, die *nicht* bestätigt, daß der «Weiber Hoffart – der Männer Hinfahrt» ist? Rätselhaft, wie die «Machtlosigkeit der Frau» zum meistzerquatschten Gemeinplatz unseres Zeitalters werden konnte – nur erklärbar, weil die Frauen doch schon in erheblicher Zahl die Kommandobrücken der Massenmedien unterwandert haben und es als besonders erfolgreiche Kriegslist schätzen, ihre Wehrlosigkeit zu beteuern, was bekanntlich stets dem Mann derart schmeichelt, daß er sich überall als Beschützer fühlt, wo er nur als Ernährer ausgebeutet wird.

Die klügste, die längstregierende aller Politikerinnen – «natürlich» weiblichen Geschlechts –, die Kirche, hat gewußt, warum sie in *dem* Augenblick, in dem sie aufhörte, christlich zu sein, um totalitär werden zu können, auch aufhören mußte, die Priester-Ehe zu dulden, die ihr drei Jahrhunderte lang eine Selbstverständlichkeit war. Denn wo Frauen nicht die Macht übernehmen, da sind sie das bedeutsamste Ferment ihrer Zersetzung. Der absolute Gehorsam, das heißt praktisch: die vollendete Skrupellosigkeit ist nicht zu erwarten von Untergebenen, die nicht nur ihrem Amt gehören, sondern auch noch ihrer Frau und Familie. So wußte auch der britische Geheimdienst, solange er helfen mußte, das Empire zusammenzuraffen und zu verteidigen, warum der Unverheiratete nützlicher ist, gehorsamer, verschwiegener, schwerer käuflich, seltener erpreßbar. Sehr harmlos muß sein, wer ausgerechnet Frauen für harmlos hält, für machtlos. Die Kirche hat das nie getan – sondern *die* Feindin ihrer totalitären Bestrebungen in ihr gesehen. Eine Ordensregel der Kartäuser: «Nie gestatten wir Frauen den Eintritt in unsern Bereich, denn wir wissen: nicht der Weise, nicht der Prophet, nicht der Weltkenner, nicht Gottes Gast, nicht seine Söhne, nicht sein vollendetster Jünger vermag der Schmeichelei und Umgarnung des Weibes zu entrinnen.» Und wie die Kirche im Augenblick, als sie die Diktatur zu errichten, Staatsreligion zu werden beschloß, ihren Amtsverwalter vom Weib trennte – so würde es in Orwells «1984» auch die Partei tun, wenn sie es noch könnte. Immerhin: «Das Ziel der Partei war nicht nur, das Zustandekommen enger Beziehungen zwischen Männern und Frauen zu verhindern, die sie vielleicht nicht mehr übersehen konnte. Ihre wirkliche, unausgesprochene Absicht ging dahin, den sexuellen Akt aller Freude zu entkleiden. Nicht so sehr die Liebe als vielmehr die Erotik wurde als Feind betrachtet, sowohl in wie außerhalb der Ehe.»

Daß die Frau Männermacht zersetzt, überhaupt den Mann erst humanisiert, was – wiederum bezeichnenderweise – die Eitelkeit männlicher Autoren in beiden Testamenten als «Schwächung» des *Weibes* bezeichnet, als setze nicht umgekehrt die Macht der Frau über den Mann im Augenblick ihrer Kapitulation ein, dann, wenn Männer sich einbilden, mit ihrem bißchen Männlichkeit eine Frau «geschwächt» zu haben, als schwäche – wenn schon –, was da veranstaltet wird, nicht *ihn*: daß die Frau die Macht des Mannes abbaut, ist vor dem Hintergrund der Weltgeschichte in der Tat ihr höchster Ruhm, vielleicht ihre Bestimmung. Jedoch zu schwärmen, das sei *ihr* Beitrag überhaupt zur Geschichte, wäre dumme Propaganda, wäre eine Fälschung. Denn inkommensurabel bleibt, wie oft genau dies: der Griff der Frauen ins Rad der Geschichte die Ereignisse verschlimmerte, verschnellerte, auch verlangsamte, jedenfalls aber – auch wenn das heute geleugnet wird – oft entscheidend *mit*bestimmte. Schon in der Antike hielten nur törichte Männer die Frauen für einflußlos – jene, die so närrisch waren, *unseren* zeitgenössischen Irrtum zu teilen, der Einfluß einer Frau sei meßbar am Grad ihrer Bildung! Dagegen schrieb Aristoteles zu einer Zeit, als kaum eine Frau schreiben konnte: «Was ist denn aber für ein Unterschied, ob die Weiber geradezu den Staat regieren, oder ob die, welche ihn regieren, sich von den Weibern beherrschen lassen?»

Die Kirche wußte, warum es für die Errichtung ihrer Herrschaft nötig war, die Frauen zu entehren – Machtlose hätten die schweinische und langwierige Prozedur der Errichtung des Dogmas von der «unbefleckten» Empfängnis überflüssig gemacht. Aber diese Entehrung ist *der* Teil der Knechtung, den die Frau allein zu tragen hatte – jedoch der *geistigen* Entmündigung wurde der Mann durch diese Staatsreligion mit ganz genau der gleichen Härte unterworfen. Und sobald der Mann fähig geworden war zur geistigen Emanzipation, war es auch – obgleich das heute abgestritten wird – die Frau:

Ob es sich um die Renaissance handelt oder um Hochbarock oder um die späte Perückenzeit von 1785, Hinweise wie diesen aus einer Talleyrand-Biographie finden wir für jede Epoche: «Die begehrten Frauen verfügten alle über politischen Verstand. Politik wurde nicht im Kabinett der Könige und in den Ministerien gemacht, sondern in den Salons. Richtiger wäre es zu sagen, sie wurde ‹auseinandergemacht›. Man nahm alles auseinander... in den Jahren, die der Revolution vorausgingen, ist die Macht dessen, was man in Frankreich die Gesellschaft nennt, ungeheuer groß gewesen... Frauen von Geist befaßten sich mit Verwaltungsfragen... Madame de Blot hatte ein Urteil über die Offiziere der französischen Marine, Madame de Simiane befand, daß Virginiatabak mit einer Steuer belegt werden müsse...»

Das bestätigt Stendhal. Sein Zeuge war ein britischer Oberst, der seit 1775 siebenmal im vorrevolutionären Versailles zu Hofe gegangen war und ihm 1817 die untergegangene Gesellschaft schilderte. Die Damen, sagte der Engländer, «hatten durch elegante Erziehung und geistige Schulung führende Fähigkeiten». Sie führten, weil die Männer im «allgemeinen berufslos waren und keinen Sinn hatten für politische Vorgänge... in Versailles sann man aus Langerweile immer auf Krieg». Charakteristisch ist auch seine Bemerkung: «Man lebte zu öffentlich. Keiner durfte sein Haus schließen, auch wenn er sterben wollte, nicht... Als Madame Dudeffant nach einem großen Souper noch zur Madame de Marchais kam und man ihr beim Erscheinen ein paar Worte über den Verlust ihres besten Freundes, des Präsidenten Hénault, sagte, wehrte sie ab mit den Worten: Ach ja, Hénault ist heute abend um sechs gestorben. Lebte er noch, so hättet ihr mich heute hier nicht mehr zu sehen bekommen.»

Schon gut hundert Jahre früher waren die finanziell unabhängigen unter den Frauen auch ausübende Künstlerinnen und Schriftstellerinnen. Simone de Beauvoir stellt richtig: die Rechtslage der Frau war keineswegs, wie gern behauptet wird, vom 15. bis zum 19. Jahrhundert eine durchweg demütigende; war sie das allerdings bei den Armen, so dort jedoch nicht anders bei den Frauen als bei den Männern.

So auch die Bildung. Wenn die Beauvoir schreibt, die Bildung der Frauen sei im 16. Jahrhundert noch sehr unzulänglich gewesen – so stand es um die der Männer nur unwesentlich besser; interessant ist auch hier – worauf wir später ausführlich eingehen –, daß die Emanzipation der Frau stets mit dem Durchbruch der erotischen Freiheit beginnt, mit dem Verstoß gegen die «Sitte»: ohne Tapferkeit war Emanzipation nie zu haben – jedoch auch für Männer nicht...

Simone de Beauvoir, die im Gegensatz zu fast allen anderen momentan schreibenden Verfechterinnen der weiblichen Gleichberechtigung eine gründliche Kenntnis der Rolle der Frau auch in der Vergangenheit besitzt, erzählt aus dem 17. Jahrhundert:

«Vor allem auf geistigem Gebiete zeichnen sich dann auch die Damen aus... in den Salons spielen die Frauen eine bedeutende Rolle; gerade dadurch, daß sie nicht an der Gestaltung der Welt beteiligt sind, haben sie Muße, sich der Konversation, den Künsten, der Literatur zu widmen; ihre Unterweisung ist nicht organisiert, aber aus Unterhaltung, Lektüre, dem Unterricht privater Lehrer oder öffentlichen Vorträgen eignen sie sich Kenntnisse an, die denen ihrer Ehegatten überlegen sind... Dank dieser Bildung und dem daraus sich ergebenden Prestige gelingt es den Frauen, in die männliche Welt vorzustoßen; von der Literatur, der Kasuistik der Liebe gleiten viele Ehrgeizige unmerklich in die politische Intrige hinein. Im Jahre 1623 schrieb der päpstliche Nuntius: ‹In Frankreich hängen alle großen Ereignisse, alle wichtigen politischen Affären im wesentlichen von den Frauen ab.› Die Prinzessin von Condé schürt die ‹Frauenverschwörung›; Anna von Österreich ist von Frauen umgeben, deren Ratschlägen sie gern folgt; Richelieu leiht willig sein Ohr der Herzogin von Aiguillon; die Rolle, die Madame de Montbazon, die Herzogin von Chevreuse, Mademoiselle des Montpensier... und viele andere während der Fronde spielten, ist hinlänglich bekannt. Schließlich lieferte Frau von Maintenon den glänzenden Beweis, welchen Einfluß auf die Staatsgeschäfte eine geschickte Ratgeberin ausüben kann. Als Anregerinnen, Ratgeberinnen, Intrigantinnen sichern sich die Frauen auf gewundenen Wegen äußerst wirksame Rollen: die Prinzessin Orsini in Spanien herrscht mit größter Machtvollkommenheit...

Im 18. Jahrhundert nehmen Freiheit und Selbständigkeit der Frau noch zu. Die Sitten bleiben im Prinzip zwar streng: das junge Mädchen erhält nur eine ziemlich summarische Erziehung; sie wird verheiratet oder ins Kloster gesteckt, ohne daß man sie fragt. Das Bürgertum, eine aufsteigende Klasse, deren Existenz sich befestigt, zwingt die Ehefrau unter strenge Moralbegriffe. Dafür aber gestattet die Auflösung, in der sich der Adel befindet, den Frauen die größten Freiheiten, und auch die bürgerliche Oberschicht wird von diesem Beispiel angesteckt; weder das Kloster noch der häusliche Herd vermögen die Frauen zu fesseln. Wiederum bleibt für die meisten von ihnen die Freiheit negativ und abstrakt; sie beschränken sich darauf, dem Vergnügen nachzujagen. Die klugen und ehrgeizigen unter ihnen jedoch schaffen sich neue Möglichkeiten der Betätigung. Das Leben der Salons nimmt einen neuen Aufschwung... dank ihrer beschützerischen und inspiratorischen Funktion bilden die Frauen das Lieblingspublikum der Schriftsteller; sie interessieren sich persönlich für Literatur, für Philosophie, für Naturwissenschaft: manche haben wie Madame du Châtelet ihr physikalisches Kabinett oder chemisches Laboratorium, sie machen Experimente, sie sezieren sogar; aktiver als je beteiligen sie sich am politischen Leben; nacheinander nehmen Madame de Prie, Madame de Mailly, Madame de Chateauneuf, Madame de Pompadour, Madame du Barry Einfluß auf Ludwig XV.; es gibt kaum einen Minister, der nicht eine Egeria hat; das geht so weit, daß Montesquieu behauptet, in Frankreich komme alles nur durch die Frauen zustande; sie stellen, so drückt er es aus, ‹einen neuen Staat im Staate› dar; und am Vorabend des Jahres 1789 bemerkt Collé: ‹Sie haben bei den Franzosen derartig die Oberhand gewonnen und die Männer so sehr in Abhängigkeit gebracht, daß diese nur mehr im Sinne der Frauen denken und fühlen können.›»

Daran mußte eine *Frau* erinnern! – heute, zu einem Zeitpunkt, wo kein Mann mehr an einem Kiosk oder Buchladen vorbeigehen kann, ohne belästigt zu werden durch die Denunziation, er und seinesgleichen gefielen sich seit tausend Jahren in der Rolle dessen, der einmal empfohlen hat, «die Peitsche» nicht zu vergessen, wenn man «zum Weibe gehe»; wenn Nietzsche dieses Tanzstundenmot schrieb, so vielleicht deshalb, weil er – außer in einem Leipziger Freudenhaus – vermutlich niemals zu einer Frau gegangen ist. Hofmiller überliefert seinen Wutanfall angesichts der Frage Wagners, ob der falsche verräterische Freund sein pausenloses Kopfweh nicht zu häufigem Onanieren verdanke. Der pubertäre, sogar mit Anspielungen auf Wagners vielleicht uneheliche, vielleicht jüdische Herkunft garnierte Haßgesang des Schimpfgenies Nietzsche: – «ein Geier ist noch kein Adler» –, hat seine volle Ruchlosigkeit möglicherweise einem sehr *menschlichen* Gefühl Nietzsches für Cosima zu verdanken, die das belächelte. Wir streifen diese Beziehung, die keine wurde, um anzudeuten, daß besonders im 19. Jahrhundert viele geistig bedeutende Männer ganz fraulos lebten, offenbar auch freundlos – ohne daß die Lebensumstände, die Gesellschaft für diese Unterdrückung haftbar zu machen sind. Doch Unterdrückung ist auch hier – und sie geht nicht vom Mann aus. Sondern? Die meisten auch dieser Männer machten Heiratsanträge, wurden aber abgewiesen – warum?

Ortega y Gasset vermutet, die Frau empfinde für den Genialen weniger als für den Normalen; eine Frau, die Colette, hat gesagt: «Viele Frauen hegen eine dumpfe Abneigung gegen Leute von Stand», und der Franzose Paul Bourget behauptet, es sei statistisch nachgewiesen, daß «der Mann um so mehr geliebt werde, je weniger hoch seine Stellung in der Gesellschaft ist». Bismarck hatte noch gar keine Stellung, als sein Heiratsantrag abgewiesen wurde; ohne Rache nahm er das nicht hin, er witzelte, er sei nur deshalb davongejagt worden, weil er der Tochter – statt ihrer Mutter Anträge gemacht habe. Er heiratete dann eine ihn vergötternde, berühmt taktlose, berühmt unelegante Frau, die er sehr liebte, obgleich sie – allerdings nach Holstein – aussah «wie eine Köchin», und der er notgedrungen treu blieb; denn die von ihm geliebte Russin Orlow sah er niemals ohne deren Gatten. Aber er litt. Er war erst vier Jahre verehelicht, als er einem Jugendgefährten anvertraute: «Die Haupthandhabe, an der mich d. Böse angreift liegt nicht in äußerm Glanz, sondern in einer brutalen Sinnlichkeit, die mich so nahe an die größten Sünden führt, daß ich mitunter verzweifle... und jedenfalls die Gewißheit habe, daß der Same des göttlichen Worts in meinem von Jugend auf verwilderten Herzen den guten Boden nicht gefunden hat, sonst könnte ich nicht in dem Maße der Spielball der Versuchung sein, die sich bis in mein Gebet drängt. Jede unbeschäftigte Einsamkeit führt mich zum Kampf mit den Gebilden des Abgrunds einer verdorbenen Phantasie, die mit unheimlicher Behendigkeit von dem trostreichen Bilde dessen, der für unsere Sünden litt, zu neuen sündigen Gedanken springt. Luther sagt irgendwo, er habe nicht das kürzeste Gebet ohne töchrichte Zwischengedanken sprechen können; ist Dir das auch so?» Da Bismarck hinzusetzte: «Tröste mich Hans, aber verbrenne dies ohne mit jemand davon zu sprechen» – so überlieferte der «Freund» den Brief der Nachwelt... Bismarck tanzte auch nie mehr bei Hofe, seit einmal sein König auf einem Ball bemerkte, als Reichskanzler dürfe er doch nicht so stürmisch herumwalzern. Mit achtzig deutete dieser sonst erfolgreichste Mensch seines Jahrhunderts an, was er – wie übrigens auch Churchill – entbehrt hat: «Als die Zeitungen hereingebracht wurden, sah Bismarck... einen Bericht über eine Damenversammlung, auf der ihm ein Hoch ausgebracht worden war. Darauf sagte er: ‹Jetzt, in meinen alten Tagen, scheine ich bei dem schönen Geschlecht noch in Gunst zu kommen.› – ‹Aber Durchlaucht›, warf Lenbach ein, ‹sind doch immer ein Liebling der Damen gewesen.› – ‹Ach nein›, erwiderte Bismarck, und seine Stimme sank zu einem Flüstern herab, ‹das gilt nur in bezug auf meine Frau!›»

Doch war eine *Frau* zeitlebens sein stärkster Widersacher – denn was wir soeben von Beauvoir über Paris als Beleg dafür brachten, daß es eine Geschichtsfälschung ist, die Frauen – wie heute üblich – stets nur in der Rolle der Unterdrückten zu sehen, das trifft auch auf das 19. Jahrhundert zu, mindestens in Europa und Nordamerika.

Keine Frage: in Bismarcks Berlin haben Frauen mitregiert, nicht nur im Salon der Frau von Schleinitz oder in der Redaktion der Clara Zetkin. Lebenslänglich hat Bismarck keinen Mann auch nur annähernd so sehr zu fürchten gehabt wie die

Enkeltochter von Goethes Herzog von Weimar, die von Bismarck zur Kaiserin gemachte Augusta. Der Kanzler lernte früh sie respektieren als eine «geistige Potenz» und sie hassen als den Menschen, dessen «Intrigen an Landesverrat grenzten» und der «mir mehr Schwierigkeiten bereitet hatte als alle fremden Mächte und die gegnerischen Parteien im Lande». Nach Bismarcks Tod hat mit jüdischer Geistesschärfe aus naher Beobachtung der Parlamentarier Ludwig Bamberger – einst als Revolutionär zu Zuchthaus verurteilt, später als Nationalliberaler einer der ganz großen Redner des Reichstages – die lebenslängliche Feindschaft zwischen Augusta, «die wie ein Ordinarius der Universität redete» (Michael Freund) und «Otto dem Großen», wie sie hämisch zu sagen pflegte, charakterisiert: «An der Spitze der mit tödlicher Feindschaft bis zum letzten Augenblick Gehaßten steht die Kaiserin Augusta... Man wußte wohl reichlich viel von dieser Gegnerschaft, aber von der Permanenz, von der Tiefe und Gewalt... ahnten die wenigsten etwas. Die Größe und Ausdauer dieses Kampfes läßt die Persönlichkeit der verstorbenen Kaiserin in einer Dimension erscheinen, die man ihr sonst nie zugeteilt haben würde. Sie mußte doch eine ungewöhnliche Kraft des Geistes und des Willens besitzen, um zu solchem Gegendruck herauszufordern, der nie ganz siegreich wurde.»

Gäbe es aus anderen als höfischen Bereichen, aus bürgerlichen, bäuerlichen, handwerklichen oder proletarischen ebenso viele Tagebücher oder Memoiren: es wäre in ihnen belegt, daß in *allen* Gesellschaftsschichten, Regierungen und Firmen eine ähnliche Konstellation wie die zwischen Augusta und Bismarck möglich ist, ja sogar häufig anzutreffen. Die Witwe eines Handwerksmeisters und ihr erster Geselle; die Schwiegermutter oder Mutter eines Arbeiters, der noch das Häuschen gehört, das sie gemeinsam bewohnen müssen – der Beispiele sind es unzählige, jedermann hat sie vor Augen; so wie er die Feststellung ihrer Trivialität wegen schon gar nicht mehr macht, daß der Haustyrann, ob er nun die Schrebergärtner-Hütte oder den Palast terrorisiert, keineswegs häufiger männlichen als weiblichen Geschlechts ist…

Diese Erfahrungen aus Geschichte und Alltag sind in keinerlei Übereinstimmung zu bringen mit dem modischen Klischee-Gerede und -Geschreibe von der Frau als der geistig-charakterlich unterentwickelten, weil unterdrückten Person. Dagegen verraten diese Erfahrungen über die Natur der Frau wesentlich mehr, als den Emanzipations-Theoretikern lieb ist, die da proklamieren, daß von Natur die Frau kaum ein anderes Wesen sei als der Mann und jedenfalls zu den gleichen Tätigkeiten begabt. (Warum sagt man dann nicht wenigstens: verurteilt?)

Wenn hier auch dem Verhalten der Schwiegertochter Augustas und Tochter der Queen Victoria zu Bismarck noch einige Aufmerksamkeit zugewendet wird, so nicht nur deshalb, weil – wie gesagt – aus höfischen Kreisen wesentlich zahlreichere Belege über das Mit- und Gegeneinanderleben von Frau und Mann, Herrscherin und erstem «Angestellten» vorliegen als aus bürgerlichen. Sondern weil es außerdem aufschlußreich ist, denselben Mann von zwei Frauen verschiedener Generationen und Nationalitäten beurteilt zu sehen, die allerdings gemeinsam haben, daß sie allein ihm die Kaiserkrone verdankten – und Dankesschuld, die man nicht zurückerstatten kann, macht rachsüchtig. Da ist besonders auffällig, wie sehr die kluge Tochter der Queen ihren Haß auf Bismarck und ihre Abneigung gegen das Land, dessen Kaiserin sie werden sollte, in *dem* Augenblick ablegt, in dem der «Welterfolg» auf seiten des «bösen Mannes», des «prinzipienlosen», wie sie schreibt, errungen ist. Nur eine Woche, nachdem statt der von ihr prophezeiten Niederlagen die Siegesnachrichten eingehen, erklärt die bisherige Preußenhasserin diese Preußen in einem Brief an die Queen für eine «höhere Rasse» (superior race) und sagt – was sie rasch wieder abstreiten oder ganz vergessen wird: «Nur Bismarck haben wir für all das zu danken.» Daß Erfolg korrumpiert oder hirnlos macht oder jedes Verbrechen rechtfertigt in den Augen der Zeitgenossen, ist eines; ein anderes ist: warum auch *Frauen* den Erfolg einer ausgesprochen männlichen Aktion – und an diesem Krieg von 1866 hatte keine Frau (außer als Kriegerwitwe) irgendeinen Anteil, so wie ihn vier Jahre später etwa die Kaiserin Eugénie an der Entfesselung des französisch-deutschen Krieges haben sollte –, warum ausgerechnet *Frauen* die Sieger selbst über Schlachtfelder derart obszön mit ihrer Huld belohnen! Diese gleiche Frage hat Germaine Greer mit Erbitterung gestellt…

Es fehlt der Platz, weitere historische Beispiele anzusammeln gegen das machtvolle Klischee von der Frau als der vom Mann entmündigten Gefährtin. Es ist ein Witz, zu unterstellen, vor siebzig Jahren hätten etwa Londonerinnen wie Lady Cunard oder die Tochter von Asquith oder jene Frauen vieler Herren Länder, die damals in der letzten kaiserlich deutschen Botschaft von Mechtilde Lichnowsky eingeladen waren, um mit Shaw oder Kipling oder H. G. Wells oder Lloyd George zu diskutieren, sich von irgendeinem Mann Aktivität in irgendeine Richtung verwehren lassen! Wenn damals keine Florence Nightingale mehr unter ihnen war, wie sechzig Jahre zuvor, die aus der Gesellschaft «herabgestiegen» wäre zu ihren Schwestern aus dem Volke, um etwa den Suffragetten Emily Pankhurst, die achtmal ins Gefängnis ging, und deren Tochter dorthin zu folgen, so lag das nicht an den Männern: sondern im Mangel an sozialem Interesse bei den Damen!

Und wie war das in Wien? Ging dort, wer amtlich etwas erreichen wollte, politisch oder kulturell, zu einem Minister – oder ging er zu Frau Schratt, die von einflußloser, kümmerlicher Herkunft war? Wenn in München der Archäologe Furtwängler (1853–1907) seine Frau mit den Gattinnen anderer Professoren als Laienspielerinnen griechische Tragödien im Urtext aufführen ließ, so ist auch das kein Beleg für die geistige Bevormundung des weiblichen Geschlechts. Wendet man ein, diese Frauen hätten griechisch nur lesen können, weil sie von der Hausarbeit durch schmachvoll ausgebeutete Dienstmädchen und Köchinnen entlastet waren: so trifft das auf die Tätigkeit der Männer im gleichen Maß zu – auch die hatten ihre Dienstknechte! Der Zahl der entrechteten Frauen entsprach stets eine gleiche Anzahl entrechteter Männer. Hier wird nur die Behauptung gewagt – und belegt –, daß bei gleicher Chance zu geistiger Tätigkeit die Frauen generell eine geringere Neigung haben, ihr nachzugehen. Wer darauf hinweist, diese Frauen um den Professor Furtwängler hätten geistig Selbständiges nicht leisten können, wie heute Hannah Arendt oder Elisabeth Langgässer oder Marie Luise Kaschnitz oder Jeanne Hersch oder Hilde Spiel oder Virginia Cowles oder die Bau-Unternehmerin Kressmann oder die Parlamentarierin Hamm-Brücher oder die Historikerin Veronica Wedgwood, weil ihnen noch der Zugang zur Universität verschlossen war, der überprüfe zunächst, wie weit Männer, die Herausragendes geleistet haben, diese Leistungen dem Besuch der Universität verdankten – sofern sie überhaupt eine Universität besucht haben, was keineswegs bei der Mehrzahl zutrifft. Simone de Beauvoir «erklärt», daß keine Frau bisher «den Rang eines Dante oder Shakespeare» erreicht habe, durch «die Mittelmäßigkeit ihres Gesamtniveaus. Die Kultur war immer nur das Privileg einer weiblichen Elite, nicht jedoch der Masse; die Genies unter den Männern aber sind oft aus dieser hervorgegangen.» Das ist wahr – durchaus irrig ist es jedoch, wenn die Beauvoir fortfährt, eine Schwester Shakespeares habe schon deshalb nicht leisten können, was ihr Bruder konnte, weil sie nicht zur Lateinschule, zur Jagd oder zum Freund habe gehen dürfen: erstens war Shakespeare wie viele Dichter nur belesen, soweit er Material für seine Arbeiten brauchte, nicht aber umfassend gebildet, er konnte wie Schiller nicht einmal griechisch, was damals viele konnten; zweitens sind die Dichter, die studiert haben – Medizin, Jura, Theologie –, nicht auf Grund *dieser* Spezialkenntnisse Autoren geworden; und drittens ist eben *diese* Folgerung, die Beauvoir zieht, wiederum eine entlarvend weibliche: daß nämlich eine Schwester Shakespeares so ähnlich hätte schreiben sollen wie der Bruder! Warum? – da sie doch eine Frau war, hätte sie doch *weibliche* Dramen schreiben müssen! Als komme es darauf an, daß eine Schwester schreiben lernt wie ihr Bruder und die gleichen Erfahrungen macht – und nicht vielmehr darauf, daß sie *das* schreibt und erfährt, was der Bruder nicht kann und nicht weiß, weil er keine Frau ist! Daß aber überhaupt eine so scharfsinnige Autorin wie Madame de Beauvoir dem allgemeinen Irrtum verfällt, eine Schwester und was die zum Schreiben an Erfahrungen sammeln müsse – sei irgendwie vergleichbar mit dem Bruder und mit *dem*, was *ihm* an Studien zum Schreiben nötig ist, belegt einmal mehr, was vermutlich das Hauptproblem der Emanzipation ist, ihr erstes und höchstes Hindernis: die *Kopistennatur der Frau*.

Womit nicht unterschlagen werden soll, daß immer auch einzelne eine spezifisch *weibliche* Literatur zu schaffen vermochten, so die Britinnen Jane Austen, Katherine Mansfield, und die Geschwister Brontë oder die Deutschen Annette von Droste, Marie von Ebner-Eschenbach, Else Lasker-Schüler und Gertrud Colmar, die auch nie eine Hochschule betreten haben. Daß die Frauen der Münchner Universitäts-Lehrer Wesentlicheres hätten leisten können als griechische Texte herzusagen: ist nur eine weitere Bestätigung des Verdachts, daß Frauen zumeist vor ihrer Emanzipation geradezu flüchtig werden, mindestens vor ihrer geistigen, wenn sie ihnen aufgenötigt wird!

Warum? Und warum finden sich von den meisten dieser

Frauen, die durchaus ihren Männern geistig «ebenbürtig» und ihnen meist an Freizeit und Unabhängigkeit weit überlegen waren, fast keine Spuren mehr – oder nur dann, wenn sie als Mütter einen Sohn hervorbrachten, mit dem die Nachwelt sich beschäftigt? (Gibt es eine Untersuchung der Tatsache, daß *ein* Elternteil namhafter Menschen ohne Ausnahme – im Guten oder Bösen – ein extraordinäres Wesen war?) Warum sind die Frauen, selbst wenn sie – von Goethe geschätzte – Autorinnen gewesen sind wie Johanna Schopenhauer, oder auch dann, wenn sie eine eigene politisch-revolutionäre Existenz sich gründeten wie Karoline Schelling – nahezu vergessen? Sollte Schopenhauer recht haben mit der unbeweisbaren Vermutung, das Kind erbe von der Mutter seinen Verstand – vom Vater dagegen den Willen, also den Trieb, etwas damit anzufangen? Bismarck, der selber seine ironische Intellektualität und Hysterie seiner bürgerlichen Mutter verdankte, während er vom Vater, der ein fauler Gutsbesitzer war und sich als Major sogar von der Teilnahme an den Befreiungskriegen drückte, seine bäuerische Vitalität mitbekam – Bismarck hat offenbar ebenfalls vermutet, daß es die Mütter sind, von denen der Verstand kommt: er begründete die Intelligenz einiger preußischer Familien damit, daß «ein christlicher Hengst» seine Nachkommen mit «einer jüdischen Stute» gezeugt habe; er wisse noch nicht, ob nicht auch er einst seinen Söhnen zu einer solchen Verbindung raten werde...

Wir zitieren das als Frage, nicht als Behauptung. Denn andere Männer erbten ihre Energie gerade von der Mutter; auffallend ist, wie oft bei Giganten der Geschichte schon die Mütter für ihre Zeitgenossen «anrüchige» Vitalistinnen waren – so bei Alexander, Caesar, Tiberius, Lincoln, Churchill; nicht über alle liegen Untersuchungen vor, doch scheint auch die mit einem trinkenden «Philosophen» (Schuster) verheiratete Mutter Stalins eine in ihrem Lebenskreis als enorm willenszäh auffallende Natur gewesen zu sein, wie übrigens auch die Mutter Napoleons. Man darf verallgemeinern: die Rolle der Mütter namhafter Menschen wird unterschätzt – heute besonders, wo es modisch ist, daß intelligente Frauen selber ihr Werk und ihren Wert als Gebärerin abtun als keineswegs lebenserfüllend, als nur episodisch. Als «genüge» es nicht für Leben und Geschichte, einen Franklin Roosevelt geboren zu haben. Was aber an Außerordentlichem leisteten die Frauen sonst?

Denn es bleibt aufregend interessant, daß Frauen von Geist, sogar von Wille – eine so geringe Neigung haben, mit diesem ihrem Pfund zu wuchern. Wählen wir zur Erhellung die Mutter Talleyrands, die dessen sehr kritischer Biograph Orieux «die repräsentativste Figur» des damaligen Paris nennt. Der Sohn sagt von ihr: «Der Zauber ihrer Konversation war unvergleichlich. Sie kannte keinerlei Dünkel. Sie sprach nur in Andeutungen, niemals sagte sie ein zu direktes Wort. Das allzu Deutliche hält man zurück. Sie wollte nur gefallen und was sie sagte, sollte sich verflüchtigen. Eine eindrucksvolle Auswahl leichtgewichtiger, neuer und stets delikater Formulierungen befriedigte die Bedürfnisse ihres Geistes.»

Solche Menschen haben nicht den Trieb, ein Buch zu schreiben – obgleich sie den Verstand, die Bildung dazu haben. Sie malen kein Bild, das nicht auch ein anderer Zeitgenosse malen könnte – aber warum ist das so, da doch diese Frauen an Wissen, an Geschmack, an Menschenkenntnis, an Phantasie, an Unabhängigkeit hinter keinem Mann zurückbleiben? Warum ist alle ihre Originalität entweder eingeströmt in das Lebenswerk ihres Mannes – oder in die Lebenskraft ihres Sohnes? Man denke an Cosima Wagner, Jenny Churchill, Katja Mann, Frieda Lawrence, Gertrud Jaspers, Elly Heuss, die sicher nicht weniger geistvoll waren als ihre Männer oder Söhne! (Wohin gerieten eigentlich ihre Töchter, was wurde aus denen?)

Der Verdacht drängt sich auf – so oft man ihn auch als Mystifizierung zurückdrängt –, daß Frauen ohne männliche Komponente zwar außerhäusliche Ziele auch zuweilen haben, sie aber deshalb nicht erreichen, weil sie ernsthaft gar nicht danach streben; wobei natürlich keineswegs ausgemacht ist, was «männlich», was «weiblich» ist: welcher Mann hätte nicht auch Eigenschaften, die als spezifisch «weiblich» etikettiert sind? Doch bemerkenswert: wenn schon einmal eine Frau das sonst von Frauen niemals gehörte Bekenntnis ablegt und tatsächlich während ihrer ganzen dramatischen Daseinsreise nach diesem Bekenntnis auch *lebt*: «Die Beschäftigung mit der Politik ist Religion, Moral und Poesie – alles in einem», *dann* sagt man dieser Frau nach, zwar empfinde sie weiblich, doch *denke* sie wie «ein Mann»: so Lord Byron über Germaine de Staël. Daß man dieser wahrhaft bedeutenden Frau – Schiller: «ihr schöner Verstand erhebt sich zu einem genialischen Vermögen» – die Verleumdung anhängte, sie könne unmöglich wissen, wer die Väter ihrer Kinder seien: ist nur die Kehrseite des einsamen Ruhms, daß sie «der einzige Mann» unter jenen – allerdings wenigen – Franzosen war, die der Diktator Napoleon zu fürchten hatte…

Bedauerlich und kaum verständlich bleibt, warum Frauen, die in ihrer Lebenshaltung und ihrem Geist nie von einem Mann zu unterdrücken gewesen wären, diese ihre Unterdrückung selber besorgen auf Kosten der Möglichkeiten ihrer Natur, ihrer Bildung – und zugunsten selbst von jenen Männern, die ihnen nicht in Liebe verbunden sind. So die Hofdame Gräfin Tolstoj, die ihrem Neffen Leo an Scharfsinn und kritischem Vermögen weit überlegen war, wie ihre witzigen Bemerkungen über seine abstrusen Theorien und «religiösen» Zustände beweisen. Erzieherin in der kaiserlichen Familie, elf Jahre älter als der Neffe, starb sie nur sechs Jahre vor ihm, kannte ihn also nahezu während seines ganzen Lebens – unvergleichlich intimer als Gorki. Und während man ihre sehr knappen Aufzeichnungen über den Epiker liest, dessen singulare Bedeutung ihr sogar stets vor Augen stand, und sich fragt, warum sie gar nicht mit denen Gorkis zu vergleichen sind, obschon die Gräfin mit allem ausgestattet war, um ein ebenso bedeutendes Buch zu schreiben, liefert sie selbst die «Erklärung» – die unsinnig ist: «Seine Natur war so viel stärker und interessanter als die meinige, daß sich unwillkürlich die ganze Aufmerksamkeit auf ihn konzentrierte, während ich als Person zweiten Ranges nur so nebenbei agierte.»

Warum? Bescheidenheit ist das nicht, sondern eine Lässigkeit, die man schon lebenslässig nennen muß und die auch ihren Stil, auch den Aufbau ihres Büchleins charakterisiert: ganz zufällig bleibt, ob sie etwas und was sie notiert von ihren immer interessanten Erinnerungen und Einblicken – ein Unernst, der ihre Beobachtungen weitestgehend unaufgezeichnet ließ, denn nicht nur kannte sie neben Tolstoj auch noch Dostojevskij und Turgenjev – sondern auch aus täglichem Umgang die Rußland führende Familie während zweier Generationen.

Und sie konnte schreiben! Ist ihre Art, achtlos wegzuschenken, was ihr an Bildern, Gesprächen, Einsichten zuströmte, charakteristisch für den weiblichen Geist überhaupt? Sollte dieser Energielosigkeit gegenüber musischen und geistigen Dingen, bei gleichzeitig vorhandener und bestimmt doch «echt» weiblicher Energie, das Alltagsleben in den Griff zu bekommen und es zu regieren – sollte ihr *Desinteresse* als tiefste Ursache zugrunde liegen? Es gibt unter Frauen – man denke an die Weigel, an Cosima Wagner – leidenschaftlich aktive Verwalterinnen der geistigen Erbschaft, die sie als Witwen angetreten haben. Ob aber die deprimierende Geschichte von der berühmten Schauspielerin Carola Neher und ihrem verstorbenen Gatten Klabund nicht für die weibliche Einstellung zum Geist exemplarischer ist? Sie war eine der führenden Darstellerinnen Deutschlands, bevor sie in Moskau als emigrierte Kommunistin wahrscheinlich umgebracht wurde, jedenfalls verschwand – aber obwohl zwischen dem Tod ihres Mannes und Hitlers Regierungsantritt volle fünf Jahre lagen; obgleich Tucholsky damals Klabund zu den ganz großen Lyrikern zählte und Benn ihm die Grabrede gehalten hat; obgleich von den Hunderten deutscher Verleger sicher keiner der Frau Neher die Tür verschlossen hätte, wäre sie mit dem Nachlaß des sehr berühmt gewesenen Klabund zu einem gegangen oder hätte sie ihren Geliebten Brecht damit beauftragt: die Liebe dieser Frau zu ihrem Mann, die Benn ausdrücklich an der Urne apostrophierte, diese Liebe reichte so weit nicht, auch nur eine Kopie der Manuskripte anzufertigen, ehe sie den Koffer mit dem ganzen Nachlaß des so jung Gestorbenen einer Untermieterin von zweifelhaftem Beruf überließ, bis er fünfzehn Jahre nach dem Tod Klabunds durch Bombenangriff verbrannte. Das ist ein schlimmeres Vergehen als das Versäumnis, nach dem Grab zu fragen, in dem Mozart liegt – welche Frau aber, und den Gräbern sind doch gewiß die meisten treu, empfindet so? Sind nicht die meisten eifersüchtig auf den Geist des Mannes, der ihnen – den Mann entfremdet? Haben sie, wenn man von den auffallend *wenigen* Historikerinnen absieht, überhaupt eine Beziehung zum Leben, das nicht unmittelbare, hautnahe Gegenwart ist? Haben sie je Antiquitäten gesammelt, ehe das «modern» wurde? Lesen sie Geschichte – wenn nicht gerade der Mann sie liest, den sie lieben, weshalb sie mit ihm «über alles» reden wollen: auch wenn es sie noch so wenig interessiert? Ach, es war rührend, es war sehr tapfer und war des blödsinnigsten Gelächters aller Reaktionäre sicher, als der sehr große August Bebel am 7. März 1900 im deutschen Reichstag zu Berlin ausrief, daß «eine besonders intelligente, energische, geistreiche und gesunde Frau auch fähig ist, Staatsrat oder sogar Minister zu werden».

Nur: war diese Rede den Männern – oder war sie den *Frauen* lästiger?

Immerhin liegt Hoffnung auch darin, daß Frauen offensichtlich doch noch eher die Neigung haben, Geschichte zu machen als sie nur zu schreiben; man denke an Elizabeth von England, an Katharina II., an Maria Theresia und heute an Frau Gandhi und Frau Meir: wendet man ein, diese Frauen seien alle in ihre hohen Ämter *gedrängt* worden, sei es als Töchter von Herrschern, sei es als – immerhin nachhelfende – Witwe eines Umgebrachten oder als Kompromiß-Kandidatin, so ist erstens das gleiche vielen Männern nachzusagen, die Geschichte machten; zweitens haben vermutlich unerforschbar *viele* Männer ihre Macht dem Einfluß von Frauen zu verdanken...

Doch lesen wir noch einmal Talleyrands furchtbaren Satz über seine Mutter, die ja sein Biograph ausdrücklich die «repräsentativste *Figur*», nicht nur: Frau – des damaligen Paris nennt. Talleyrand: «...was sie sagte, sollte sich verflüchtigen».

Warum sollte es das – fast immer, fast bei jeder Frau, wenn sie nicht eine passionierte Brief- oder Journalschreiberin war wie Madame de Sévigné oder die Baronin Spitzemberg, deren Schriften aber auch nicht um ihrer selbst willen gelesen werden, sondern weil sie die interessantesten Spiegel der damaligen Männer-Welt sind, herrliche Echos – nicht eigene Rufe! Daß Käthe Kollwitz der Bildenden Kunst ein Werk hinzufügte, für das es bei keinem Mann auch nur Spuren eines Vorbildes gibt: könnte sich möglicherweise als die eine einzige grandiose Ausnahme herausstellen... Warum sind die Erzählerinnen George Sand und Louise Colet, erstere war zu ihren Lebzeiten berühmter als Musset und Flaubert – heute nur deshalb noch namhaft, weil diese Männer ihnen Briefe schrieben, keineswegs aber mehr um dessentwillen, was sie selber veröffentlicht haben?

Wie erklärt sich das? Germaine Greer besteht darauf, daß Frauen normaler, gesünder seien als Männer. Und was sie als Belege abdruckt, legt – sicherlich anders, als Frau Greer beabsichtigt hat – den Verdacht nahe, das Klischee sei wahr, daß Genialität nur mit Nicht-Normalität zu erkaufen sei. Die Greer zitiert: «Frauen neigen dazu, die Ausführungen der Funktionen, zu deren Erfüllung sie existieren, ihren Emotionen zu übertragen; deshalb bleiben sie geistig viel gesünder als Männer.» Das ist überzeugend – so wie das andere Zitat, das sie abdruckt: «Während die Frau dem infantilen Typus näher bleibt, steht der Mann dem senilen Typus näher. Die extreme Tendenz zur Variation beim Mann drückt sich in einem höheren Prozentsatz von Genialität, Geisteskrankheit und Schwachsinn aus: die Frau bleibt mit größerer Wahrscheinlichkeit normal.»

Ist sie deshalb auch seltener genial? War die ewig liebeskranke, mannlose Spökenkiekerin Annette von Droste, die nach dem Kohlhaas die männlichste deutsche Novelle ihres Jahrhunderts schrieb – normal? Daß seit Platons Feststellungen über Nähe zum Irrsinn als Voraussetzung für Genialität diese Feststellungen Gemeinplätze wurden – widerlegt sie noch nicht. Zuweilen wird eine Wahrheit deshalb zum Klischee, weil sie sich jeder Generation erneut aufdrängt – als Wahrheit. Genial ist, mit neuen Mitteln Bereiche zu erschließen oder Dinge zu gestalten, die bisher niemand entdeckt hatte. Haben das Frauen jemals getan – außer der Kollwitz? (Virginia Woolf übernahm den inneren Monolog von Joyce, der ihn vermutlich aus Schnitzlers «Leutnant Gustl» hatte.)
Warum beginnt W. H. Auden sein Poem «Moon Landing» mit der Feststellung:
«ein so riesiger Phallus-Triumph, ein Abenteuer,

an das Frauen freilich nicht im Traum
gedacht hätten»?

Ironisch meint er das nicht. Ironisch ist erst die übernächste Zeile:

«...gewiß ja, hurra, der Sieg ist unser,
gehört in Schönheit den Männern...»

Daß er diese ganze Reise dort hinauf für blödsinnig hält: ist eines. Daß er feststellt, Frauen hätten nicht einmal im Traum daran gedacht: ist aber ein anderes! Sind Frauen überhaupt Pioniere irgendwohin? Zum Beispiel in ein Land, das sie von Grund auf selber sich einrichten wollen? Könnten sie jemals die dazu nötige Solidarität füreinander aufbringen? Entwikkelten sie bisher überhaupt Solidarität, die sie nicht jederzeit der Solidarität mit einem Mann opferten, sobald sie ihn liebten.

II.

Wenn schon deprimierend am heutigen Emanzipations-Lärm die Tatsache ist, daß er daran erinnert, wie *spät* die immerhin größere Hälfte der Menschheit zu ihrer Befreiung – aufsteht, kann man kaum sagen, denn ihrer viele, und nicht die dümmsten, liegen und ruhen ja doch gern zu Hause, während sie ihren Hiwi, den Mann, den sie dafür stillschweigend verachten, sich draußen besonders auch für ihre Befreiung von *ihm* abtoben lassen, also auf wirtschaftlichem Sektor und auf medizinischem, denn nicht einmal die Pille erfanden *weibliche* Mediziner – noch deprimierender ist, daß die Frauen im Ernst von «*Gleich*-Berechtigung» reden! Was aber auf Erden sollte sich ändern (oder gar bessern), wenn die Frauen denen auch noch *gleichen*, welche die Welt versaut und die Geschichte verschuldet haben? Warum nach jenen Rechten greifen, mit denen die Männer das Elend institutionalisierten? Warum nicht Rechte fordern, an denen Männer schon deshalb nicht interessiert sind, weil sie gar nichts davon ahnen? Oder haben

Frauen keine *eigenen* Ziele? Da sie von Natur selbständige Wesen sind – warum nicht auch von Geist? Sondern nur von dem Wunsch gelenkt, Dinge zu tun, zu deren Verwirklichung sie jener Rechte bedürfen, die sich die Männer gegeben oder angemaßt haben, um *ihren* Interessen nachzugehen?

In der Tat, hier liegt das Problem Nummer eins: die Frauen lieferten bis heute – und können doch auch schon eine Weile lesen und schreiben und wählen – kein Konzept, keinen *Gegen*-Entwurf zur Männerwelt! Sie wollen in allem, was sie tun, was sie denken (und in vielem sogar, womit sie sich kleiden), denen gleichen und sich angleichen, die abgewirtschaftet haben!

Ein halbes Jahrhundert vor der heutigen Broschüren-Überschwemmung hat in seinem «Neuantiken Weltbild» der Romancier Otto Flake, schon vor dem Ersten Weltkrieg Ehemann einer Medizinerin, später einer Volkswirtin, also von «selbständigen» Frauen, die furchtbare Anmerkung gemacht: «Es ist etwas Unheimliches um die Kopistennatur der Frau: sie hat die Ideen dessen, der sie weich machte, sie redet mit seinem Tonfall, lacht sein Lachen und ahmt seine Gesichtszüge nach. Mißtraue dem Mann, der die Zufriedenheit zur Schau trägt, daß seine Gefährtin Kamerad seines Denkens und seiner Ziele sei: er weiß nicht, daß die Gefährtin, weil sie Weib ist, mit derselben Anpassungsfähigkeit Kamerad seines Antipoden geworden wäre…»

Flake hat damals viele der Fragen aufgeworfen, die fünfzig Jahre später Esther Vilar im «Dressierten Mann» mit einer kabarettistischen Einseitigkeit behandelt hat, die kein Mann sich erlaubt hätte – erstens aus Ritterlichkeit nicht, zweitens auch nicht aus der Einsicht, die der Vilar, weil sie selbst eine Frau ist, für immer verschlossen bleiben muß, von Natur: wieviel eben doch die Frauen, genau um *der* «Fehler» willen, die Vilar ihnen ankreidet, den meisten Männern wert sind und bleiben.

Wenn aber Flake – im Gegensatz zur Vilar – den Frauen zutraute, «die Torheiten der Männer auszugleichen, auch die intellektuellen», so stieß ihn doch immer wieder die Kopistennatur der Frau zurück. Sollte die angeboren sein?

Flake: «Nichts wirkt an der Frau so fatal wie die Feststellung, daß sie die politischen, wissenschaftlichen und anderen rationalen Ideen der Männer kopiert... Nicht nur verhimmelt die Kopistin, wofür sie schwärmt; sie hält auch für die, die anderer Meinung sind, ein überlegenes Lächeln bereit. Sie fordert die Ironie heraus, weil sie um des Mitredens willen auf den Instinkt verzichtet, den jede weibliche Frau besitzt und der ihr sagt, daß die dem Mann teuern Glaubenssätze des Verstandes niemals absolut gelten. Einem Mann kann man glauben, daß er von seinen Ideen überzeugt ist – von einer Frau verlangt man den Takt, der dem Wissen um das Irrationale und um die Notwendigkeit des Maßes entspringt. Läßt sie ihn vermissen, so ist es ein Beweis dafür, daß sie ihrem Wesen Gewalt antut und nicht einmal ahnt, wie sehr sie bloß nachahmt.»

Gibt es einen Sektor, auf dem sie das *nicht* tut?
Auf diesem und auf diesem allein wäre dann der Ansatz zu suchen für die Konzeption eines weiblichen Weltplans. Die Frauen müssen aus dem, was sie von den Männern *unterscheidet*, nicht aber aus dem, was sie mit ihnen verbindet, ihre Kraft zur Machtergreifung ziehen. Einer der tiefsten Geschichte-Kenner (und daher abgründiger Pessimist), Reinhold Schneider, konnte, weil er die Frauen *nicht* kannte (oder nur in Gestalt seiner Mutter, die eine sensible Trinkerin war), fast schwärmerisch von den Frauen erhoffen: daß *sie*, nicht aber die Männer, «am Aufgang geistig-geschichtlicher Um-

wälzungen stehen. Das entspricht durchaus der geschichtlichen Wahrheit.»
Ist dieser historische Moment gekommen? Gibt es heute einen Schimmer der Hoffnung, daß die Frauen ein weibliches Konzept, einen Gegen-Entwurf zur Männerwelt haben? Wo fände sich heute «der erste Keim jener Gynaikokratie, welche auf die Macht des Weibes die staatliche Gesittung der Völker gründet»? (Bachofen)

III.

Ja, er ist sichtbar, mindestens seine Voraussetzung!
Er liegt im heutigen Endsieg des «aphroditischen Gesetzes der fleischlichen Emanzipation... denn im Fortschritt der Versinnlichung des Daseins... macht sich das Gesetz der Demokratie... und jener Freiheit und Gleichheit geltend, welche das natürliche Leben vor dem zivil-geordneten auszeichnet und das der leiblich-stofflichen Seite der menschlichen Natur angehört. Die Alten sind sich über diese Verbindung völlig klar... und zeigen uns in bezeichnenden historischen Angaben die fleischliche und die politische Emanzipation als notwendige und stets verbundene Zwillingsbrüder.»
Das sind Sätze, deren jedes einzelne Wort zur Waffe wird – und es ist eine Ironie der Geistesgeschichte sondergleichen, daß dieses gesellschaftspolitische Dynamit von einem Mann stammt, der persönlich einer der verstocktesten Reaktionäre war, die je eine Schreibfeder zur Hand nahmen. Geradezu grotesk, daß dieser Jurist, der noch 1854 schriftlich gab: «Die Lehre von der Volkssouveränität steht meinen tiefsten geschichtlichen und religiösen Überzeugungen entgegen... weil ich eine höhere Weltordnung anerkenne... Aus dieser... stammt die obrigkeitliche Gewalt», – daß dieser Bachofen zuerst und allein als «genialer Entdecker» gefeiert wurde von – Friedrich Engels! Niemand sonst auf der Welt huldigte diesem einsamen Schweizer, den er für einen Deutschen hielt

und von dem persönlich er zweifellos so wenig wußte wie Bachofen von ihm, nur Engels, in der vierten Auflage seines «Ursprung der Familie», 1891, dreißig Jahre nach Erscheinen des «Mutterrechts», das längst wieder verschollen war. Bachofen selber war schon vier Jahre zuvor am Schlaganfall gestorben – sonst hätte er vermutlich einen bekommen auf die Nachricht hin, ausgerechnet einer der zwei furchtbarsten Londoner Kommunisten – sofern er einmal die Namen Marx und Engels gehört hatte – feiere sein Lebenswerk als eine «vollständige Revolution»!

Bachofen hatte geschrieben: «Die dionysische Religion ist zu gleicher Zeit die Apotheose des aphroditischen Genusses und die der allgemeinen Brüderlichkeit, daher den dienenden Ständen besonders lieb und von Tyrannen, den Peisistratiden, Ptolemaiern, Cäsar im Interesse ihrer auf die demokratische Entwicklung gegründeten Herrschaft besonders begünstigt. Alle diese Erscheinungen entspringen derselben Quelle... Ausfluß einer wesentlich weiblichen Gesittung, geben sie auch dem Weibe von neuem jenen Zepter in die Hand, den in Aristophanes' Vogelstaat Basileia führt, begünstigen sie seine Emanzipationsbestrebungen, wie sie die Lysistrata und die Ekklesiazusen (‹Volksversammlung›) im Anschluß an wirkliche Zustände des attisch-jonischen Lebens darstellen, und begründen so eine neue Gynaikokratie, die dionysische, die weniger in rechtlichen Formen als in der stillen Macht eines das ganze Dasein beherrschenden Aphroditismus sich geltend macht.»

Doch da selbst die Hellsichtigsten noch umgebungsblind in den Beschränktheiten *ihres* Jahrhunderts befangen bleiben, so teilt auch dieser geniale, aber gänzlich unfreiwillige Vorvater der heutigen Frauenbefreiung – und wiederum muß man fragen: warum schrieb *sein* Buch keine Frau? – die Befürchtungen seiner Zeitgenossen: daß jede «Freisetzung» der

Frau die Bürgerlichkeit zum Einsturz bringe, da angeblich im «Kampfe des hetärischen mit dem demetrischen Prinzip ... die Verbreitung der dionysischen Religion einen der ganzen Gesittung des Altertums *verderblichen Rückschlag* herbeigeführt» habe.

Denn Johann Jakob Bachofen schrieb als Mitglied einer stadtbeherrschenden Oligarchie, als Kriminalrichter und als Multimillionär, der seine ureigene Entdeckung: die gynaikokratische Vorgeschichte des Abendlandes – so sehr er ihr auch mit jeder Zeile seiner Meisterprosa huldigt –, doch mit schlechtem Gewissen feiert und nicht müde wird, zu versichern, die Entwicklung vom Hetärismus über die demetrische Gynaikokratie zur apollinischen Paternität sei ein *Aufstieg* gewesen: «Der Fortschritt von der *mütterlichen* zu der *väterlichen* Auffassung des Menschen bildet den wichtigsten Wendepunkt in der Geschichte des Geschlechtsverhältnisses ... Eine neue Gesittung bereitet sich vor, der alten durchaus entgegengesetzt. Auf die Göttlichkeit der Mutter folgt die des Vaters, auf den Prinzipat der Nacht der des Tages ... Athen, in dessen Urgeschichte Spuren gynaikokratischer Zustände deutlich hervortreten ... hat dem Vatertum die reinste Entwicklung gebracht und in einseitiger Übertreibung der eingeschlagenen Richtung das Weib zu einer Unterordnung verurteilt ... Die dauernde Sicherstellung der Paternität verdankt die Menschheit der römischen Staatsidee, die ihr eine juristisch strenge Form und konsequente Durchführung auf allen Gebieten des Daseins brachte, das ganze Leben auf sie gründete, und ihre volle Unabhängigkeit von dem Verfalle der Religion, von dem Einfluß verderbter Sitten und der Rückkehr des Volksgeistes zu gynaikokratischen Anschauungen zu sichern wußte ...»

«Volksgeist», wir sagten es schon, steht bei Bachofen für das ihm schlechthin Verabscheuungswürdige. Den Freiheits- und Einigungskampf Italiens sieht er als Augenzeuge – und er ist ihm nichts als «die gänzliche Auflösung aller Ordnung»: er spricht von der «garibaldischen Bande», als er den Befreier in Rom einziehen sieht. Daher er auch im Fortschritt des «Demokratismus» – und deshalb ist er uns heute so interessant – angsterfüllt die Tendenz beobachtet, das Vaterrecht zu schwächen und der Frau in Familie, Staat und Gesellschaft die Macht wieder einzuräumen, die sie in Urzeiten innehatte: «Die Geschichte bestätigt vielfach die Beobachtung, daß die frühesten Zustände der Völker am Schlusse ihrer Entwicklung wiederum nach der Oberfläche drängen... Je mehr die innere Auflösung der alten Welt fortschreitet, um so entschiedener wird das mütterlich-stoffliche Prinzip von neuem in den Vordergrund gestellt, um so entschlossener seine umfassende aphroditisch-hetärische Auffassung über die demetrische erhoben...»

Nie kommt diesem vollendeten Repräsentanten des Viktorianischen Zeitalters, das heißt eines gut christlich-gewissenlosen, frühindustriellen Ausbeutertums, für den eine schlimmere als eine fleischliche Sünde nicht denkbar ist, der Gedanke, daß die Humanisierung der Weltgeschichte gerade *das* voraussetzen könnte, was für ihn identisch ist mit dem Rückfall in die Barbarei: die Schwächung des von ihm gepriesenen «männlich-phallischen Prinzips» zugunsten jenes «jus naturale», das ihm ein höllischer Sumpf ist, nämlich der Nährboden einer volkstümlich aphroditisch-hetärischen Lebensauffassung, die in der «bewußten Vergötterung der tierischen Seite unserer Natur... das Ideal aller menschlichen Vollendung» preise...

Immerhin gibt er zu – bei Betrachtung der Amazonen –, daß «eine solche Steigerung der weiblichen Macht... stets eine vorausgegangene Entwürdigung der Frau voraussetze». Selbst die Ermordung Agamemnons durch Klytaimnestra entschuldigt er damit, sagt auch, daß der Hetärismus mit Notwendigkeit zum Amazonentum führe, denn nur «das Gefühl der erlittenen Schmach, die Wut der Verzweiflung durch des Mannes Mißbrauch... entflammt das Weib zum bewaffneten Widerstande» und zu den «blutigsten Rachetaten gegen das männliche Geschlecht... Das Amazonentum bezeichnet trotz seiner wilden Entartung eine wesentliche *Erhebung* der menschlichen Gesittung...»

Abschreckend, daß dieser Mann, der die Weltgeschichte ebenso genau gekannt haben dürfte wie der andere geniale Basler seiner Zeit, wie Burckhardt, die Konsequenz seiner Ureinsichten zu ziehen sich scheut: daß aus der Geschichte der totale Bankrott des von ihm trotz allem unerklärlicherweise gefeierten «männlich-phallischen Prinzips» abzulesen – und die Folgerung zu ziehen ist, deshalb einmal der anderen Hälfte des Menschengeschlechts, der weiblichen, das Geschick des Planeten anzuvertrauen! Aber Einsichten sind eines – und Folgerungen selten ihr Ergebnis. Hundert Jahre, nachdem dieser Schweizer sein «Mutterrecht» veröffentlichte, ist über den Halbkanton Appenzell-Innerrhoden zu lesen – nur ein dummer Witz, aber doch ein exemplarischer *wegen* seiner Dummheit: «Die Appenzeller Frauen dürfen auch künftig in Gemeindeangelegenheiten nicht mitreden. Die Landsgemeinde der Männer hat mit überwältigender Mehrheit... den Frauen das Stimmrecht in Gemeindeangelegenheiten verweigert.» So am 2. Mai 1973 die Presse...

Dieser Witz aus Appenzell – und gewiß sind die eigentlich verabscheuungswürdigen Wesen dort die Frauen, nicht die Männer, denn warum erkämpfen die Frauen sich nicht dieses elementare Recht –, diese Meldung belegt, welchen Verlust nicht nur für Bachofen selbst, sondern für die ganze Gesellschaft, der er angehörte, seine rückschlägige Grundhaltung verschuldet hat. Er aber sah in der Demokratie nichts als die «Auflösung der politischen Organisation und des staatlichen Lebens». Nichts wollte er weniger als der Gesellschaftsumwerfer, zu dem seine Entdeckung des Mutterrechts ihn gemacht hätte – wäre er nicht nur ein Forschergenie gewesen, sondern Politiker wie John Stuart Mill, der ungefähr gleichzeitig, 1867, im britischen Parlament die erste Debatte über das Frauenwahlrecht erzwang und zwei Jahre später schon den Frauen tatsächlich das Wahlrecht für die Gemeindevertretungen erstritten hatte...

Dergleichen lag Bachofen weltenfern. Ihn genierte die «zauberhafte Gewalt, mit welcher Dionysos, der phallische Herr des üppigen Naturlebens, die Welt der Frauen auf neue Bahnen fortriß». Was Bachofen aufdeckte, muß ihn als Kirchenältesten im prüdesten aller Jahrhunderte – man erfand lange Tischdecken, weil ein «nacktes Tischbein» an Unaussprechliches hätte erinnern können – so sehr bestürzt haben, daß er seine umweltschockierenden Ur-Einsichten in die alte Welt vielleicht nur aus Opposition gegen die Geringschätzung, die Basler Mitprofessoren seinen Entdeckungen entgegenbrachten, verteidigt hat.

Er hütet sich denn auch, selbst die noch «keuschen» Einzelheiten über die Vorgänge bei den «Sakralübungen», die – so sagt er – «dem gemäßigten okzidentalen Geiste am meisten widerstreben», zu berichten, obgleich er zweifellos so gut über sie informiert war, wie es überhaupt ein Mensch der Neuzeit noch sein kann. Nichts berichtet er, was er mindestens vom Wegsehen wußte über die Details der «Ausschweifungen» bei der «bedeutenden Zahl sakaienartiger Feste in Rom und Latium», die – wieder spricht er vom «gemäßigten

Geiste», als sei es eine Tugend, ausgerechnet den Geist zu mäßigen – «gar zu anstößig» gewesen seien…

Belustigend verrät sein Stil, der die Gelassenheit Stifters mit einer poesiegesättigten Wissenschaftsprosa vereint, die so vollendet im Deutschen vor ihm noch nicht und nach ihm nicht mehr da war – wie sehr seine Erkenntnisse ihn entsetzten: «Es tritt unserer heutigen Denkweise fremdartig entgegen, Zustände und Ereignisse, welche wir dem stillen und verborgenen Kreise des Familienlebens zuweisen, einen so weitgehenden Einfluß auf das ganze Staatsleben, seine Blüte und seinen Verfall ausüben zu sehen.» Und natürlich sah er in der Hingabe der Frauen an den «neuen Gott, Dionysos», in ihrer Bereitwilligkeit, dem «aphroditischen Gesetz der fleischlichen Emanzipation» sich zu unterwerfen, nichts als den «Verfall der Kraft und eine Fäulnis der Sitten, die den Untergang der alten Welt mehr als irgendeine andere Ursache befördert hat».

Er kannte jede Einzelheit der Antike, die überhaupt überliefert ist; er bestätigt gewiß das Bild, das Heine von den Römern entwarf: «…das harte, nüchterne Volk der Prosa, diese Mischlinge von roher Raubsucht und feinem Advokatensinn, diese kasuistische Soldateske» – niemals aber, statt sie unentwegt zu verherrlichen, wirft Bachofen die nächstliegende Frage auf: ob bei der großen Gewinn- und Verlustrechnung, die man beschönigend Geschichte nennt, genau dies, was er *fürchtet*: «Verfall der Kraft… Untergang der alten Welt» – der Menschheit nicht als ihre einzige Hoffnung blieb? Macht nicht, im Individuellen ebenso wie im Staatsleben, was den Mann «schwächt», wie es in der Bibel heißt, ihn überhaupt erst soziabel? Erträglich: gibt es eine Großmacht, die das ist, bevor sie durch Nachbarn oder Kriege *geschwächt* wurde? Ob Energie-Verschleiß der einzige Zweck der Geschichte ist, Potenz-Senkung, darüber mag man streiten; daß erst *nach* dem Verschleiß ihres Energie-Überschusses Mächte wie Menschen domestizierbar sind, bündniswillig, ehefähig, friedensbereit: lehrt jede Geschichtsepoche. Und wer, wenn *nicht die Frauen*, sollte – ohne Terror, ohne Zwang, ohne Blutvergießen – dieses immer erneut zu leistende Geschäft, die Schwächung des Mannes – und somit auch seiner Staaten – zum Zweck der Humanisierung übernehmen, also den Aggressions-Abbau in Alltag und Allnacht?

Wenn Bachofen einmal erzählt: «Die unglaubliche Wut, mit welcher Rom Etrurien vernichtete und alle Spuren seiner Gesittung vertilgt hat»; wenn er hinzufügt, wie nicht nur das unterworfene Volk samt seiner Literatur, sondern selbst die Sprache noch der Besiegten ausgerottet wurde von den Römern: so kommt ihm gleichwohl niemals der Gedanke, im Triumphe Roms, sprich: des Mannes über das Weib, einen *Abstieg* der Menschheit zu sehen! Eine Katastrophe zu sehen im Sieg des «göttlichen Vaterprinzips» über das Muttertum – nein, das höchste Ziel der Menschheit sieht Bachofen in der Überwindung des aus dem Orient stammenden Mutterkultes, die er gleichsetzt mit der «Erhebung des irdischen Daseins zu der Reinheit des göttlichen Vaterprinzips»...

Obwohl jeder Blick in jedes Geschichtsbuch zeigt, daß der Mann unvergleichlich stärker als das Weib haftbar ist für die Tränen der Menschheit, für die Greueltaten an der Rollbahn ihrer Entwicklung: so bleibt für Bachofen, und darin ist er ganz das Kind seines 19. Jahrhunderts, seines Standes und Vermögens und seines Juristen-Berufs, nicht die Tatlust des Mannes, sondern die «Schwäche» des Weibes der Urquell der Verderbnis. Tief bedauert er, schwermütig in Schwarz malt er jeden «Rückfall» aus dem Vatertum, jeden «Abstieg» aus dem geistigen Prinzip des delphischen Apoll in die «Verderbnis» mutterrechtlicher Anschauungen. Die Brutalität der römischen Staatsauffassung wird von ihm hoch gepriesen als die

Schutzmacht, die allein die «dauernde Sicherstellung der Paternität» zu gewährleisten vermochte. «Siegreich», jubelt er, habe das römische Recht die Gesittung des Abendlandes geschützt gegen die Ideen und kultischen Gebräuche des Orients. Zwar habe das «üppigere Asien» der Welt alle Religionen gegeben, zwar empfinde es tiefer und leihe seinen Naturgefühlen einen erhitzteren Ausdruck. Ja, in dem «schon an sich unproduktiven Westen wird alles abgekühlt». Zwar wisse auch Rom um den weiblichen Ursprung der Königsmacht; ja es habe die Ideen des weiblichen Ursprungs der höchsten Gewalt unverändert in seine Tradition aufgenommen – doch die hetärischen Ideen und Gebräuche des Morgenlandes würden dank des Römertums «wie immer möglich verdeckt und im Sinn und Geschmack seiner eigenen, entgegengesetzten Anschauung umgedeutet», so daß die Königsfrau «endlich ihrer buhlerischen Natur», die sie zur Gebieterin des männlichen Genossen gemacht hatte, entkleidet worden sei. (Denn die thronverleihende Königsfrau der asiatischen Dynastien war ausnahmslos als Hetäre gedacht.) «Siegreich», wiederholt Bachofen öfter, habe das römische Recht «allen Angriffen und Gefahren eines gewaltigen Vordringens des Mutterkultes» und des dionysischen Mysteriums standgehalten. Siegreich habe Rom «endlich Justinians entschiedene Vorliebe für die ganz natürliche Auffassung des Geschlechterverhältnisses, für völlige Gleichberechtigung der Frauen und Hochachtung des gebärenden Muttertums zu bestehen, und auch in den Provinzen des Orients den nie erloschenen Widerstand gegen die römische Mißachtung des weiblichen Prinzips mit Erfolg zu bekämpfen vermocht»...

Wie, wenn das ein Unheil nicht nur, sondern der *Ursprung* jenes Unheils wäre, das man europäische Geschichte nennt? Nach so spezifisch männlichen Leistungen wie den Weltkriegen und dem Kolonialismus – um an nur zwei zu erinnern – ist es nicht mehr so einfach wie noch für Bachofen, das Urübel aller Dinge in dem, was Bachofen – irrtümlich, wie Engels nachweist – Hetärismus nennt, zu sehen. Im Hetärismus, in welchen – laut Bachofen – eine neue, vom Mutterrecht regierte und gehaltene Zivilisation notwendigerweise immer erneut absacken müsse, die es versäumt, «jeden Gedanken an eine auf den Mißbrauch der körperlichen Reize gegründete Knechtung des Mannes» aufzugeben. Der Frau «bleibt» allein noch «der Ruhm und das Ansehen, welches einer auf treue Erfüllung der häuslichen Pflichten sich stützenden Matronalität von Seite des Mannes gebührt» ... so Bachofen und so auch die Auffassung von der Stellung der Frau, wie sie angeblich sogar noch die letzte deutsche Kaiserin, immerhin selbst eine Mutter von sieben Kindern, bis 1918 für vorbildlich hielt: Küche, Kinder, Kirche – dieser Verschlag aus drei Brettern vor dem Kopf soll den Horizont der Frau begrenzen... damit die Gestaltung des Lebens allein seinem Todfeind, dem Krieger, dem Manntier überlassen bleibe!

IV.

Wenn sich aber inzwischen – nach Auschwitz, nach Hiroshima und nach der Ausrottung der Ureinwohner beider Amerika, diesem vermutlich denkwürdigsten aller Mannes-Kraftakte – herausgestellt haben sollte, daß *nur* der Verfall, *nur* die Auflösung der von Männern geschaffenen Institutionen – Rettung verspricht? Doch Ehe, Staat, Wirtschafts-Darwinismus, das Imponiergetue des Wettrüstens und «Religion», also der Wahnwitz der Ideologien: können gewiß nicht von *jenen* Frauen unterlaufen, untergraben, vernichtet werden, die nicht das spezifisch Frauliche in den Haushalt des öffentlichen Lebens einbringen, sondern ihre ganze, oftmals bedeutende Kraft zur Emanzipation damit verschleißen, den Männern so ähnlich wie möglich zu werden. (Kürzlich wurde deutlich, daß in den Parlamenten der westdeutschen Republik die sechs Prozent weiblicher Abgeordneter, aus dem Bestreben, ja auch von den männlichen Kollegen «für voll genommen» zu werden – also für Fast-Männer –, am seltensten dann ihre Stimme erheben, wenn es gilt, Rechte für Frauen durchzusetzen, zum Beispiel das über die körperliche Selbstbestimmung. Sind diese Frauen Karikaturen von Frauen – oder typisch für alle? Warum neigen Frauen dazu, jene Partei zu wählen, deren Kandidat als Patriarch, als Vaterfigur zählt? Warum mußte der SPD-Professor Carlo Schmid, bevor endlich seine Partei mit Brandt die Vaterfigur gefunden hatte, die bis dahin nur die CDU mit Adenauer und Erhard besaß, die beschämende Feststellung treffen: «Das Frauenwahlrecht hat die Partei ruiniert»? Übrigens beobachtete auch Germaine Greer an britischen Parlamentarierinnen, «daß sie nicht mehr für ihr eigenes Geschlecht eintreten, wenn sie einmal in Machtpositionen sind, daß sie als Arbeitgeber ihr eigenes Geschlecht nicht beschäftigen, selbst wenn das die einzige Basis für Diskriminierung wäre. Sie kommen schließlich mit Männern besser zurecht...» So wie Frauen, muß man ergänzen, selten einen männlichen Boss so sehr verabscheuen wie einen weiblichen.)

Was aber sollen die Frauen praktisch tun, um *ihre* Vorstellung von der Welt – sofern sie eine haben – gegen die von Männern eingerichtete durchzusetzen? Da ich keine Frau bin – kann ich das nicht wissen. Lysistrates Rezept, dessen Nichtanwendung beim Kriegsausbruch 1914 Bernard Shaw beklagte, ist zweifellos von zeitloser Gültigkeit – doch müßte dieser passive Widerstand, an den offensichtlich 1914 die von Kriegsbegeisterung männlich verdummten Frauen nicht einmal gedacht haben, ergänzt werden durch aktive Politik in einer Spielart, die Männer ebenso wehrlos macht wie gänzlich überrascht. Hier gilt es, die Grenzen männlicher Erfahrung, männlicher Fähigkeit – ja die der männlichen Einbildungskraft weit hinter sich zu lassen und sich «der Vertrautheit mit den dunklen Tiefen der menschlichen Natur... der Erregbarkeit der weiblichen... Gefühlswelt» (Bachofen) in die Arme zu werfen. Frauen werden herausspüren, wie das zu tun ist... «der unterjochende Zauber des dionysischen Kultes» wird sie dann wie vor Urzeiten auf den rechten Weg führen, der die Männerwelt zerstören kann, die nicht einmal fertigbringt, die Umwelt vor der Zerstörung zu bewahren. Die Männer als die passionierten Umweltverschmutzer – von Auspuff-Erfindern bis zu Atombomben-Experimentatoren – können besiegt nur werden, wenn die Frauen *weibliche* Waffen in den Krieg einbringen anstatt, wie bisher, sich instinktlos und naturwidrig, demütig und suicidlustig um Waffenscheine für Rüstungssysteme zu bemühen, mit denen die Männer ihre eigene und die Welt der Frauen und Kinder auf den Hund gebracht haben. Leider fehlt jeder Hinweis, daß die Frauen in historischen Krisen weniger anfällig sind für den Taumel des Enthusiasmus als die Männer; und dort, wo nicht Begeisterung die Frauen hinreißt – wie es beispielsweise überall zu sehen war, wo Hitler in deutschen und österreichischen Städten seine immer triumphalen Einzüge zelebrierte –, da ist ebenso deprimierend die Passivität, das totale Desinteresse der Frauen gegenüber der existentiellen Bedrohung durch Kriegspolitik: sagte jemals eine Frau einen einzigen Satz gegen die unerträgliche Tatsache, die in jeder besseren Zeitung stand, daß im Dezember 1969 der Brüsseler Oberste NATO-Rat dem deutschen Verteidigungsminister und seinen Generalen endgültig das Mitbestimmungsrecht aberkannte bei *der* Lebensfrage der Nation, ob nämlich im Falle eines Krieges unsere amerikanischen «Verbündeten» westdeutsche Städte atomar verstrahlen, um – zum Schutze der Rheinlinie – Panzergräben vor der Roten Armee aufzuwerfen? Nie sagte dazu öffentlich eine Frau ein Wort! Warum nicht?

Und doch liegt alle Hoffnung – wenn es denn etwas zu hoffen gibt – bei den Frauen, da die Männer lange genug gezeigt haben als «Geschichts-Träger», daß sie die Welt nur heute dazu einrichten, sie morgen hinzurichten. Und da ein so tiefblikkender Propagandist der Männer-Welt wie Bachofen die elementarste Gefahr für diese Festung, die der Mann hält, in den hetärischen, staats-zerstörenden «Ausschweifungen» des Mutter-Rechtes erblickt: so liegt vermutlich dort die *eine* ganz große Hoffnung! Genau vor dieser «Ent-Artung» – und vor ihr allein – könnte vielleicht die Männer-Welt hilflos kapitulieren müssen: «Durch seine Sinnlichkeit und die Bedeutung, welche der dionysische Kult dem Gebote der geschlechtlichen Liebe leiht, der weiblichen Anlage innerlich verwandt, ist er zu dem Geschlechte der Frauen vorzugsweise in Beziehung getreten, hat seinem Leben eine ganz neue Richtung gegeben, in ihm seinen treuesten Anhänger, seinen eifrigsten Diener gefunden, auf seine Begeisterung all seine Macht gegründet. Dionysos ist im vollsten Sinne des Worts der Frauen Gott, die Quelle aller ihrer sinnlichen und übersinnlichen Hoffnungen, der Mittelpunkt ihres ganzen Daseins, daher von ihnen zuerst in seiner Herrlichkeit erkannt... durch sie zum Siege geführt.» Und Bachofens panische Furcht: «Eine Religion, welche auf die Erfüllung des geschlechtlichen Gebotes selbst die höheren Hoffnungen gründet, und die Seligkeit des übersinnlichen Daseins mit der Befriedigung des sinnlichen in die engste Verbindung setzt, muß durch die erotische Richtung, die sie dem weiblichen Leben mitteilt, die Strenge und Zucht des demetrischen Matronentums notwendig mehr und mehr untergraben und zuletzt das Dasein wieder zu jenem aphroditischen Hetärismus zurückführen, der in der vollen Spontaneität des Naturlebens sein Vorbild erkennt...»

«Spontaneität» – nichts war dem Fünfzigjährigen stärker wider die Natur, der sich 1865 endlich, aber erst nach dem Tode seiner von ihm fast religiös verehrten Mutter, eine dreißig Jahre jüngere Schönheit als Frau nahm, zeitlebens Mitglied des Konsistoriums blieb, zweifellos auch wegen seiner Gebundenheit ans Christentum die unbefangene Körperbejahung der Antike als «Hetärismus» mißverstand und nicht nur als Jurist allem Konservativen huldigte – welcher Jurist empfand je revolutionär? –, sondern auch als Inhaber von – laut Overbeck an Nietzsche – vierzehn Millionen Goldfranken. (Zur Erläuterung Preise aus dem Jahre 1892, fünf Jahre nach Bachofens Tod, laut Emil Notz: die jährliche Besoldung eines Briefträgers betrug 2040 Franken. Die Pauschal-Nahrungskosten eines Ehepaares mit drei Kindern wurden mit jährlich 699 Franken angegeben, ein Kilo Rindfleisch kostete 1 Franken und 85 Rappen, Tafelbutter aber schon 4 Franken und 15 Rappen, ein Liter Milch 20 Rappen.)

Zweifellos liegt die Tragik seines Lebens in seiner penetrant wohlgesitteten Herkunft, so daß er zwar lebenslänglich die volle finanzielle Freiheit besaß, auch die geistige zu erwerben – jedoch erstens als Kind seines artig spießbürgerlichen Jahrhunderts und Elternhauses, zweitens als Jurist beständig die Scheuklappen trug, die dem Freund der Frauen und der Antike in ihm verwehrten, sein ihm angeborenes volles Augenmaß zu nutzen. Im Lande und Jahrhundert Voltaires geboren – ist es schwer vorstellbar, daß der Anthropologe Bachofen sich ständig vom Kriminalrichter gleichen Namens auf den juristisch «vertretbaren» Weg hätte zurückpfeifen lassen und gar zum Panegyriker einer paternalen Welt-«Ordnung» geworden wäre, an die er selber auch nur deshalb glauben konnte, weil er alle erotischen Laster – und erotische waren ihm identisch mit staatsumstürzenden – bei den Frauen suchte, jedoch bei seinen männlichen «griechischen Lichtgestalten» zum Beispiel deren Homosexualität völlig übersah. Der geistige Mief des 19. Jahrhunderts, seine Kraft zur Verdrängung sind kaum mehr vorstellbar; daß es Fontane seiner sehr gebildeten Frau verwehrte, die erotisch «unsittlichen» Gedichte seines Freundes Theodor Storm zu lesen, geschah sicherlich nicht *nur* aus dem Künstlerneid des Nicht-Lyrikers! Statt kraft seiner Einsichten die Rolle eines Befreiers zu spielen – nutzte der Jurist Bachofen genau diese Einblicke, die zuvor keinem Sterblichen geschenkt worden waren, um neue Beiträge zur Bevormundung der Frauen zu schreiben – Hilfsmittel selbst noch für jene überaus lächerlichen Büttel der Gegenwart, Politiker, Juristen und Kirchenclowns, deren Anmaßung gegenüber den Frauen nicht einmal davor haltmacht, mitbestimmen (wenn nicht allein bestimmen) zu wollen, ob Frauen abtreiben dürfen ... eine Absurdität, mit der nur vergleichbar wäre ein Gesetz, das – von Frauen erlassen – den Männern Anzahl und Verwendung ihrer Ejakulationen vorschriebe ...

Dennoch bleibt Bachofen ein Entdecker von Freudschem Zuschnitt – und gibt übrigens mit der gleichen Unbefangenheit wie der Wiener seine Hypothesen als historisch-rechtswissenschaftliche Belege aus. Doch wenn Simone de Beauvoir recht hätte, die kurzweg den ganzen Bachofen als Mythos wegstellt, so wären die menschlichen Grundverklemmtheiten, von denen die Psychoanalyse als von Fakten ausgeht, zum Beispiel dem Ödipus-Komplex als einem allgemeinmenschlichen Defekt, auch nur Fabeleien. Noch ganz Romantiker, Idealist, bleibt allerdings Bachofen in seiner Auffassung von der säuberlichen Unterscheidbarkeit des Guten vom Bösen, des Hehren vom Unreinen. Seelenkenner, leugnet er gleichwohl, daß etwa einer seiner «lichten Helden», Theseus, nach der Unterwerfung der Amazonen und ihrer Bekehrung zu Eheweibern, die sogar der ehelichen Gynaikokratie gehorsam abgeschworen haben, nur deshalb in «apollinischer Reinheit» zu erscheinen vermag, weil das Vieh in ihm, der Kriegsverbrecher von Bachofen übersehen wird – wie fast stets alle Auswüchse *männlicher* Roheit! Er beruft sich sogar auf Aischylos, wenn er den Gegensatz des Vaterrechts und des Mutterrechts auf die Formel abzuziehen sucht: «Das neue Recht ist das himmlische des olympischen Zeus, das alte das chthonische der unterirdischen Mächte.»

Und nach dem neuen, dem Vaterrecht, wird Orest nicht nur freigesprochen, nachdem er seine Mutter umgebracht hat, sondern diese Untat wurde ihm, den Vater zu rächen, von Apoll abverlangt! Daß Bachofen den Apoll eine Lichtgestalt nennt, entspricht seiner Auffassung von den Männern überhaupt, die alle fadrein wie von Thorvaldsen sind. Ihm geht noch – der ganz im großen intakten Zivilisationsgehege des 19. Jahrhunderts behütet lebte und dachte – völlig jene Erfahrung ab, die einem Späteren wie Thomas Mann auch ohne das Erlebnis des Weltkriegs schon innegewohnt hätte. Mann drückte sie einmal so aus, 1926, als er im Louvre gewesen war: «Ach ja, der Mensch! Er hat gesündigt, sich wie ein Vieh benommen, sich gegenseitig gemetzelt all die Jahrhunderte her – und unterdessen beständig dergleichen hervorgebracht. Wobei es ein Irrtum wäre, zu unterscheiden zwischen seinem ‹göttlichen Teil›, dem diese Dinge zu danken wären, und seinem ‹tierischen›, auf dessen Rechnung das andere käme. Nein, beides entspringt aus einem Ganzen, die Viecherei und die Herrlichkeit; das Gemetzel hat grauenhaft viel mit dieser zu schaffen... ich beneide diejenigen, die sich durch die Berührung mit großer Kunst in ihrer Forderung an die Heiligkeit, Reinheit, Friedlichkeit des Menschen gerechtfertigt und bestärkt fühlen. Ich habe das nie gekonnt. Heiligkeit und Friedlichkeit machen keine Bilder. Der ‹Geist› tut das auch nicht, sondern die Seele, welche nämlich Sinnlichkeit und Sünde ist.»

Vor diesem letzten Satz wird einem nicht nur die «reinliche» Unterscheidung zwischen männlichem und weiblichem Prinzip (die sich doch auch im Fühlen und Denken jedes Individuums unauslotbar vermischen), sondern auch noch die Unterscheidung von Tag und Nacht, die für Bachofen für die Mannwelt und die Weibwelt stehen, nicht länger nachvollziehbar – ironisch, aber nicht nur ironisch entzieht man sich einer so konstruierten Trennung am leichtesten mit jenen

Worten, mit denen einmal Goethe – ach, wie wäre Bachofen vor dieser Äußerung zurückgeschaudert! – die Regung «einer neuen Leidenschaft in uns» als eine «angenehme Empfindung» preist, wenn sie sich rühre, «ehe die alte noch ganz verklungen ist. So sieht man bei untergehender Sonne gern auf der entgegengesetzten Seite den Mond aufgehen und erfreut sich an dem Doppelglanz der *beiden* Himmelslichter.»

V.

Werden die Frauen heute, hundert Jahre nachdem Bachofen – wie unwillig immer – ihnen den Rückweg zum Matriarchat zwar verwiesen, aber doch gezeigt hat, diesen Rückweg antreten? Das wäre nicht einmal mehr ein Risiko, denn in diesem Jahrhundert sind die zwei entscheidenden Barrieren gefallen, die jahrtausendelang den Frauen ihren Rückweg zur Macht verlegt hatten: der christliche Aberglaube mit seiner bösartigen Körper-Verketzerung und die Drohung unerwünschter Schwangerschaften, also die geistige und die körperliche Waffe der «Herren», um mit «ihren» Weibern Blindekuh zu spielen...

Die Australierin Germaine Greer, obgleich sie offensichtlich von Bachofen nie gehört hat, ist meines Wissens von allen Emanzipations-Partisaninnen die einzige, die das selbstzerstörerische Klischee verwirft, die Frau habe den Mann beruflich einzuholen, zu überholen, sie sei «kein anderes Wesen als der Mann».

Die Greer macht sich lustig über Betty Friedans («Der Weiblichkeitswahn») eifernde Bestrebungen, die so «erfolgreich» sind, für die Frauen «die Gleichheit innerhalb des Status quo zu erkämpfen, den freien Eintritt in die Welt der Magengeschwüre und Herzinfarkte».

Als Frau kann Germaine Greer es riskieren, diese Provokation auszusprechen. Ein Mann zöge sich den Vorwurf zu, den vor zwanzig Jahren Simone de Beauvoir bereits gegen die Psychoanalytiker gerichtet hat, die uns «die Frau als ein zwischen zwei Arten der Entfremdung hin- und hergeworfenes Wesen» zeigen: «Offenbar muß sie Schiffbruch erleiden, wenn sie den Mann spielen will; aber auch eine Frau zu spielen ist Verblendung für sie: eine Frau zu sein, würde heißen, ein Objekt, das *Andere* zu sein; das Andere aber bleibt doch immer Subjekt, auch wenn es abdanken muß... ganz besonders bei den Psychoanalytikern wird der Mann als Mensch definiert und die Frau als das dazugehörige Weibchen: sobald sie sich als Mensch beträgt, heißt es, sie ahme den Mann nach...»

Nun hat – als erste Frau – Germaine Greer durch ihre eindringlich und sarkastisch formulierten Warnungen an die Frauen, sich in der Berufswelt mit den Männern um die Wette zu Tode zu hetzen, zwar nicht den Vorwurf der Nachahmung erhoben, der in *diesem* Zusammenhang auch falsch wäre: Nachahmung wäre es sonst ebenso, wenn ein Sohn den Beruf seines Vaters ergreift. Aber die Greer ahnt das Unheil der völligen Entwaffnung der Frauen, das ihre noch weitergehende Integrierung in der Berufswelt als Kehrseite der Emanzipation mit sich brächte – und offensichtlich ahnen viele andere Frauen das auch. Wie sonst ließe sich erklären, daß Frauen, die gleiche Examina abgelegt haben wie Männer und durch ebenso wenige häusliche Verpflichtungen gebunden sind, mehr oder weniger freiwillig aus dem Wettlauf um Berufsziele, die sie erreichen könnten, ausscheiden? Spüren diese Frauen, daß dieses Ziel keineswegs *ihrer* «Berufung» entspricht? Und könnte es nicht tatsächlich so sein, daß im Lärm des sicher notwendigen, dennoch aber auch sehr modischen Emanzipations-Redens und -Schreibens überhört wird, daß Frauen *ihre* Wege noch gar nicht gefunden haben, daß sie *andere* Aufgaben – auch außerhalb der Familie – haben als Männer?

Welche? Da ich keine Frau bin, kann ich das nicht wissen; und da ja nicht einmal die Frauen selber das bisher herausgefunden haben. Nur Germaine Greer scheint aus eigenem in die Richtung zu gehen, die Bachofen aufzeigte, indem er sie mit einer Verbots-Tafel kenntlich machte. Sie sagt:

«Wenn die Frauen das wirkliche Proletariat sind, die wirklich unterdrückte Mehrheit, dann kann man der Revolution nur näherkommen, wenn die Frauen dem kapitalistischen System ihre Unterstützung entziehen. Ich schlage eine Waffe vor, die beim Proletariat in hohen Ehren steht, die Versagung von Arbeit.» Dies schreibt Greer in erheblicher Furcht vor ihren schärfsten Kritikerinnen, «meinen Schwestern aus der Linken», die selbstverständlich Engels-gläubig dessen These aus dem «Ursprung der Familie» sich zu eigen gemacht haben: erst und besonders mit der Beseitigung der Frau aus dem Erwerbsleben und mit ihrer Verweisung nur an den häuslichen Herd habe die Alleinherrschaft des Mannes auch über die Frau begonnen. Dennoch wagt es Germaine Greer, zu bekennen, daß sie in der Fabrik nicht «grade das Herz der Zivilisation erblickt und im Wiedereintritt der Frauen in die Industrie nicht die notwendige Voraussetzung zur Befreiung». Sie empfiehlt dagegen «die Zerstörung des Konsummodells durch die Hauptkonsumenten, die Hausfrauen». Und obgleich sie sich viel zugute hält auf die «Verunglimpfung der geheiligten Mutterschaft»: so sei doch hier in Demut die Frage gestellt, ob es vernünftig von den Frauen ist, ihre Fähigkeit zu gebären, so abfällig wie sie es heute fast einstimmig, also weisungs-hörig tun, als eine nur lästige Episode ihres doch «eigentlich» den «Berufen» außer Hause zu widmenden Frauenlebens zu denunzieren. Schon diese Frage stellen, heißt momentan, sich dem Geschrei auszusetzen, man sei reaktionär, vielleicht sogar seitens der klug-humanen Frau Greer, die kein Kind und keinerlei Verständnis hat für die Mühe mit Kleinkindern, wie ihre sehr schoflen Reden gegen jene Frauen zeigen, die sich achtzehn Stunden täglich im Dienste kleiner Kinder verausgaben...

Hier sei dennoch gefragt, ob jemand, der die Begabung hat, ein Kind in die Welt zu setzen und zu erziehen – der Herr Amtsgerichtsrat hat sie nicht, so wenig wie der Schriftsteller oder der Schornsteinfeger –, auch noch *dafür* sich abschinden und anpassen sollte, Amtsgerichtsrat zu werden? Gewiß sollte jede Frau das können oder «dürfen», die das will. Nur und aber: warum *sollten* Frauen das wollen? Merken die Frauen nicht, wie unauflöslich sie die Macht der Männer zementieren, wenn sie sich auf den Weg der totalen Anpassung verstoßen lassen und darum betteln, in der Männerwelt, in Berufen, zu deren Ausübung man nichts weiter können muß als was jeder Mann kann – mitarbeiten zu dürfen? Warum denken die Frauen nicht lieber darüber nach, ob nicht dieser Männerberuf – dieser *auch* – zu boykottieren, abzuschaffen, in seiner aufreizenden Überflüssigkeit zu verwerfen ist, auszuhungern? Wie soll der schaudervolle Streß, dem uns alle die Zwänge der Berufswelt aussetzen, gemildert, beseitigt werden, wenn nun auch die Frauen noch *ihre* totale Mobilmachung auf dem Arbeitsmarkt vollziehen, um im Leerlauf des männlichen Energie-Verschleißes mit mannernster Blödigkeit bis zur Auszehrung mitzuhetzen?

Daß sie das überhaupt *versuchen*, die Frauen – auch jene, die finanziell dazu nicht gezwungen sind –, belegt, daß Flakes Entdeckung ihrer Kopistennatur eine mindestens bis heute unumstößliche Wahrheit ist – wenn nicht sogar ein angeborener Defekt. Heine hat ähnliche Feststellungen getroffen, bösere, wenngleich indirektere. Daß die Schlegelsche Shakespeare-Übersetzung «bis jetzt die gelungenste» sei, erklärt er mit «der weiblichen Natur» von Schlegels Talent: sie komme dem Übersetzer «ganz vortrefflich zustatten, und in seiner charakterlosen Kunstfertigkeit kann er sich dem fremden Geist ganz liebevoll und treu anschmiegen».

Weiblich gleich charakterlos ist eine überaus schändliche Feststellung – die aber durch die Unbedenklichkeit, mit der Frauen sich beruflich dem «anschmiegen», was ausgerechnet Männer ernst nehmen – statt das Männermodell zu demolieren –, erneut als wahr bestätigt wird. Kein Mann ist schon darum ein Sadist, weil er die ihm immer schmeichelnde, in Wahrheit aber betrübliche Erfahrung gemacht hat, die der Marquis de Sade so formulierte: «Eine Frau nimmt unerhört rasch die Grundsätze eines Mannes an, der sie besessen hat.» Abgesehen davon, daß nur männlicher Dünkel das Wort «besessen» einseitig benutzen kann – jemand kann einen Stuhl besitzen, ohne daß der auch *ihn* besitzt, aber keine Frau –, davon abgesehen ist Sades Beobachtung die Ergänzung derjenigen Flakes und Heines. Hemingway eröffnet immerhin einen zusätzlichen Aspekt, der *auch* wahr ist; er sagt von einem erst verheirateten, dann geschiedenen Mann, der mit zwei Frauen gelebt hat: «Innerlich war er von den zwei Frauen, die ihn erzogen hatten, gemodelt.» Doch sagt er nicht, dieser Mann habe die Grundsätze, den Beruf, die politisch-sozialen Anschauungen der zwei Frauen angenommen.

VI.

Denn Gleichheit ist vernünftig nur dort, wo – unabhängig von der Frage der Gleich*wert*igkeit, die gar nicht gestellt werden darf – gleiche *Rechte* für jedermann gemeint sind; unvernünftig ist sie überall, wo sie auf Anpassung hinausläuft, auf Gleichschaltung. Im Erwerbsleben – das sollte endlich eine unaussprechliche Banalität geworden sein, ist es aber noch keineswegs – bedeutet dies, daß Frauen durch Männer und

Männer durch Frauen nicht stärker benachteiligt werden dürfen als unsre linke durch unsre rechte Hand; unsre Hände kämpfen nicht gegeneinander, sie ergänzen sich problemfrei und sind überhaupt nur durch die Stellung der Daumen unterscheidbar.

Und dennoch: der Zustand eines Planeten, der «dank» der Berufsausübung speziell der Männer inzwischen von einer Selbstmordgesellschaft übervölkert wird, deren zwei finanzgierigste «Produktions»-Gemeinschaften in West wie Ost symbolischerweise erdevertilgende «militärisch-industrielle Komplexe» sind; der Zustand eines Planeten, auf dem in einem einzigen Land – in Westdeutschland – in einem einzigen Jahr – 1972 – neunzehntausend Unfalltote von der Straße aufgelesen werden, kann sich nur bessern, wenn die größere Hälfte der Bewohner radikal *andere* Lebensweisen einführt. Das aber kann nur geschehen, wenn diese Bewohner, die weiblichen, im Augenblick ihrer Befreiung sich hüten, die «Taten», also die Berufe – ihrer Unterdrücker fortzusetzen. Diese Unterdrücker sind die männlichen Weltverschmutzer, Kommunikationsmittel-Vergifter, Kriegsverbrecher und Wirtschaftskriminellen «gewesen» – möchte man sagen, kann man aber so lange nicht sagen, wie noch die Frauen sich eifrig bemühen, ihre Emanzipation zur Verstärkung der von Männern eingerichteten Berufswelt zu mißbrauchen.

Was die Männer *nicht* sind; was sie *nicht* können; nicht, was sie leisteten, sondern was sie ablehnten: sollten jetzt die Frauen sein und probieren! Da aber die ach so konservativen Frauen einen ausgeprägteren Erhaltungstrieb haben als Männer und kaum eine Revolution der traditionsverklemmten Einstellung zum Leben von ihnen zu erhoffen ist: so genügt schon, wenn sie im Uralten – nicht im so sehr gefürchteten Neuen, wenn sie in der *Rückkehr* zu ihrer einstigen Vormachtstellung ihr Heil suchen und unseres und das der Welt.

Rückkehr ist nicht Rückschritt – es ist *derselbe* Weg, den nach seinem totalen Scheitern und Verschulden Faust gehen mußte zu seiner Wiederbelebung. «Heilen ist Ganzmachen, Wieder-in-eins-Machen... ist Eros in Aktion», proklamiert Germaine Greer, als habe sie «Helenas Antezedenzien» gelesen – und die Tatsache, daß sie in Goethes mythengründende Bauhütte neben seinem domhohen Gedicht niemals hineinsah und auch von Bachofen nie gehört hat, macht nur wertvoller, nur glaubwürdiger, daß sie in tiefster Übereinstimmung mit beiden – eine Übereinstimmung, die *heute* Goethe begrüßt, Bachofen aber schockiert geleugnet hätte – den Neubeginn durch eine Gesellschaft sucht, die nicht mehr von «Herren», gleichviel ob *Herr*gott oder Mann, eingerichtet wurde, sondern von Frauen.
Wenn Bachofen seinem «Mutterrecht» voranstellt:

> ... Entfliehe dem Entstandenen
> In der Gebilde losgebundne Räume!

so ist *ihm* das lediglich ein Motto zu seinem geistigen Abenteuer, zum Aufbruch in ein großes Forscher-Leben. Für Goethe-Faust jedoch, nicht anders wie für Germaine Greer und vielleicht für uns alle, ist diese Flucht die Wiedergeburt und Überlebenschance durch das, was selbst Goethe niemals wissenschaftlich zu definieren gewagt hat. Obgleich sich ihm Begriffe wie «Entelechie», den er von Aristoteles übernahm, dann aber aus dem «Faust» wieder herausstrich, dafür angeboten hatten, begnügte er sich endlich mit dem weiter nicht Ableitbaren, mit der Chiffre: «Das Ewig-Weibliche».

Dorthin richtet auch Germaine Greer ihren Blick: sie zerschlägt radikal alle heute noch modegängigen Revolutions-Theorien, die ausnahmslos von systemverseuchten Köpfen ausgeklügelt seien, und hält denen entgegen – und nur eine Frau ist legitimiert, so zu sprechen: «Frauen sollten bewußt promiskuös sein… Es ist gefährlich, den Sex als revolutionäre Taktik zu meiden mit der Begründung, daß er in den heute möglichen Formen unerheblich und versklavend sei, wenn Sex andererseits die wichtigste Konfrontation ist, in der sich neue Werke herausbilden können. Männer sind Feinde auf ganz ähnliche Weise wie irgendein verhetzter Junge in Uniform der Feind eines anderen war, der sich außer in der Uniform kaum von ihm unterschied. Eine mögliche Taktik ist es, den Versuch zu unternehmen, ihm die Uniform vom Leibe zu reißen.»

Diese Strategie beherzigen und praktizieren die Frauen in dieser neuen «Lysistrate» – in dem sehr engen Rahmen einer Komödie und einer bevölkerungsarmen Insel, die allein noch die Unterstellung erlauben, das Rezept des Aristophanes sei heute tatsächlich einmal irgendwo übereinstimmend befolgt worden:

Den lieb' ich, der Unmögliches begehrt.

Doch wer mit Bachofen die Alte Welt auf die Frage untersucht hat, ob sie Antworten für uns Heutige bereithält, der findet für die Forderungen, die Germaine Greer ihren Schwestern stellt, vorbildliche Verhaltensweisen bei den Frauen von damals, die weit hinausgehen über die von Aristophanes komödiantisch gelehrte Verweigerung – die viel mehr das Gegenteil fordern: den Schrecken des Krieges, des Todes eine aphroditische Auffassung des Lebens entgegenzustellen, die in der Neuzeit niemand anders von den Frauen zu fordern wagte als Germaine Greer. Was sie hart und sachlich Promiskuität nennt, das hieß bei den Alten, von Bachofen überliefert: «Dionysische Frauenbildung ist die Vollendung höherer Sinnlichkeit auf allen Stufen der menschlichen Natur.»

Und ist die Verheißung: «Dadurch herrscht das Weib im täglichen Leben, mehr noch in den Mysterien... Helena, die durch der Reize Fülle selbst bei Greisen Sehnsucht erweckt... ist von Aphrodite nicht darum so reich ausgestattet, daß sie nur *einem* zu ausschließlichem Besitz dahingegeben, verwelke. Sie ist das große Vorbild jedes sterblichen Weibes, das Sinnbild der dionysischen Frau.»
Doch auch in der Neuzeit und schon ein volles Menschenalter, bevor die Herren Männer ihre Waffensysteme auf jene technische Höhe gebracht hatten, die ihrer natürlichen Ruchlosigkeit entspricht, erhoffte schon Sigmund Freud die Entwaffnung der Männer durch den Eros und durch ihn allein. Freud lehrt im «Unbehagen in der Kultur»: «Die Menschen haben es jetzt in der Beherrschung der Naturkräfte so weit gebracht, daß sie es... leicht haben, einander bis auf den letzten Menschen auszurotten... daher ein gut Stück ihrer gegenwärtigen Unruhe, ihres Unglücks, ihrer Angststimmung. Und nun ist zu erwarten, daß die andere der beiden *himmlischen Mächte*, der ewige Eros, eine Anstrengung machen wird, um sich im Kampf mit seinem ebenso unsterblichen Gegner (Thanatos) zu behaupten.»

Daß dem Todesgott durch Eros ein noch Leben ermöglichendes Gleichgewicht entgegengehalten werden könnte, ist denkbar nur, wenn nicht länger die Männer als die fanatisierten Vollstrecker des Todes dem Eros, seinem einzig ebenbürtigen Widersacher, das Verhalten vorschreiben, das heißt: ihn domestizieren für ihre Zwecke und auf Kosten der Schöpfung. Sondern wenn endlich die Frauen die Befehlsgewalt, die ihnen zukommt, über den Eros zurückerhalten.

Wie gefährlich das für jene Sorte Staat ist, von der die Tyrannen träumen, hat nicht nur Bachofen gewußt – die Griechen von Platon bis zu den augenblicklich herrschenden Obristen, die noch den Frauen die Länge ihrer Röcke vorschreiben, haben stets gewußt, daß die Liebe ein niemals zu neutralisierendes Ferment ist: wo sie die Staatsmacht nicht stärkt, aus legitimer Neigung zu einem Land, die ja auch möglich ist – da zersetzt sie die Macht. So heißt es im Symposion: «In Elis und in Boiotien nämlich... hat man eindeutig als Brauch eingeführt, daß es schön sei, sich den Liebhabern hinzugeben... In Ionien dagegen und an vielen anderen Orten, so weit man unter Barbarenherrschaft wohnt, gilt es als häßlich. Die Barbaren halten dies nämlich mit Rücksicht auf die tyrannische Staatsform für schändlich, ebenso wie die Liebe zur Weisheit und die zur Gymnastik; denn ich denke, es ist den Regierenden nicht zuträglich, wenn bei den Regierten große Gedanken aufkommen oder starke Freundschaften und Gemeinschaften; gerade das aber und alles andere pflegt der Eros in den Menschen zu bewirken. In der Tat haben das auch unsere Tyrannen hier erfahren; denn die Liebe des Aristogeiton und des Harmodios, zu einer festen Freundschaft geworden, machte ihrer Herrschaft ein Ende. Wo es also für häßlich erklärt wurde, sich den Liebhabern hinzugeben, da beruht das auf der Schlechtigkeit der Gesetzgeber, auf der Herrschsucht der Regierenden und auf der Gefügigkeit der Regierten.»

War hier auch ursprünglich die Knabenliebe gemeint, umfassender wird Machtmißbrauch zersetzt werden können, wenn die Frauen ihre erotische Macht nicht wie bisher nur gegen den jeweiligen Partner – oder für ihn – einsetzen, sondern in der Gesellschaft, als «revolutionäre Taktik»; wie das geschehen soll, wird man ihnen nicht sagen müssen; wer lehrt die Fische das Schwimmen?

So gebührt das letzte Wort der ersten Frau, die das gefordert hat, der Germaine Greer:

«Wenn die Frauen sich befreien, werden sie notgedrungen auch ihre Unterdrücker befreien; die Männer werden... ahnen, daß sie als einsame Wächter sexueller Energie und allgegenwärtiger Beschützer von Frau und Kindern das Unmögliche unternommen haben, besonders heute, wo ihre mißgeleiteten Energien die totale Vernichtungswaffe produzierten. Indem sie den Frauen Zutritt zu männlich beherrschten Bereichen gewährten, haben die Männer bereits eine Neigung gezeigt, Verantwortung zu teilen... Wenn die Frauen nur eine echte Alternative zur Tretmühle Gewalt bieten würden, die Welt könnte dann etwas länger atmen... Wenn Frauen sich aus dem Publikum von Ringkämpfern zurückzögen, würde die Industrie zusammenbrechen; wenn die Soldaten mit der totalen Versagung aller weiblichen Gefälligkeiten konfrontiert wären, die Lysistrata vor langer Zeit ins Auge faßte, hätte der Kampf plötzlich weniger Glanz... Wir müssen unsere Libido wieder in ihre rechtmäßige Funktion einsetzen... der ewige Eros ist heute... gefangen... Die Zwänge, die Freuden und Wünsche der Frau mit Dornen binden, sind dieselben, die die Welt zerstören werden... Was anders sind Wettrüsten und Kalter Krieg als die Fortsetzung von männlichem Konkurrenzprinzip und männlicher Aggression...? Wenn die Frauen aufhören sollen, Kanonenfutter für die letzte Schlacht zu produzieren, müssen sie die Männer vor den Perversitäten ihrer Polarisation retten... Wenn die halbe Welt die Geisel des Todes bleiben soll, dann muß Eros die Schlacht an die totale Waffe verlieren.»

Er wird sie nicht verlieren – sowenig er vor Mephisto kapitulieren mußte. Welche hoffnungspendende Übereinstimmung durch Zeiten, Zonen und Geschlechter, daß diese Australierin, obgleich sie Faust nicht kennt, nicht anders als Goethe dem bösen Prinzip als die allein rettende Macht den *Eros* entgegenstellt!

Eine ihrer Ureinsichten – keine weibliche Energie ohne Sexualität – schmückt die Greer mit William Blakes Versen: «Energie ist das einzige Leben und stammt vom Leib... Energie ist ewiges Entzücken.» Und Germaine Greer stellt fest, wie viele Gegner selbst unter Feministen diese Einsicht heute hat, obgleich jede Frau sie als wahr bestätigen kann. Greer sagt: «Daß Sexualität der Feind der Frau sei... ist vielleicht der irreführendste Aspekt von Bewegungen wie der National Organization of Women. Nicht das Beharren auf ihrer Sexualität schwächte den Wunsch der amerikanischen Studentin, etwas aus ihrer Erziehung zu machen, sondern ihr Beharren auf einer *passiven sexuellen Rolle*. In der Tat ist das Hauptinstrument zur Ablenkung und Perversion weiblicher Energie die Verleugnung weiblicher Sexualität.»

Wiederum wird diese Feststellung der Greer um so gültiger – als sie ohne jede Kenntnis *der* mythischen und historischen Überlieferungen, die sie ausnahmslos bestätigen, von der Australierin getroffen wurde. Bachofen belegt hundertfach: Zügellosigkeit im erotischen Bereich ist das *einzige* Mittel der Frau, ihrer Zügelung durch den Mann zu entgehen. Nicht nur kann sie sich allein durch Eros von ihm befreien, durch Eros allein kann sie auch über ihn herrschen! Wo immer Frauen die Königsmacht hatten, lehrt Bachofen, da lebten sie hetärisch – und praktizierten überhaupt die Frauen kultische Prostitution. Der Ärger, mit dem Bachofen einmal feststellt, daß selbst Alexander der Große durch Kandake, die sagenhafte Königin Indiens bewirtet, überlistet und zu einem Frieden genötigt wurde, der ihr Land unversehrt ließ, obgleich es «dem Heldenjüngling nicht gelang, das Recht des Weibes, dem er überall die höchste Anerkennung entgegenzubringen sich genötigt sah, jenem des Mannes dauernd zu unterwerfen» – ist erheiternd und ermutigend. Bekannt ist aus schon historischer Zeit, wie wenig es Caesar gelang, das Reich der Kleopatra so zu entrechten wie seine Nachfolger – weil diese außerordentliche Frau ihn erotisierte.

Simone de Beauvoir bestätigt, daß in Europa das Kurtisanentum der wesentliche Schritt zur Emanzipation war. Sie schreibt über Ninon de Lenclos: «Gerade durch völlige Aktivierung ihrer Weiblichkeit gelangt sie über diese hinaus; durch ihr Leben unter Männern nimmt sie männliche Eigenschaften an; durch die Unabhängigkeit ihrer Sitten gelangt sie zu geistiger Selbständigkeit.»
Von Bachofens Belegen, wie früh-asiatische Königsfrauen ihre Macht an die Männer verloren, sobald sie nicht mehr hetärisch lebten – bis zu der «Politik», mit der eine Landfremde wie Katharina sich auf dem Thron Rußlands behauptete, indem sie ihre Liebhaber geschickt gegeneinander ausspielte, zieht sich eine Bilderfolge von mythischer in historische Zeit, die als verbindenden Nenner einen instinktsicheren weiblichen Machiavellismus aufweist, an dem verwunderlich allein die Tatsache ist, daß er in bürgerlichen Zeiten so leicht von Männern übersehen werden konnte.
Daß die Kenntnis über Frauen nicht hinausgekommen ist über Einsichten, wie jede Shakespeare-Komödie sie vermittelt – liegt nur daran, daß der Mensch sich viel weniger ändert, als er in seinem Fortschritts-Stolz wahrhaben möchte. Greer gibt mit Worten von heute die gleichen Mittel an, die eine Frau einzusetzen hat, wenn es ihr Wille ist, «dauernd zu herrschen in des Mannes Brust» – und nicht nur dort. Und so könnte es sein, daß auch dies einander bedingt – die Tatsache, daß Germaine de Staël die politisch und geistig aktivste Frau ihres Jahrhunderts war und zugleich als Geliebte so geartet, daß ihr Freund Benjamin Constant einmal notierte: «Ein Brief... Alle Vulkane der Welt zusammengenommen können nicht so eruptiv sein. Was tun? Ich bin des Streitens müde. Legen wir uns in der Barke zur Ruhe und warten wir, bis der Sturm vorüber ist.»

Wie wäre die Weltgeschichte verlaufen, wenn *mehr* Männer derart «zur Ruhe» auf den Boden der Barke gezwungen worden wären wie dieser Constant durch diese Frau, die selbst einen Napoleon einzuschüchtern vermochte?

Goethe, vor Ausbruch des militaristischen Jahrhunderts gestorben, ahnte nur die Schrecken des technischen Zeitalters – aber die Personalunion von Ingenieur und Krieger, die den Teufel als zu harmlos pensioniert hat, lag noch nicht in seinem Blick. Bevor er sich endlich zur Freundschaft mit Schiller herbeiließ, war der ihm verdächtig bis unsympathisch gewesen wegen seiner Undankbarkeit «gegen die große Mutter», wie Goethe fand. Seine Naturvergottung brachte dann auch den Freund zu den Versen eines Wanderers an die große Mutter:

> Reiner nehm ich mein Leben von deinem reinen Altare,
> Nehme den fröhlichen Mut hoffender Jugend zurück
> ...
> Und die Sonne Homers, siehe! sie lächelt auch uns.

– für Goethe jedoch war die Hinwendung zu der Inselwelt, in der – immerhin – Lysistrate einmal über Krieg und Tod kurzfristig triumphiert hatte, keineswegs nur eine schöngeistige Reminiszenz, eine Bildungstour. Sondern der Aufbruch seines zerschlagenen, kriminell gewordenen Faust an die Lichtküsten der Griechen war überhaupt die Voraussetzung für ihn, nachdem er Gretchens Tragödie auf dem Gewissen hatte, weiterzuleben. Deshalb brachte Goethe seinen Faust auf die griechischen Inseln – nur dort, mit der Wiederbelebung Helenas, war motivierbar, daß der älteste, der stärkste Gott die Führung der Handlung, des Verirrten an sich riß. Denn im Gegensatz zum christlichen Kulturkreis, der den Eros stets verteufelt hat, war für den antiken der Eros der einzige Gott, dem allenfalls die Stärke zuzutrauen war, einen Abgestorbenen ins Leben zurückzuholen – nur die Liebe zum Gatten eröffnete der Alkestis den Hades; nur «daß er seinen *Liebhaber* so wert hielt», wie es ausdrücklich im «Gastmahl» heißt, habe die Götter veranlaßt, Achilleus unter die Seligen zu versetzen.

Und auch Goethe, ehe er sehr spät mit dem Gang Fausts zu den Müttern ein *eigenes* Bild als Ausdruck seiner lebenslänglich gehegten Meer- und Erde- und Leib-Vergöttlichung fand, spielte lange mit dem Gedanken, daß Faust die Rückkehr Helenas ins Leben, ebenso wie Orpheus die der Eurydike, im Hades vor dem Thron der Persephone verlangen solle.

Daß Germaine Greer aus sehr irdisch praktischen Erwägungen heraus, nach soziologischem und klinischem Befund, aus Kenntnis auch des eigenen Körpers und seiner ursprünglichen, von ihr wiederentdeckten, aber heute gar nicht mehr genutzten Möglichkeiten, ihn als Waffe zur Entwaffnung des Kriegers im Manne einzusetzen – anknüpft an diese urältesten Überlieferungen, geschieht zwar mit dem abgebrühten Vokabular unserer Tage: «Sex... ist die wichtigste Konfrontation, in der sich neue Werte herausbilden können.» Sex aber, der Werte schafft, ist Eros – und so ist Germaine Greers Anrufung der großen Mutter, dort, wo Wissenschaft nicht mehr weiterhilft –, und was wäre die große Mutter anderes als die Natur, und was ist die Natur, wenn nicht zuerst unser Körper –, so ist ihr Bekenntnis der Brückenschlag nicht nur zur «Kriegführung» Lysistrates, sondern weiterhin, über die Grenzen eines ganzen mordverwüsteten Jahrhunderts hinweg zu den «Felsbuchten des Ägäischen Meers» in unserem hilfereichsten Gedicht:

So herrsche denn Eros, der alles begonnen!

Die Würde des Gewissens

Über Rolf Hochhuth zu sprechen, scheint seit dem *Stellvertreter*, seit 1963 also, immer auch ein theologisches Unterfangen. «Leider ist Hochhuth kein Katholik, und das merkt man» – so schrieb Carl Amery vor 24 Jahren in der *Süddeutschen Zeitung*. Die theologische Diskussion um diesen ärgerlichen Protestanten aus dem Hessischen hat nicht aufgehört. So, wie einst ein Everding erste Bausteine seiner Karriere mit einem Hochhuth-Verriß in der Katholischen Akademie am Starnberger See zusammenfügte – der Schriftsteller habe «den Papst [!] als Träger eines Vorurteils» karikiert –, so wartet die bayerische Theatergemeinde noch heute auf eine staatlich subventionierte *Stellvertreter*-Inszenierung. Sie kann noch lange warten.
In Ottobrunn wurde noch 1987 ein Kulturreferent von katholisch erregten CSU-Politikern gefeuert, weil er sich dem Stück amtlich nähern wollte. Auch der Papst hat den Staat Israel noch nicht anerkannt – wie der Herr, so's G'scherr.
Wer dem politisch einflußreichsten und moralisch konsequentesten deutschen Literaten gerecht werden will, der tut gut daran, sich der offiziösen Abwiegelungen, der intellektuellen Kritiker-Faulheiten zu erinnern, die ihn seit dem *Stellvertreter*-Eklat, immerhin eines der meistgespielten deutschen Stücke seit Kriegsende, im In- und Ausland begleitet haben. Liest man bei einem unverdächtigen Zeugen wie Torberg zum Beispiel, «das Stück wäre besser von einem Katholiken geschrieben worden», so mag man darüber lächeln: War das ein literarisches Urteil oder eine Aufforderung zur Konversion?
Gar nicht mehr lustig aber war ein großer Artikel von Wilhelm Alf in der *FAZ* vom Mai 1963, in dem der theologisch bewanderte Publizist Rolf Hochhuth das Recht zum moralischen Urteil über das päpstliche Schweigen angesichts des Holocaust absprach: «Entscheidend war, daß die vatikanische Diplomatie ihren neutralen Standpunkt zu wahren gewußt hat. Sie hat da-

mit ein wertvolles Erbe für die Zukunft gerettet.» Eine judenfreie Zukunft? Alf weiter: «Es war geradezu ein Glück, daß die nationalsozialistischen Machthaber der aufrechterhaltenen Neutralität des Heiligen Stuhls auch weiterhin politischen Wert beimaßen.» Ein Glück für wen? Ganz gewiß ein Glück für die zahlreichen flüchtigen Massenmörder der SS, die aus Deutschland nach dem verlorenen Krieg mit Hilfe vatikanischer Christen in Richtung Südamerika fliehen konnten.

Hochhuths Texte fallen in die vorherrschenden Zynismen realpolitischer Geschichtsanalysen ein wie letztinstanzliche Rechtsurteile. Niemand hat von diesem Schriftsteller etwas verstanden, der übersieht, daß es ihm vor allem um eines geht, um Gerechtigkeit.

Literarhistoriker mögen freilich ein weiteres Element in Hochhuths Prosa- und Theatertexten isolieren, das ich so benennen möchte: Die Erfahrung des intellektuellen Einzelgängers in einer Zeit ideologischer, literarischer und kultureller Gruppenbildungen. Hochhuth ist Außenseiter geblieben – das ist freilich die einzige Position, die ein Urteil über das ermöglicht, was ihn sein bisheriges Leben lang fasziniert, bedrückt und entsetzt hat – die politische Macht. Besondere Beachtung verdient in diesem Zusammenhang die Rolle der deutschen Intellektuellen. Ihr Verhältnis zur Macht war allemal gebrochener als das ihrer Zeitgenossen in westeuropäischen Ländern und in Amerika. Politische Macht, die sich ihnen im kläglichen Scheitern aller revolutionären Pläne bereits vor zwei Jahrhunderten entzog, begegnete ihr entweder als Faszinosum, als Weltgeist auf dem Pferde oder, wie bei Heidegger im Gespräch mit Jaspers, als «Führer», an dem weniger die Kulturlosigkeit entsetzte, als die schönen Hände begeisterten. Ein Verhältnis zur politischen Macht, wie es etwa der angelsächsischen Kultur zu eigen ist, also skeptische Neugier bar jeglicher Dämonisierung, ist Deutschlands Intellektuellen recht fremd.

Zugleich aber entwickelten sie ein Instrumentarium gegenseitiger Kontrolle, Dressur, terminologischer und ideologischer

Zwangs-Kooptationen, in dem das Erlebnis der Gruppe – hieße sie nun Gruppe 47 oder sonstwie – identisch wurde mit einer Illusion von Macht.
Es wäre heute womöglich die Gelegenheit, Rolf Hochhuth zu befragen, was ihn daran gereizt hat, Außenseiter zu bleiben, nicht mitzuspielen, nicht mitzusingen in dem *cantus firmus* der kulturellen Gleichförmigkeit, die Deutschlands «linke» Feuilletons, Deutschlands Kultur jahrelang vor der anderer Länder auszeichnete. Hochhuth blieb Außenseiter. Nun ist dies ja eine allemal praktische archimedische Position, und natürlich hat sie ihre Vorteile. Denn nichts ist schwieriger, nichts erfordert mehr Fleiß als die alltäglichen Anpassungen an die jeweils vorherrschenden Zeitgeist-Melodien. Hochhuth machte es sich bequemer: auf seine Weise – der Mehrheit von uns wäre es natürlich unbequem gewesen –: in der Opposition. Die Idee der Opposition, sei es gegen historische Unfehlbarkeits-Dogmen (wie in *Soldaten*, 1979), die Idee des Widerstands (wie in *Guerillas*, 1970), ist für Hochhuths Texte das Kraftzentrum. Auf der anderen Seite, so sieht dieser Moralist die Welt, steht die Macht. Macht, nicht Besitz, unterscheidet die Menschen. Macht «ist das Mittel der Unterdrückung». Hier denkt er eben doch sehr «deutsch». Nur eines, ganz Wesentliches, unterscheidet ihn von seinen schreibenden Zeitgenossen in dieser Frage: Er selbst sehnt sich eben nicht danach, Macht auszuüben.
Nun bringt es eine unglückselige deutsche Staatstheorie mit sich, daß der Machtbereich im verführerischen Jargon von Max Weber der politische Bereich der Verantwortungsethik sei. Andere Ethiker, nämlich die, die nicht an der Macht sind, sind dieser Dichotomie zufolge im Moment ihrer Kritik allenfalls «Gesinnungsethiker», mithin, wir wissen ja, was wir von Gesinnungen zu halten haben, Ethiker zweiter Ordnung, Dilettanten der Moral. Und wieder ist es die *FAZ*, die in einer Kritik des Stücks *Guerillas* 1970 schreibt: «Ist Hochhuth ein homo politicus?» Die Antwort ist natürlich: «Nein», denn, so

Deschamps, «die moralische Redlichkeit ... steht der intellektuellen Redlichkeit im Wege». Wie das? Ist es denn möglich, hier redlich und zugleich dort unredlich zu sein?

Hochhuths Werk, und das macht ihn zum republikanischen Intellektuellen, eine hierzulande rare Spezies, zeichnet sich ja gerade dadurch aus, daß er diese Trennung zwischen Macht und Moral, zwischen Politik und Gewissen, als den Kern des deutschen Gesinnungsübels namhaft macht.

Er macht sich damit Feinde, und oft genug wissen sie gar nicht, warum sie ihm böse sind. So lese ich in einer Kritik von Jürgen Kolbe zu Hochhuths Prosaarbeit *Eine Liebe in Deutschland* (1978):

«Nichts überläßt er der Imagination, alles der Recherche. An die Stelle der sprachlichen und gestalterischen Kraft treten Aktenstudien, Zeugenbefragung, peinliches Nachzeichnen des Ermittelten.»

Peinlich sind seine Recherchen in der Tat, und kann man bisweilen zwar mit Werner Ross in das Klagelied einstimmen: «Fast nie gelingt Hochhuth ein rhythmisch schwingender Satz», so verdanken wir dem Beschimpften allemal die mörderische Musikalität eines ausgegrabenen und unvergeßlichen Gestapo-Schnellbriefes:

«Auf Weisung Himmlers hatte der oberste Chef der Gestapo, Heinrich Müller, am 5. Juli 1941 an alle ihm unterstehenden Dienststellen einen ‹Schnellbrief S IV D 2 c 4883/40 g – 196› gesandt, in dem es unter anderem hieß: ‹In zahlreichen Fällen wurde festgestellt, daß polnische Zivilarbeiter, die wegen unerlaubten Geschlechtsverkehrs zur Sonderbehandlung vorgeschlagen worden sind, nordischen Rassenschlag aufweisen, gut aussehen und charakterlich sehr günstig beurteilt werden. Derartige Personen eignen sich unter Umständen für eine Eindeutschung.›

‹Sonderbehandlung› war das Nazi-Wort für Tötung. Auf Zasada trafen die im Schnellbrief gewünschten Merkmale zu, und überdies hatte er nach eigener Aussage eine deutschstämmige

Mutter. Plötzlich jedoch wurde dieser Pole durch Müllers Brief vom 5. Juli 41 mit der Chance ausgerüstet, ebenbürtiger deutscher Bürger werden zu dürfen, weil er verbotenerweise mit einer Deutschen geschlafen hatte; während er bis zum 4. Juli 41 in jedem Fall für genau das, was allein ihm nun diese Chance, Deutscher werden zu dürfen, einräumte, nämlich Beischlaf bei einer Deutschen, – gehängt worden wäre! Nichts anderes konnte ein Pole tun, um Deutscher zu werden; er konnte nicht etwa einen Einbürgerungsantrag stellen; er konnte allein das dafür tun, was soeben noch unbedingt und ab 5. Juli zumeist, aber nicht mehr ausnahmslos mit Erhängen gestraft wurde, wenn er ‹aufsteigen› wollte ins Volk der Herrenrasse! Und ob er das durfte – oder ob er gehängt wurde: darüber entschieden künftig Ärzte. Nicht ganz allein entschieden das die Ärzte, aber grundlegend: was mitentschied, war die Frage, ob der Pole vor dem 5. Juli 41 – und das allein wurde für den blonden ‹arischen› Zasada die Todesursache – amtlich darüber belehrt worden war, daß man ihn hängen werde, wenn er mit einer Deutschen schlafe; und wenn er – Ordnung, Ordnung über alles – unterschrieben hatte, darüber amtlich belehrt worden zu sein: dann half ein noch so nordisch-arisches Aussehen und Wohlverhalten ihm nichts, dann wurde das größte Geschenk, das nach eigenem Maßstab der Führer Deutschlands einem gestern noch als Untermensch und Slawe verachteten Polen machen konnte, die ‹Eindeutschung› – umgewandelt in die Schmach, öffentlich erwürgt zu werden.»

Es ist um solcher Botschaften aus der Welt des Irrsinns wegen, die Hochhuth ausgräbt wie ein Archäologe der versinkenden Moral und mit denen er sich mehr Mühe gibt als ihre mörderischen Urheber, deretwegen sein literarisches Werk überleben wird, weil es eine Qualität aufweist, die so schnell ansonsten nicht mehr zu haben ist: die Würde des Gewissens.

Michael Naumann

Abenteuer

Mario Puzo
Der Pate *Roman*
(rororo 1442)
Ein atemberaubender Gangsterroman aus der New Yorker Unterwelt, der zum aufsehenerregenden Bestseller wurde. Ein Presseurteil: «Ein Roman wie ein Vulkan. Ein einziger Ausbruch von Vitalität, Intelligenz und Gewalttätigkeit, von Freundschaft, Treue und Verrat, von grausamen Morden, großen Geschäften, Sex und Liebe.»

Mamma Lucia *Roman*
(rororo 1528)
Animalisch in ihrer Sanftmut, aufopfernd in ihrer Fürsorge, streng und wachsam in ihrer Liebe – das ist Lucia Santa Angeluzzi-Corbo, Mamma Lucia, die im italienischen Viertel von New York um das tägliche Brot ihrer sechs Kinder kämpft.

Rudolf Braunburg
Hongkong International *Roman*
(rororo12820)
Ein aufregender Roman aus der Welt der Flieger und Passagiere vom Bestsellerautor und früheren Flugkapitän Rudolf Braunburg.

Rückenflug *Roman*
rororo 12333)
Während der Trainingstage beim internationalen Kunstfliegertreffen stimmt sich der bekannte Journalist Achim Reimers auf die spannungsgeladene Atmosphäre ein und macht auf seinen Streifzügen merkwürdige Beobachungen. Bald muß er erkennen, daß er sich ahnungslos in einem gefährlichen Spionagenetz verfangen hat.

3293/2

rororo Unterhaltung

Josef Martin Bauer
So weit die Füße tragen
(rororo 1667)
Ein Kriegsgefangener auf der Flucht von Sibirien durch den Ural und Kaukasas bis nach Persien. «Diese Odyssee durch Steppe und Eis, durch die Maschen der Wächter und Häscher dauerte volle drei Jahre – wohl einer der aufregendsten und zugleich einsamsten Alleingänge, die die Geschichte des individuellen Abenteuers kennt.»
Saarländischer Rundfunk

James Dickey
Flußfahrt *Roman*
(rororo 12722)
Harmols wie ein Pfadfinderunternehmen beginnt der Wochenendausflug von vier gutsituierten Duchschnittsbürgern - schon am nächsten Tag jedoch verwandelt sich die Kanufahrt in einen Alptraum...
Unter dem Titel «Beim Sterben ist jeder der erste» verfilmt mit Burt Reynolds.

Wolfgang Borchert

Wolfgang Borcherts Stück «Draußen vor der Tür» wurde zum größten Nachkriegserfolg des deutschen Theaters. **Wolfgang Borchert** schrieb es 1947 wenige Monate vor seinem Tod innerhalb von acht Tagen nieder. 1921 in Hamburg geboren, absolvierte Borchert eine Buchhändlerlehre und nahm Schauspielunterricht. 1941 wurde er eingezogen und später wegen «Wehrkraftzersetzung» verurteilt. Seine Kurzgeschichten bewahren wie keine anderen die deutschen Erfahrungen der letzten Kriegsjahre und der Nachkriegszeit .

Draußen vor der Tür und ausgewählte Erzählungen *Mit einem Nachwort von Heinrich Böll*
(rororo 170)
«Die kleine Erzählung ‹Brot› und der Dialog Beckmanns mit dem Obersten allein weisen Borchert als einen Dichter aus, der unvergeßlich macht, was die Geschichte so gern vergißt: Die Reibung, die der Einzelne zu ertragen hat, indem er Geschichte macht und sie erlebt.» Aus dem Nachwort von Heinrich Böll

Die traurigen Geranien und andere Geschichten aus dem Nachlaß
Herausgegeben mit einem Nachwort von Peter Rühmkorf
(rororo 975)
Borcherts Kurzgeschichten legen Zeugnis davon ab, mit welchem Einfühlungsvermögen Borchert über alle zeitbedingte Thematik hinaus seelische Katastrophen in beiläufigen Gesten anzudeuten vermochte.

3205/1

rororo Literatur

Marius Müller-Westernhagen liest
Die Hundeblume. Nachts schlafen die Ratten doch. Die Küchenuhr. Schischyphusch
1 Toncassettte (90 Min.) im Schuber
(rororo Literatur für Kopfhörer 66011)

Wolfgang Borchert
dargestellt von Peter Rühmkorf
(rowohlts monographien 58)

Im Rowohlt Verlag sind lieferbar:

Das Gesamtwerk *Mit einem Nachwort von Bernhard Meyer-Marwitz*
352 Seiten. Gebunden.

Die Hundeblume. Nachts schlafen die Ratten doch *Limitierte und numerierte Ausgabe*
98 Seiten. Kartoniert.

«Bei Borchert wird nicht angeklagt – dieser Dichter weiß, daß niemand anzuklagen ist. Nur eines bleibt: fragen.» Alfred Andersch

Heinar Kipphardt

Aufgabe des Schriftstellers ist es, «einige Wahrheiten zu verbreiten». So lapidar und engagiert bestimmte **Heinar Kipphardt** (1922-1982) seine eigene Arbeit. Seine Theaterstücke wie «Bruder Eichmann» über den Prozeß gegen den SS-Massenmörder oder «In der Sache J.R.Oppenheimer» zur Schuld der Physiker an der Atombombe reden von solchen Wahrheiten – auch wenn es den Mächtigen in Ost und West nicht paßte.
Kipphardt stammte aus Schlesien. Sein Vater, ein Sozialdemokrat, wurde von den Nazis ins KZ Buchenwald gesperrt. Anfangs studierte er Medizin, 1949 zog er nach Ost-Berlin und wurde Dramaturg am Deutschen Theater, wo sein erstes Theaterstück «Shakespeare dringend gesucht» 1953 Furore machte. 1959 siedelte er in die Bundesrepublik über. Sein eindringlicher Roman «März», die Geschichte über das Schweigen und Verstummen eines Dichters in der Psychiatrie, machte ihn auch hierzulande bekannt.
Kipphardt starb am 18.November 1982.

Bruder Eichmann *Schauspiel und Materialien*
(rororo 5716)

In der Sache J.Robert Oppenheimer *Ein Stück und seine Geschichte*
(rororo 12111)

Joel Brand und andere Theaterstücke
(rororo 12194)

rororo Literatur

März *Roman und Materialien*
(rororo 5877)

Schreibt die Wahrheit *Essays, Briefe, Entwürfe. Band 1: 1949-1964*
(rororo 12571)

Ruckediguh, Blut ist im Schuh *Essays, Briefe, Entwürfe. Band 2: 1964-1982*
(rororo 12572)

Shakespeare dringend gesucht und andere Theaterstücke
(rororo 12193)

Traumprotokolle
(rororo 5818)

Die Tugend der Kannibalen *Gesammelte Prosa*
(rororo 12702)

Umgang mit Paradiesen *Gesammelte Gedichte*
(rororo 12805)

Gesammelte Werke *10 Taschenbücher in einer Kassette*
(rororo 34012)

3245/1

Literatur für KopfHörer

Wer nicht lesen will, kann hören - eine Auswahl von Rowohlt's Hörcassetten:

Simone de Beauvoir
Eine gebrochene Frau
Erika Pluhar liest
2 Toncassetten im Schuber
(66012)

Wolfgang Borchert
Erzählungen
Marius Müller-Westernhagen liest
Die Hundeblume. Nachts schlafen die Ratten noch. Die Küchenuhr. Schischyphusch
1 Toncassette im Schuber
(66011)

Albert Camus
Der Fremde
Bruno Ganz liest
3 Toncassetten im Schuber
(66024)

Truman Capote
Frühstück bei Tiffany
Ingrid Andree liest
3 Toncassetten im Schuber
(66023)

Roald Dahl
Küßchen, Küßchen!
Eva Mattes liest
Die Wirtin. Der Weg zum Himmel. Mrs. Bixby und der Mantel des Obersten
1 Toncassette im Schuber
(66001)

Louise Erdrich
Liebeszauber
Elisabeth Trissenaar liest
Die größten Angler der Welt
2 Toncassetten im Schuber
(66013)

Elke Heidenreich
Kolonien der Liebe
Elke Heidenreich liest
1 Toncassette im Schuber
(66030)

3298/1

rororo

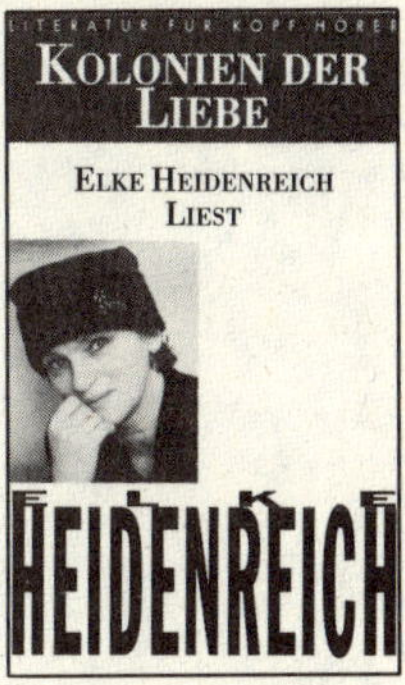

Jean-Paul Sartre
Die Kindheit des Chefs
Christian Brückner liest
3 Toncassetten im Schuber
(66014)

Henry Miller
Lachen, Liebe, Nächte
Hans Michael Rehberg liest
Astrologisches Frikassee
2 Toncassetten im Schuber
(66010)

Vladimir Nabokov
Der Zauberer
Armin Müller-Stahl liest
2 Toncassetten im Schuber
(66005)

Kurt Tucholsky
Schloß Gripsholm
Uwe Friedrichsen liest
4 Toncassetten im Schuber
(66006)

rororo Toncassetten werden produziert von Bernd Liebner. Ein Gesamtverzeichnis der Reihe finden Sie in der *Rowohlt Revue*. Jedes Vierteljahr neu. Kostenlos in Ihrer Buchhandlung.